红楼梦概论

冯其庸 李广柏 著

国家图书馆出版社

图书在版编目（CIP）数据

红楼梦概论 / 冯其庸，李广柏著 . -- 北京：国家图书馆出版社，
2002.10（2017.5 重印）

ISBN 978-7-5013-1945-9

Ⅰ . ①红… Ⅱ . ①冯… ②李… Ⅲ . ①《红楼梦》研究
Ⅳ . ① I207.411

中国版本图书馆 CIP 数据核字（2002）第 077608 号

封面用图为南宋赵葵《杜甫诗意图卷》的局部

书　　名　红楼梦概论
著　　者　冯其庸　李广柏　著
封面题字·设计　冯其庸
责任编辑　廖生训　殷梦霞
重印编辑　苗文叶

出　　版　国家图书馆出版社（100034　北京市西城区文津街 7 号）
　　　　　（原书目文献出版社　北京图书馆出版社）
发　　行　010-66114536　66126153　66151313　66175620
　　　　　66121706（传真）　66126156（门市部）
E - mail　nlcpress@nlc.cn（邮购）
Website　www.nlcpress.com →投稿中心
经　　销　新华书店
印　　刷　河北三河弘翰印务有限公司
版　　次　2002 年 10 月第 1 版　2017 年 5 月第 3 次印刷

开　　本　850×1168（毫米）　1/32
字　　数　160 千字
印　　张　10.25
印　　数　8001—11000

书　　号　ISBN 978-7-5013-1945-9
定　　价　32.00 元

世事浮沉未便真　太平原是梦中人

一钱抛出红旧百口　髫龄云鬟紫城

宝玉通灵携玫瑰　国多情不胜出都

所以生也至多情者白法三杯酒

富村

甲子十二月于处苏东坡石涧礼丰李一泯文题诗

宽堂　冯其庸七十又八

冯其庸书自作题红诗

脂硯齋重評石頭記

凡例

紅樓夢旨義
是書題名極

紅樓夢是總其全部之名也又曰風月寶
鑑是自譬石頭所記之事也此三名皆書中曾巳點睛
矣如寶玉作夢巳中有曲名曰紅樓夢十
二支此則紅樓夢之點睛又如賈瑞病跋
道人持一鏡來上面即鏨風月寶鑑四字
此則風月寶鑑之點睛又如道人親眼見
石上大書一篇故事則係石頭所記之往
來此則石頭記之點睛處然此書又名曰

甲戌本凡例书影

第一回

甄士隱夢幻識通靈　賈雨村風塵懷閨秀

列位看官你道此書從何而來說起根由雖近
荒唐細諳則深有趣味待在下將此來歷註明
方使閱者了然不惑原來女媧氏煉石補天之
時于大荒山無稽崖煉成高經十二丈方經二
十四丈頑石三萬六千五百零一塊媧皇氏只
用了三萬六千五百塊只單匕的剩了一塊未
用便棄在此山青埂峰下誰知此石自經煅煉
之後靈性巳通因見眾石俱得補天獨自巳無
材不堪入選遂自怨自嘆日夜悲號慚愧
正當嗟悼之際俄見一僧一道遠匕而來生得

甲戌本第一回开头

滿紙荒唐言，
一把辛酸淚！
都云作者痴，
誰解其中味？
〔此是第一首標題詩〕

至脂硯齋甲戌抄閱再評，仍用《石頭記》。

出則既明，且看石上是何故事。按那石上書云：當日地陷東南，這東南一隅有處曰姑蘇，有城曰閶門者，最是紅塵中一二等富貴風流之地。這閶門外有個十里街，街內有個仁清巷，巷內有個古廟，因地方窄狹，人皆呼作葫蘆廟。廟旁住着一家鄉宦，姓甄名費字士隱。嫡妻封氏，情性賢淑，深明禮義。家中雖無甚富貴，然本地便也推他為望族了。只因這甄士隱稟性恬淡，不以功名為念，每日只以觀花修竹、酌酒吟詩為樂，到是……名……

甲戌本书影

神仙一流人品只是一件不足如今年已半百

睞下無兒只有一女乳名英蓮年方三歲一日

炎夏永晝士隱於書房閒坐至手倦拋書伏几

少憩不覺朦朧睡去夢至一處不辨是何地方

忽見那廂來了一僧一道且行且談只聽道人

問道你攜了這蠢物意欲何往那僧笑道你放

心如今現有一段風流公案正該了結這一干

風流冤家尚未投胎入世趁此機會就將此蠢

物夾帶于中使他去經歷經歷那道人道原來

近日風流冤孽又將造劫歷世去不成但不知

落于何方何處那僧笑道此事說來好笑竟是

千古未聞的罕事只因西方靈河岸上三生石

甲戌本书影

文采風流匾額　李紈

秀水明山抱復廻風流文采勝蓬萊　起好　綠裁歌扇迷芳草紅襯湘裙舞

凑成珠玉自應傳盛世神仙何幸下瑤臺名園一自邀游幸未許凡人到

此四詩列于前正為瀟湘下韻也

凝暉鍾瑞匾額　　便有舍著　　薛宝釵

芳園築向帝城西華日祥雲籠罩奇高柳喜遷鴬出谷修篁時待鳳

倍他文風已著宸遊弋應隆歸有時睿藻仙才盈彩筆自慚何敢

為辭妙詩此不誤湘聖應酬且猶未見長以後漸知

世外仙源匾額　　沽恩渥不與人同　　林代玉

名園築何處仙境別紅塵借得山川秀添未景物新所謂信手拈未無不是阿顰自是一種心思

己卯本第十七、十八回，第 5 行第 10 字"祥"字避讳作"祥"

無傳補明方未道

那時賈薔帶領十二個女戲在樓下正等的不耐煩只見一太

監飛來說作完了詩快令戲目來賈薔急將錦冊呈上並十二個花名單

子少時太監出來只點了四齣戲

第一齣豪宴　一捧雪中伏賈家
之敗

第二齣乞巧　長生殿中　伏元妃
之死

第三齣仙緣　邯鄲夢中伏甄寶玉

第四齣離魂　牡丹亭中　伏黛玉死
所點之戲劇伏四事乃通部書之大過即大關鍵

賈薔忙張羅扮演起來一個：歌欺梨石之音舞有天魔之態雖是粉演的形

容那作書者非歡情狀寫一太監執一金盤糕點之屬進來問誰是

龄官賈薔便知是賜龄官之物喜的忙接了　　喜字

命龄官叩頭龄官有諭記龄官極好再作兩齣戲不拘那兩齣就是

了賈薔忙答應了因命龄官作遊園驚夢二齣龄官自為此二齣原非本角

之戲執意不作又要作相約相罵二齣

己卯本第十七、十八回

勉強盤激了吃了些燕窩肉

今是薛姨媽的生日自西府

是日也定了一班小戲请西

妙散時賈母等顺路又瞧～

诸彩计吃了一天酒連忙了三

稳重且家商一贯比┄┄

己卯本第五十七回，第 4 行第 1 字"曉"字避讳作"睮"

里的英雄連那此束帶頂冠的男子也不能過你~ 如何連兩句俗語也

得常言月滿則虧水滿則溢又道是登高心跌重如今我們家赫~揚~已

百載一日倘或樂極悲生若應了那句樹倒猢猻散的俗語豈不虛稱了

詩書日族了鳳姐所了此話心胸大快十分敬畏忙問道這話慮的極

有何法可以永保無虞泰氏冷笑道嬸子好癡也否極泰來榮辱自古週

始堂人力能可保常的但于今能于榮時籌畫下將來衰時的世業亦可謂

保永全了即如今日諸事都妥只有兩件未安若把此事如此一行則後

二家塾雖立無一定的供給我想來如今盛時固不缺祭祀供給但將

落之時此二項有何出慶莫若我定見趂今日富貴將祖塋附近多置田

房舍地畝以備祭祀供給之費皆出自此處將家塾亦設于此合同族中長

公子字酷有

女口氣

倜~猴~
散的

非阿鳳不明蓋古今名利場中惠失一同意之

脂三公猜在

屈指卅五

美哉哉傷

事不庸殺

淚永全了

庚辰本第十三回

意思只是趣笑吃酒说胡说二字快盛饭来吃碗子还要伴珍大爷那边去看戏

一段赵姬讨情闲文却引出阿凤脉络来又

谓曲小及大学如登高必自卑之意细思大观园一事若从如何奉旨如何能顺笔一气清又将落

议事呢凤姐道可是别忘了正事总刚老爷叫你作什么

墨来说事作收敛者随笔笔顺笔略一点染则耀然洞徹矣此是避难法

忙字最要紧特于凡姐

贾琏道就为省亲

此写来醒眼之挺邦只如凤姐忙问道可中出此字可知是外方人意外贾琏笑

二字醒眼之挺邦只如凤姐忙问道

省亲的事竟成了不成之问甚珍重精研眼色

虽不十分准也有八九分了如此收顿一笔更妙见写事闲重大非一语可道率亦是大篇文章柳折杨顿性之妙

凤姐笑道可见当今的隆恩历来未听书看戏古时从来有的隆恩未听书看戏古时从未有的于间阁中能语录及此

赵嬷嬷又接口道可是呢我也老胡涂了我听见上下吵嚷这些日子

什么省亲不省亲我也不理论他去如今又说省亲到底是为何故想头

大观园如今当今贴体万人之心世上至大莫如孝字想来父母

言戚住贾母等尚不能略尽孝意同见宫里娘妃才人等省亲今自为日夜侍奉太上皇太后

进朝如此热闹用尚不能略尽孝意不思想之理在儿女思想父母是分所应当想父母在家若只管思念儿女竟

自政老先生日用俗儿女之性皆是一理不是贵贱上分别的常今自

庚辰本第十六回

天何如是之苍苍兮，乘玉虬以游乎穹窿耶？地何如是之茫茫兮，驾瑶象以降乎泉壤耶？望伞盖之陆离兮，抑箕尾之光耶？列羽葆而为前导兮，卫危虚于傍耶？驱丰隆以为比从兮，望舒月以临耶？听车轨而伊轧兮，御鸾鹥以征耶？闻馥郁而飘然兮，纫蘅杜以为纕耶？炫裙裾之烁烁兮，镂明月以为珰耶？借葳蕤而成坛畤兮，檠莲焰以烛兰膏耶？文瓟瓠以为觯斝兮，漉醽醁以浮桂醑耶？瞻云气而凝盼兮，仿佛有所觇耶？俯波痕而属目兮，恍惚有所若耶？既窈窕以艳倩兮，又嫣润而温柔。请息肩于普天兮……历着五年八月有奇……成礼兮期祎，呼嗥兮告我……呜呼哀哉！尚飨！

庚辰本第七十八回，倒第 3 行倒第 6 字"祥"字避讳作"祎"

石頭記第一回

甄士隱夢幻識通靈

賈雨村風塵懷閨秀

此開卷第一回也。作者自云。因曾歷過一番夢幻之後。故將真事隱去。而借通靈之說。撰此石頭記一書也。故曰甄士隱云云。但書中所記何事何人自又云今風塵碌碌一事無成。忽念及當日⋯⋯

然想不到反哨了一跳湘雲想到這个嶂有趣到助谷我了因聯道

　窓灯煙已昏　　寒塘渡鶴影

林黛玉聽了又叫好又跺足说道了不得這鶴真是助他了

這一句寒塘渡鶴何等自然何等現成何等有景且又新鮮我竟

要擱筆了湘雲笑道大家細想就有了不然就放着明日再聯可

黛玉只看天上半日落紫笑道你不必搶嘴我也有了你听闪聯道

　冷月葬詩魂

湘雲拍手讚道果然好極非此不能對好个葬詩魂因又嘆

道詩固新奇只是太頹丧了些究你現病著不該作此過于

凄涼奇譎之语黛玉笑道不如此如何壓倒你下句还未得又著

列藏本第七十六回，"冷月葬诗魂"

序

冯其庸

还是在 1979 年《红楼梦学刊》创刊的座谈会上，林默涵同志提出，希望能有两部普及《红楼梦》知识的书，一部是概论性的，一部是辞书性的。岁月匆匆，转眼已二十多年了。辞书性的，多年前经过努力，由吕启祥同志与我一起总成其事，早已出版并再版了，此书受到广大红学爱好者的欢迎；但概论性的书，长期以来，一直是个空白。去年年底我与李广柏同志说起此事，两个人都觉得一部概论性的书对于广大读者很有用处，于是决定合作来完成这个任务。半年多来，费了不少心血，所幸诸事顺利，又得到北京图书馆出版社（今国家图书馆出版社）的支持，这本概论性的书终于可以呈现在读者面前了。

因为是"概论"，行文不能过长，论析也不能过细，只能就其大要而论，让读者对《红楼梦》有一个全面的认识。红学有许多争论，也有许多"一家之言"，"概论"当然不可能陷入争论，也不可能尽数介绍"一家之言"，这是要请读者理解的。

本书的第二部分，是关于曹雪芹的祖籍、家世和《红楼梦》的关系的析论，还有是关于曹雪芹最后的归宿，这也是读《红楼梦》的朋友极为关心的。

另外，整个清代的红学，可以说是"评点派"的红学，了解"新红学派"以前红学的状况，也是读《红》者所需要的。所以本书第三部分介绍了"评点派"的一个大概，以便于读者对于清代"评点派"红学有所了解。

本书的第四部分是关于阅读《红楼梦》的一些问题，也是给爱读《红楼梦》的朋友提供一些参考性的意见，或许对读者也有一点用处。

本书不是专而精的著作，但写作中也考虑到应有的学术品位，我们希望它成为一本雅俗共赏的书。本书涉及《红楼梦》的方方面面，当然不是定论，请读者把它作为读《红楼梦》的众多参考书中的一种可矣！

二十多年来的一个心愿，我们总算完成了，尽管不一定完成的好，但在我却卸却了心上的一个负担，默涵同志知道后，也许会感到高兴的。

2002 年 6 月 28 日于京东瓜饭楼

目　　录

卷三

清代的评点派红学 223

卷 一

《红楼梦》概论

红楼梦概论

　　《红楼梦》是中国人民引为骄傲的文学名著，也是世界文化宝库中光彩夺目的瑰宝。它成书于十八世纪中叶，先以手抄本形式流传，1791 年（乾隆五十六年）开始有印刷本。在印刷本刚刚流行二十多年的时候，北京城就有了这样的俗谚："闲谈不说《红楼梦》，读尽诗书是枉然。"[1] 那时的北京人已经认识到，《红楼梦》是中国人不能不读的一部书。此后，中国社会经历了地覆天翻的震荡与变化，而饱经沧桑与离合悲欢的中国人民，对于《红楼梦》这一艺术精品的珍爱，一直是有增无减。同时，《红楼梦》也传到海外四方，言语不同、风俗殊隔的异国读者一旦接触到这部代表中国文学水平的小说，无不为之叹服，为之倾倒！中外的文学爱好者、研究者，透过《红楼梦》酣畅、醇美的文学语言，风采卓异的人物形象，如诗如画的情韵，不仅得到美的享受、情的陶冶，也可以从中领悟人生和历史的真谛，可以从中看到博大辉煌的中国传统文化的奇观。《红楼梦》的蕴涵和艺术丰采所给予人的启示，是无穷的，是说不完、道不尽的。人们说，英国有个说不完的莎士比亚。我们中国，则有一个说不完的曹雪芹，有一部读不厌、说不尽的《红楼梦》。

一、由富贵坠入贫困的作者

《红楼梦》出自天才作家之手，而且是作者带着血泪写成的。书的第一回有作者题的一首绝句："满纸荒唐言，一把辛酸泪！都云作者痴，谁解其中味？"早期抄本甲戌本上的批语也说作者"哭成此书"，"书未成""泪尽而逝"；又说"字字看来皆是血，十年辛苦不寻常"。一部《红楼梦》，是天才、痴情、血泪和人文主义思想的结晶。

《红楼梦》的作者是曹雪芹。这个名字已经郑重、明白地记载在书的第一回。十八世纪的中国出现曹雪芹这样一位天才的文学巨人，既得力于中国传统文化的哺育，也是那个特殊时代及新兴的启蒙思潮所造就。此外，还有曹雪芹个人的原因，这就是他那特殊的家世、身世和他的勤奋、博学。

曹雪芹出身的家庭，是清代皇室的世仆。其先世本是汉人，著籍（入籍）于东北辽阳（今辽阳市）。[2]明天启元年（后金天命六年，1621）努尔哈赤统率后金军队攻占沈阳、辽阳及辽河以东七十馀城，曹雪芹祖上大约是在这一年被后金军队俘获而沦为满洲包衣（满语包衣阿哈的简称，意思是家奴）。当时后金军民统编为八旗（正黄、正红、正蓝、正白、镶黄、镶红、镶蓝、镶白），"以旗统人"，兵民一体，"出则备战，入则务农"。包衣也编在旗内，但为其主子所私有，与具有自由民身份的旗员不同。包衣即使挣得一官半职，一般也不改变其包衣身份，而且子女世代为奴。在满洲主子眼里，俘虏、包衣是视同牛马鸡犬的。

从《八旗满洲氏族通谱》和《五庆堂曹氏宗谱》的有关记载看，曹雪芹上世是从曹世选（一作锡远）开始沦为满洲包衣的。[3]世选原为明朝沈阳地方的官员，其籍贯是辽阳。《八旗满洲氏族通谱》卷74记他"世居沈阳地方"，当是以"所居地方"入载的。《通谱》称"世居"显然有误，但反映了曹世选是在沈阳被俘入旗的事实。

曹世选的儿子曹振彦，是曹雪芹的高祖。曹家在满洲包衣中发迹，是从曹振彦开始的。现今保存在辽阳市博物馆的建于后金天聪四年（1630）的《大金喇嘛法师宝记》碑的碑阴，分组排列喇嘛门徒、僧众及为建塔捐资做功德的官员、教官的名单，其中有曹振彦的名字，排在"教官"行列内，说明曹振彦当时担任过教官。又《清太宗文皇帝实录》卷18记载，天聪八年（1634），曹振彦在墨尔根戴青（聪明的勇士）贝勒多尔衮属下任"旗鼓牛录章京"。"旗鼓牛录章京"是包衣汉人所编牛录的头目。曹振彦在多尔衮属下任旗鼓牛录章京，就是充当多尔衮的家臣，为多尔衮管理汉姓包衣。顺治元年（1644），清军入关，多尔衮作为摄政王，享有皇帝的尊荣和权力。曹振彦跟随主子入关，到了北京。顺治六年，曹振彦和他的儿子曹玺随多尔衮参加平山西大同姜瓖之乱。次年，曹振彦被派往山西平阳府吉州（今吉县）任知州。两年后，又升任晋北大同府（一度改为阳和府）知府。曹振彦去任职的地方，正是社会动荡、满汉民族矛盾十分尖锐的地方，也是清朝政府特别关注的地方。这可见曹振彦所任角色的重要性，也可见他在清朝最高统治者心目中的位置。再过三年，曹振彦又被派往江南，任两浙都转运盐使司运使。这是关系国库收入和民生的要职，又是著名的肥缺，更非一般汉族官僚所能想望。

　　这里有必要对曹振彦的籍贯和"贡士"身份略加说明。在中国古代社会里，籍贯对于曹振彦这样有身份的士大夫是重要而严肃的问题。康熙年间和雍正年间两次修的《山西通志》的《职官》部分，其"吉州知州"条下均记载："曹振彦，奉天辽阳人，贡士，顺治七年任。"其"大同府知府"条下均记载："曹振彦，辽东辽阳人，贡士，顺治九年任。"雍正年间纂修、乾隆元年刻印的《浙江通志·职官》"都转运盐使司盐法道"条下载："曹振彦，奉天辽阳人，顺治十二年任。"另外乾隆《大同府志·职官》、嘉庆《重修两浙盐法志·职官》关于曹振彦籍贯的记载亦无异辞。这些官修的志书，成书不是一个时间，也不是一个地方，又不是出自一人之手，它们对曹振彦籍贯的记载这样一致，必定有它们的依据。我们现今还没有发现关于曹振彦的籍贯有其他说法的文献。从文献资料上看，曹振彦的籍贯（即曹雪芹的祖籍）确定而没有疑义。关于曹振彦的"贡士"身份，最近从中国第一历史档案馆所藏《顺治朝现任官员履历册》上发现两则更明确的记载：

> 大同府现任知府曹振彦，正白旗下贡士，山西吉州知州，顺治九年四月升山西大同府知府。

> 阳和府升任知府曹振彦，正白旗下贡士，山西吉州知州，顺治九年四月升山西阳和府知府，十二年九月升两浙运使。[4]

按"贡士"的称谓，古代是指侯国、州县推举给帝王的贤士；明清时期是指会试中式而未通过殿试的士子。曹振彦不可能属于这两种情形。他早已是皇室家奴，不会是由地方推荐给中央的乡贡；而顺治八年以前，禁止旗人参加乡试、会试[5]，他也不会是会试中式者。他这个"贡士"必定有特别的涵义。据文献得知：顺治六年，八旗汉军中通晓汉文者，奉旨参加廷试，"文理优长者，准作贡士，以州县用"[6]。这是一次从汉军旗人中选拔州、县官的考试。曹振彦恰好是在顺治七年以"贡士"身份出任吉州知州的，很可能与这次考试有关。

曹振彦本是多尔衮的家奴、家臣。多尔衮于顺治七年十二月猝然死去。两个月后，顺治皇帝追究多尔衮"独擅威权"、图谋篡逆，下诏削去多尔衮的爵封，撤庙享，黜宗室籍，没收家产，并掘墓鞭尸（按：一百多年后乾隆帝为多尔衮昭雪，复睿亲王封号，其爵世袭罔替）。多尔衮所掌管的正白旗在他死后收归皇帝直接掌管。曹振彦一家作为多尔衮的包衣，也随之归属于内务府正白旗。内务府是管理宫廷事务直接为皇帝及其家族

服务的机构。曹家归属于内务府，即成为皇帝本人的包
衣，直接为皇帝服役。清代八旗分为满洲八旗、蒙古八
旗、汉军八旗，或称八旗满洲、八旗蒙古、八旗汉军。
大体上，以女真各部为满洲，蒙古部落而迁入者为蒙古，
以在关外归附的汉人为汉军。自多尔衮死后，八旗中的
镶黄、正黄、正白三旗即归皇帝直接掌管，称上三旗。
内务府包衣，是满洲旗份内上三旗的包衣。从八旗编制
上说，内务府包衣，无论他们的民族身份是满人、蒙古
人，还是汉人，或是回族人、朝鲜人，均属于满洲旗份
（不属于八旗汉军）。这一旗籍从属关系十分明确地反映
在清廷官修的《八旗通志》和《八旗满洲氏族通谱》中。
根据《八旗通志》初集卷五《旗分志》和中国第一历史
档案馆所藏《内务府正白旗佐领管领档》等多种文献的
记载，曹雪芹家为满洲正白旗包衣第五参领第三旗鼓佐
领下人，或者说是正白旗内务府第五参领第三旗鼓佐领
下人。曹雪芹家属于满洲正白旗包衣，论民族身份，曹
雪芹家是汉人。由于清朝习惯，包衣汉人称包衣汉军或
混称汉军[7]，而且在任职和参加考试的待遇方面，包衣
汉人也与八旗汉军基本相同，所以我们今天看到清朝的
许多书籍（《枣窗闲笔》《熙朝雅颂集》《四库全书总目
提要》等），把隶属于内务府正白旗的曹雪芹家称为"汉
军"，这正像把内务府镶黄旗包衣汉人高鹗称为"汉军
高鹗"一样。

　　振彦长子曹玺、次子曹尔正，均在内务府供职。曹
玺做过顺治帝的侍卫[8]，其妻孙氏是康熙皇帝小时的保
姆[9]。满人家庭里，有尊重保姆、乳母的习俗。孙氏做
康熙皇帝小时的保姆，这又加深了曹家与皇室的关系，

红楼梦概论

尤其是与康熙皇帝有了特别的关系。康熙二年（1663），曹玺以内工部（后改称营造司）郎中衔[10]出任江宁织造官。当时江宁、苏州、杭州三处设织造，负责供应宫廷所用衣料及祭祀、封诰、赏赐所用织物。顺治年间的织造三年一更代。康熙二年以后，三处织造改为专差久任，不再限年更代。曹玺即为江宁织造专差久任之第一人。织造官虽然不是大员，但事务繁难而责任重大。如果织品的数量和质量稍不能达到宫廷苛刻的要求，就会受到惩罚。如果过分勒索机户及百姓，又会引起地方的骚动。曹玺在织造任上，经营擘划，颇有实绩，不仅深得康熙皇帝的赏识，也赢得江南文人士大夫的好感。

曹玺作为皇帝的家奴，在江宁织造任上，除了本职事务外，还要为皇上搜括山珍海味、文玩古董；特别是要充当皇帝的耳目，向皇帝报告吏治民情方面的情况。当时江南是全国经济最发达的地区，朝廷赋敛、漕粮主要仰赖于江南。同时，江南为人文之渊薮，朝廷官员及全国知名文士有很多出自江南。江南的经济状况和社会动静，对于清朝的统治，关系甚为重大。因此，康熙皇帝除了通过府、州、县等正常官僚系统之外，还要利用自己的家奴作耳目，密切注视江南的吏治民情和大小动静，加强对江南的控制。曹玺执行这类任务，忠心而又得力。康熙《上元县志》和稿本《江宁府志》，曾记叙曹玺"陛见"康熙皇帝，"陈江南吏治，备极详剀"，受到康熙皇帝的奖励。曹玺在江宁织造署，一直供职到康熙二十三年病死于任所。曹玺死后五个月，康熙皇帝南巡至江宁，亲自到织造署抚慰曹玺家属，并遣内大臣祭奠。[11]

曹玺为曹雪芹的曾祖父。曹玺有二子：曹寅、曹宣（改名荃，字子猷）[12]。曹寅字子清，号荔轩，一号棟亭，又别号雪樵、嬉翁、柳山居士、柳山聱叟、棉花道人、西堂扫花行者，是康熙年间很有影响的人物。曹寅早年担任过皇帝侍卫（供职銮仪卫）、本旗旗鼓佐领（正白旗内务府第五参领第三旗鼓佐领）、内务府慎刑司郎中。康熙二十九年（1690），曹寅以内务府广储司郎中衔出任苏州织造。康熙三十一年，调任江宁织造，继承了父业。曹寅在江宁织造任上，一直供职到康熙五十一年（1712）病卒。这个期间，他还一度同内兄李煦（苏州织造）轮流兼任两淮巡盐御史。曹寅在织造任上和巡盐御史任上的政绩，也受人称道。但曹寅的活动范围远不止于此，康熙皇帝对他是十分信任和倚重的。在康熙推行密折陈奏制度的过程中，曹寅和李煦充当了重要角色。"密折"是皇帝和心腹臣子之间秘密的单线书面联系。它一般由心腹臣子本人书写，派家人至京师径交皇帝；皇帝拆阅后如有指示，便随折朱批发还本差带回，交本人执行。这和官场通行的题本、奏本必需经过通政司转内阁入奏的渠道根本不同。密折所奏的内容只有原奏人和皇帝知道，外人"莫测其所言何事"。曹玺在江南任职的时候，已负有刺探江南吏治民情的任务，但现在尚未发现曹玺有陈奏的密折，只有曹玺"面陈"江南吏治的记载。在现存康熙朝的档案中，最早用密折奏事的就是李煦、曹寅等人。起初密奏的主要是雨水、庄稼、收成、物价方面的情况，后来则把重点放在江南官民舆论和地方动静方面。康熙皇帝一再指示他们："但有所闻，可以亲手书折奏闻才好，此话断不可叫人知道"；

红楼梦概论

"已后有闻地方细小之事，必具密折来奏"。李煦、曹寅也不敢疏忽，基本上有闻必报。保存到现在的曹寅的密折，还有一百数十件之多。[13] 像这样的密折陈奏，在康熙皇帝晚年和雍正、乾隆年间进一步扩大使用范围，扩大密奏人员，成为清代政治中的重要制度。

康熙皇帝一生有六次南巡。第一次南巡抵达江宁时正是曹玺去世后五月。第二次南巡在康熙二十八年，至江宁时驻跸江宁织造署，当时桑格任江宁织造。其余四次南巡（康熙三十八年、四十二年、四十四年、四十六年），都是在曹寅担任江宁织造期间。这四次康熙皇帝抵达江宁时都是以江宁织造署为行宫。曹寅当然是竭尽全力奔走供奉，曹寅一家办了四次接驾大典。康熙三十八年南巡驻跸江宁织造署时，曹寅引母亲孙氏上堂朝拜，康熙皇帝见到小时候的保姆，非常高兴，说："此吾家老人也。"当即为曹寅母亲书写"萱瑞堂"三个大字。康熙四十二年南巡之后，为表彰曹寅的"勤劳"，给已经是"三品郎中加五级"的曹寅再加一级。康熙四十四年南巡之后，又给曹寅以通政使司通政使的兼衔，曹寅俨然成了朝廷大员。曹寅有两个女儿，都是王妃（正室），皆为康熙皇帝所指婚。长女嫁多罗平郡王讷尔苏，此人是和硕礼亲王代善（努尔哈赤第二子）的六世孙，真正的天潢贵胄。曹寅长女婚后生有四子，长子福彭日后袭封多罗平郡王，担任过清廷和八旗内的要职。曹寅一家本是皇室的家奴，如今在康熙皇帝的亲自安排下，与皇室结成了姻亲，这无疑大大提高了其身份和社会地位。

曹寅又是一位有很高的文化修养和文学成就的人。

他年轻时就有了诗集《荔轩草》《舟中吟》和词集《西农词》，颇为名人学士们所器重。他去世之前，将自己平生所作的诗加以选择，编成《楝亭诗钞》八卷。他去世以后，门人又将他刊落的诗以及留下的词、文编成《楝亭诗别集》《楝亭词钞》《楝亭词钞别集》《楝亭文钞》，附刻于《楝亭诗钞》之后。清代著名诗人顾景星、朱彝尊、毛际可、姜宸英、沈德潜等人，对曹寅的诗都给予相当高的评价。在繁盛的清代诗坛上，曹寅的诗有一定的地位。曹寅对自己文学作品的总评是："曲第一，词次之，诗又次之。"[14]认为自己词曲的成就在诗之上，最得意的是作为通俗文学的曲。曹寅是位精通曲律并组织有家庭小戏班的剧作家。现今知道，他所作的剧本有《北红拂记》《续琵琶记》《太平乐事》《虎口馀生》四种。[15]《续琵琶记》是演蔡文姬的故事，其中把曹操塑造成有智谋、有魄力、思贤爱才的正面形象。这是中国戏曲小说中第一个正面的曹操形象，也是对文学艺术中把曹操当作"奸雄"的正统观念的真正突破。《太平乐事》是表演京师上元灯节盛况的长达十折的杂剧，除了反映中国各地区、各民族、各阶层的歌舞艺术及习俗之外，还有各藩属国以及海外诸国献艺献宝的场面。最令人惊奇的是第八折《日本灯词》，不仅有灯舞、扇舞、花篮舞等日本舞蹈，其《倭曲头》等四个曲子的唱词，都是按当时日语的音译，从舞台实际看，就是用日语演唱。这种谱入外语的作法，在中国戏剧史上前所未有。

　　曹寅还是一位藏书家。流传于世的《楝亭书目》[16]，是他的藏书目录，共收书三千二百多种，两万多册，分成三十六类。他注重史书的收藏，特别注意明史的收藏。

红楼梦概论

他于"史书类"之外另设一"明史类",收集有关明朝的历史书八十四种，表现了他重视近现代的史学眼光。《楝亭书目》中最多的一类是说部类，包括小说、笔记、杂记，共六百六十九种，有许多是当时罕见的抄本，有些刻本至今已失传。私人藏书中藏有这么多通俗小说的，在清初那个轻视通俗小说的时代，很难再找到第二家。这可见曹雪芹的家庭有爱好通俗小说的传统。此外，《楝亭书目》中还有十八种有关外国史地的书，其中有日本版的《东鉴》。又，"杂部补遗"还收有抄本《华夷译语》一书。这都令人惊讶。

曹寅于藏书的同时，又精于校勘与刻印。康熙皇帝指定他主持编辑、校刻《全唐诗》。他为此在扬州设立专门的书局，从召集校刊人员、搜集唐诗版本、商酌凡例、访觅写工，到刊刻、印刷、装潢，进呈御览，他都事必躬亲。为了提高刻印质量，他要求全书书写人员先习成统一的楷书字体，然后根据校勘的文字精写上版，再精雕细镂，所以印出的字迹秀美匀称，成为别具一格的精品。以后这个书局又陆续刻印过其他许多书，开创出"康熙版式"的一代刻书风范[17]。

曹寅曾根据自己的收藏，刊刻《楝亭五种》(《类篇》《集韵》《重修广韵》《大广益会玉篇》《附释文互注礼部韵略》)和《楝亭十二种》(《都城纪胜》《钓矶立谈》《墨经》《法书考》《砚笺》《琴史》《梅苑》《禁扁》《声画集》《后村千家诗》《糖霜谱》《录鬼簿》)，不仅多为实用书籍，而且底本多是世不经见的宋元精本。像其中的《录鬼簿》，就是现存各种版本中最好的刊本。曹寅还汇集《粥品》《粉面品》《制脯鲊法》《酿录》《茗笺》《泉史》《蔬香谱》《糖霜谱》《制蔬品法》等书的资料，撰成《居常饮馔录》一书，是历代所传饮膳之法的总结性著作。这些都足以表明曹寅"杂学旁收"和兴趣爱好的广泛。

曹寅活动的主要时期，是在康熙平定"三藩"以后几十年，这是清朝政治环境和文化政策比较平稳宽松的一段时期。曹寅凭借他的才情和天子近臣的身份，广泛结交知名文士、学者及明朝遗民，为他的家庭营造了良好的文化氛围。曹玺曾在江宁织造署种植一株楝树，并构筑楝亭。曹玺去世后，曹寅制作了一本"楝亭诗画册"，广为征求图咏。这本"楝亭诗画册"流传至今的尚有四卷十图，保存在国家图书馆。此四卷中绘图的是九位颇有名气的画家，题写诗文词赋的有四十七人。这是残存的四卷，其他散失的卷册上不知还有多少人物题诗绘图。曹寅好像是想通过征求图咏，囊括海内所有的名士。现今我们知道，康熙朝的著名人物王士禛、陈恭尹、梁佩兰、姜宸英、顾贞观、毛奇龄、阎若璩、梅文鼎、赵执信、顾彩、严绳孙、禹之鼎、恽寿平、余怀等等，都同曹寅有交往；而施闰章、朱彝尊、陈维崧、顾景星、尤侗、洪昇、卓尔堪以及保持遗民身份的方仲舒（方苞之父）、杜岕、胡其毅、姚潜等人，同曹寅的交情尤为深厚。从曹寅的实际交游来看，他很敬重文人学士；特别是对于身世坎坷的寒士、遗民，极为尊重、同情，并尽力予以照应。像顾景星的遗著《白茅堂全集》，施闰章的遗著《学馀全集》，朱彝尊的《曝书亭集》，都是曹寅捐巨资为之刻印的，保存了有价值的文化成果。

这里，我们略谈一下曹寅与著名戏剧家洪昇（字昉思）的交往。康熙二十八年八月，洪昇因在佟皇后丧期

红楼梦概论

内召集伶人演《长生殿》，被关进刑部狱，随后"逐归"，革除国学生籍。那天前往观看演出的赵执信（字伸符，号秋谷）、朱典等官员被革职。赵执信十八岁中进士，少年得志，革职时才二十八岁。以后，洪昇回到江南，日益穷愁潦倒。赵执信也再没有进入官场。当时有人作诗讥笑赵执信："秋谷才华迥绝俦，少年科第尽风流。可怜一出《长生殿》，断送功名到白头。"康熙四十一年，洪昇客游江宁，将《稗畦集》稿本给曹寅看。曹寅读后，即作《读洪昉思稗畦行卷感赠一首兼寄赵秋谷赞善》[18]表示慰问：

> 惆怅江关白发生，断云零雁各凄清。
> 称心岁月荒唐过，垂老文章恐惧成。
> 礼法谁尝轻阮籍，穷愁天亦厚虞卿。
> 纵横捭阖人间世，只此能消万古情。

诗中对洪昇和赵执信潦倒落寞的处境深表同情，并用阮籍作比，肯定洪昇、赵执信平日不受礼法约束的豪放行为，用穷愁著书的虞卿作比，安慰、勉励洪昇和赵执信。这些，表现出曹寅与受迫害而处境困顿的文人学士心灵相通。康熙四十二年，曹寅的剧本《太平乐事》脱稿，又请洪昇为作序文，刊于卷首。康熙四十三年，曹寅邀请洪昇到江宁，集南北名流演《长生殿》，一时传为盛事。无论曹寅是否意识到，他所主持的演出活动的实际效果，是在为受到不公正待遇的洪昇造影响。

　　曹寅五十五岁在扬州料理刻印《佩文韵府》时，感冒风寒，转而成疟。康熙皇帝闻讯后，特命快马驰送宫中用的外来药品金鸡纳（奎宁）至扬州。康熙皇帝限令九日到达，而药未送到，曹寅已死。康熙帝随即简拔曹寅之子曹颙继任江宁织造。曹颙这时二十四岁。三年后，曹颙突然病故。康熙帝考虑到曹家在江南居住年久，家产不便迁移，两代孀妇无依无靠，特命将曹宣之子曹頫过继给曹寅之妻为嗣，并继任江宁织造。曹頫供职直到雍正五年。

康熙皇帝对于曹家，真如曹颙、曹頫奏折中说的，"天高地厚洪恩"，"亘古未有"。

曹頫接任江宁织造时虽然年轻，但康熙皇帝继续用他充当耳目，陈奏密折，有时还交给他特殊的任务。康熙皇帝曾在曹頫的一个请安折上朱批：

> 朕安。尔虽无知小孩，但所关非细，念尔父出力年久，故特恩至此。虽不管地方之事，亦可以所闻大小事，照尔父密密奏闻，是与非朕自有洞鉴。就是笑话也罢，叫老主子笑笑也好。[19]

康熙皇帝关心的当然不是"笑话"！康熙皇帝曾多次指示曹頫、李煦照看前大学士熊赐履之子，并报告熊家情形。康熙六十一年王鸿绪等人奉上谕捐三千馀两银子资助熊赐履之子，除付给熊家一千馀两外，康熙命将其馀银子交给曹頫生息给熊家。曹頫在任的时候，用这笔银子每年得利息三百两，分四季交付熊家。[20]又著名学者、历算学家梅文鼎去世时，康熙帝命曹頫监葬事。后来梅文鼎的墓碑上题有："江南织造曹頫监造"。[21]这些，说明康熙帝对曹頫是相当信任的，曹頫也能给主子

红楼梦概论

办事。

康熙年间，尤其是曹玺、曹寅在世的时候，曹家赫赫扬扬，享尽荣华。然而，福兮祸伏，荣华中又埋下衰败的祸根。曹寅广交名士，为人刻书，造园林，养戏班，挥霍靡费已成习惯；而更令曹家难以承受的，还有对皇上、皇子及王公亲贵们的无穷无尽的孝敬与应酬。特别是应付康熙帝"南巡"，诸如预备纤夫、修理桥梁、疏浚河道、兴建行宫、供奉歌舞宴饮以及进献礼品、打点随从人员，等等，动辄耗费万金。仅康熙四十三年在扬州宝塔湾修筑行宫一事，曹寅便"捐助"银二万两。的确如《红楼梦》中赵嬷嬷所说，"把银子都花的淌海水似的"。曹家一共接驾四次，他们家哪里来这么多金钱？尽管他们占着肥缺，各种名目的滥征私派及受贿，使他们有很可观的收入，但仍远远不够如此庞大的开支。于是不能不侵挪帑银，财务上出现巨大亏空。康熙皇帝早"风闻"两淮盐务"情弊多端，亏空甚多"，一再警告曹寅"千万小心，小心，小心，小心"，"不可疏忽"，免致"后来被众人笑骂，遗罪子弟"。[22] 果然在康熙五十年，查出两淮盐运库帑共亏空帑银一百三十六万两。经协商，由商人赔六十七万两，曹寅、李煦分赔七十万两，李、曹表示，三年内偿还清楚。康熙览奏后立即批示："再推三年，断断使不得。"与此同时，江宁织造署库帑也发现巨额亏空；曹寅送上的御用缎匹、明纱又有十多匹质量不合格，责令其"补织赔偿"。曹寅就这样在茫茫债海中，"日夜悚惧"，疲于奔命，过早地离开人世。弥留之际，计算江宁织造衙门历年亏欠共九万馀两白银，两淮盐务亏空分给自己赔偿的为二十三万两白银，而他"无赀可赔，无产可变"，"搥胸抱恨"，死不能瞑目。而出人意料的还有，曹寅死后三年，又查出他亏欠织造银两三十七万三千两。[23] 如此庞大的亏空，曹家真可说是拆骨难偿！好在康熙皇帝了解曹家的苦衷，对于曹家一再"矜全"，谕令李煦及新任两淮巡盐御史李陈常代曹家偿还了先后清查出来的全部亏欠，保全了曹家的官职、财产和性命。

康熙死后，胤禛（雍正帝）即位，曹家便失去宠信，再也得不到原先那样的"旷典殊恩"了。同时，曹家家庭的种种弊端及怠惰、骄奢、侈靡的习俗却有增无减，不可逆转；他们所卷进的各种矛盾纠葛、明争暗斗也愈演愈烈。特别是他们的包衣身份，更令他们祸福无常，朝不保夕。皇帝老子可以根据自己的好感和同情心，连续几代任用他们，也可以凭自己一时的厌恶随时惩罚他们。康熙皇帝生前说的"后来被众人笑骂，遗罪子弟"，曹寅所"日夜悚惧"的以及他的口头禅"树倒猢狲散"，都变成了现实。

康熙皇帝晚年为政"以宽仁为尚"，对于官员（包括有了官职的奴才）往往采取姑息宽容的态度。在此影响下，清朝的吏治和社会风气急遽败坏，各地贪污、侵欠、挪移钱粮的问题日益严重。雍正嗣位后，政局发生重大变化。雍正皇帝一方面严惩同他争夺帝位的兄弟胤禩、胤禟、胤禵等人，株连不少大臣；另一方面决心澄清吏治，稽查亏空，期望扭转康熙后期的颓靡之风。就在他登基后的一个月，便向各省督抚下达全面清查亏空的谕令，限"三年之内务期如数补足""限满不完，定行从重治罪"；"三年补完之后，若再有亏空者，决不宽

红楼梦概论

贷"。从雍正元年起全国清查亏空便雷厉风行地开展起来。苏州织造李煦因查出亏空银三十八万两，被籍没家产，房屋赏给了年羹尧，家仆二百馀口由年羹尧拣取，剩下的作价变卖。曹、李两家，"视同一体"。李煦遭到打击，对曹頫是个不祥的信号。

同一年，曹寅的长婿平郡王讷尔苏，被雍正帝从西北防务重地调回北京管理上驷院事务。讷尔苏在康熙晚年随皇十四子、抚远大将军胤禵驻防西北，握有重要兵权，胤禵回京议事的时候，便由讷尔苏摄大将军印。雍正上台后，立即召胤禵回京，免去其抚远大将军的职务。讷尔苏也随之被调回北京，管理牧养皇家驼马的上驷院。[24]胤禵受康熙皇帝器重，任抚远大将军时建立大功，积累了政治、军事和少数民族事务方面的丰富经验，因而是雍正感到威胁最大的政敌。讷尔苏可能被视为胤禵的亲信，自然应在打击、排斥之列。讷尔苏的失势，无疑使曹家失去得力的保护而处于更不安全的地位。

雍正元年，查出曹頫亏欠八万五千多银两[25]，雍正给予严厉的训斥。接着，曹頫代内务府卖人参，售价偏低，雍正认为"显有隐瞒情形"；送上的缎匹，又多不合格，"织赔"之外，一再罚俸。雍正对曹頫的印象越来越坏。雍正二年，曹頫"恭请万岁圣安"的折子，得到一顿没头没脑的训斥和臭骂：

> 朕安。你是奉旨交与怡亲王传奏你的事的，诸事听王子教导而行。你若自己不为非，诸事王子照看得你来；你若作不法，凭谁不能与你作福。不要乱跑门路，瞎费心思力量买祸受。除怡王之外，竟

可不用再求一人托累自己。为甚么不拣省事有益的做，做费事有害的事？因你们向来混账风俗贯（惯）了，恐人指称朕意撞你，若不懂不解，错会朕意，故特谕你。若有人恐吓诈你，不妨你就求问怡亲王，况王子甚疼怜你，所以朕将你交与王子。主意要拿定，少乱一点。坏朕声名，朕就要重重处分，王子也救你不下了。特谕。[26]

这番"特谕"一定使曹頫不寒而栗，他只能战战兢兢过日子了。雍正五年正月，新任两淮巡盐御史噶尔泰密奏："访得曹頫年少无才，遇事畏缩，织造事务交与管家丁汉臣料理。臣在京见过数次，人亦平常。"雍正在"年少无才"旁批："原不成器。"在"人亦平常"旁批："岂止平常而已。"[27]雍正已经认为曹頫十分可恶了。三月，雍正又在噶尔泰恭谢天恩的奏折上朱批："向来奢侈风俗，皆从织造衙门及盐商富户兴起。"[28]至此，曹頫的命运已经注定，只等时机和由头了。

雍正五年十一月，山东巡抚塞楞额上疏，参劾曹頫等三处织造人员运送缎匹进京，"于勘合外加用沿途州县各站马匹、骡价、程仪、扛夫、饭食、草料等物"。这里所谓"勘合"，是指使用驿站夫马的凭证。清代对于官吏外出使用沿途驿站的夫马，有严格规定，"俱以勘合为凭"。凡违例勒索夫马、财物的，按例要受惩罚。雍正即位后，把清查驿站作为澄清吏治的措施之一，对骚扰驿站的官员严惩不贷，而且还特别敕令"织造各官，嗣后不得于勘合之外多索夫马，亦不得于廪给口粮之外多索程仪骡价。倘勘合内所开夫马不敷应用，宁可于勘合内议加，不得于勘合外多用"。因此，当雍正于这年十二月初四日看到塞楞额的奏疏，得知本已可恶的曹頫有骚扰驿站的情事时，立即传谕内务府和吏部将塞楞额所参人员曹頫等留京"严审"。此案由内务府总管会同有关衙门审理，到次年六月才结案题奏请旨。雍正五年十二月十五日，也就是内务府等衙门刚着手审理此案时，雍正便谕令："江宁织造曹頫审案未结，着绥赫德以内务府郎中职衔管理江宁织造事务。"迫不及待地罢了曹頫的职。再过九天，即十二月二十四日，雍正又传谕查封曹頫的家产：

> 江宁织造曹頫，行为不端，织造款项亏空甚多。朕屡次施恩宽限，令其赔补。伊倘感激朕成全之恩，理应尽心效力；然伊不但不感恩图报，反而将家中财物暗移他处，企图隐蔽，有违朕恩，甚属可恶！着行文江南总督范时绎，将曹頫家中财物，固封看守，并将重要家人，立即严拿，家人之财产，亦着固封看守，俟新任织造官员绥赫德到彼之后办理。伊闻知织造官员易人时，说不定要暗派家人到江南送信，转移家财。倘有差遣之人到彼处，着范时绎严拿，审问该人前去的缘故，不得怠忽！钦此。

雍正六年正月，范时绎接到谕旨，即"将曹頫家管事数人拿去，夹讯监禁，所有房产什物，一并查清，造册封固"。随后，绥赫德抵达江宁接任织造。绥赫德将查明的曹頫所有的田产、房屋、人口等项上奏雍正帝。雍正将曹頫在江南和京城的所有田产、房屋、仆人赏给了绥赫德。对旗人而言，"京师乃其乡土"，外出做官或驻防都是出差，因此，八旗外任官员病故、获罪后家属必勒限回京归旗。曹頫的家属也要按规定回到北京。雍正"恩谕少留房屋以资养赡"，绥赫德"将赏伊之家产人口内，于京城崇文门外蒜市口地方房十七间半、家仆三对"，拨给曹頫家属度日。从留下的档案材料知道，曹頫本人在革职、抄没之后，还被枷号催追骚扰驿站案中应分赔的银两。到雍正七年七月，曹頫仍在枷号之中。由于清朝的王法规定，凡枷号催追侵贪银两，必俟交完之日才能释放，曹頫可能一直枷号到雍正帝死。雍正十三年八月，雍正帝病死。九月初三弘历即皇帝位，以次年为乾隆元年。十月，内务府遵照新登基的乾隆帝关于旗人中"凡应追取之欺贪挪移款项，倘本人确实家产已尽，着查明宽免"的"恩诏"，将曹頫骚扰驿站案中应分赔的银两（四百四十三两二钱，交过银一百四十一两，尚欠三百二两二钱）列入"应予宽免之欠项人名、款数"内具奏请旨，乾隆皇帝允准"宽免"。曹頫欠下的区区三百二两二钱银子，一直追赔到雍正帝死，这可见曹頫"确实家产已尽"了。[29]

曹雪芹是曹寅的孙子[30]，他出生的时候，曹寅已经去世。现在还不清楚雪芹的父亲究竟是曹颙还是曹頫，但知道雪芹生于康熙末年，曹頫罢官并被抄家时，雪芹大约十三、四岁。大概当时谁都不曾意料到，这个家庭的衰败，竟孕育出了中国历史上最伟大的小说家，世界文化巨人。假若当年曹家不是这样的结局，曹雪芹凭着他的文化修养，当然可以成为曹寅、敦敏、敦诚那样的诗人，成为纳兰性德那样的词人，但他肯定写不出《红

红楼梦概论

楼梦》。我们的文学史要是缺少《红楼梦》一章，那该是多大的遗憾啊！然而，历史是没有"假若"的，历史还是给了我们一位伟大的小说家和一部伟大的小说——《红楼梦》。

二、历史和际遇造就的天才

曹雪芹，名霑，号雪芹，又号芹溪。同时的人张宜泉曾说他"字梦阮"[31]。"阮"，即以蔑视礼教、率情任性著称的魏晋名士阮籍。"梦阮"表达了曹雪芹薄名利、鄙流俗、重性情的人生品格追求。但是，按照中国文人取字的习惯，字是成年时由长辈所拟定的，而且与名有意义上的联系。例如雪芹的祖父曹寅字子清，即取自《尚书·舜典》："夙夜惟寅，直哉惟清。"父辈曹頫字孚若，取自《周易·观》："盥而不荐，有孚颙若。"雪芹的字也应该同他的名有意义上的关联。这样看来，"梦阮"只可能是别号，不会是他的字。曹雪芹另有一个"芹圃"的称呼，虽与"雪芹"两字有关联，但也不像是他的字。

曹雪芹的生年，研究者一般推测为康熙五十四年（1715）前后。这时的曹家已经"不及先前那样兴盛"，但曹雪芹赶上了家庭最后一段繁华时期，领略到了前辈的流风馀韵。他这个家庭不仅有着世家的排场，同时也是世代书香。除曹寅之外，往上说，曹振彦是贡士，做

红楼梦概论

过知州、知府等文官。曹玺在康熙年间稿本《江宁府志·宦迹》中被称为"读书洞彻古今，负经济才，兼艺能"。纳兰性德《曹司空手植楝树记》写道："余友曹君子清，风流儒雅，彬彬乎兼文学政事之长，叩其渊源，盖得之庭训者居多。"[32]说曹寅在文学和政事两方面的才能多得力于曹玺的教育。这可以看出曹玺的文化修养。再说曹寅的弟弟曹宣，也能诗，并善画，曾担任过康熙南巡图监画[33]。当时有人把曹寅兄弟两人比作曹丕和曹植。至于曹颙，康熙帝说他"拿起笔来也能写作，是个文武全才之人"[35]。曹𫟼，当时也被目为"好古嗜学""多才"[36]曹雪芹的少年时期就是在这样一个具有浓厚艺术、文化氛围的家庭度过的，是在藏书数万册之多的家庭度过的。可以说，曹雪芹少年时期在接受文化艺术的教育和熏陶方面，有着得天独厚的条件，这为他日后成为一个文化巨人准备了优良的文化素质和艺术素质。

家庭的抄没对曹雪芹的打击太突然。他在惊怖惶恐中结束了自己炊金馔玉的少年生活，离开江南佳丽地。可以想见，这位文学上早熟早慧的少年，伫立北去的舟中，依依望着几代人曾经往来其间的秦淮河、玄武湖、燕子矶，望着他朝夕生活在其中的织造署及署中的西园西池，他心里该会涌起多少激愤和伤感！"无限江山，别时容易见时难。"故园花草，秦淮风月，此后就只能出现在他梦中和记忆中了，也永不消逝地留在他的梦中和记忆之中。

大约雍正六年三、四月间，曹雪芹一家到达北京。他们最初的安身之地当是绥赫德拨给的崇文门外蒜市口地方十七间半房。关于曹雪芹在北京的生活与经历，有许多传说。有人说曹雪芹"曾寄居崇文门外之卧佛寺"。该寺在广渠门内北侧，距蒜市口地方不远，环境清幽，颇具花木亭石。又有传说曹雪芹住过什刹海大翔凤胡同北口的"水屋子"地方，或说他住过西城旧刑部街。还有人说他曾在西直门一个小胡同开设酒馆，并亲自接待往来客人。这些传说究竟有几分真实性，也很难说，但却反映了一个信息，那就是曹雪芹并没有在蒜市口地方十七间半房长期定居。大概是生活一天比一天穷困潦倒，家庭内部的矛盾也越来越多，他不得不流落于城内外各处，有时甚至栖身于寺庙。

关于曹雪芹在北京的生活与经历，只有他自己通过作品透露的情况以及他的亲友（脂砚斋等人）、诗友（敦敏、敦诚等人）所提供的情况，是真实可信的，而这又只有点点滴滴，且有些朦胧。

爱新觉罗敦敏、爱新觉罗敦诚是努尔哈赤第十二子英亲王阿济格的五世孙。由于阿济格在顺治八年因皇室权位之争被赐自尽，子孙都受到影响。敦敏、敦诚虽属天潢却不显贵，心里也充满抑郁不平之气，因而和曹雪芹能相投合并成为至友。敦敏生于雍正七年，敦诚生于雍正十二年。两人是同胞兄弟，敦诚十五岁时出继给九叔祖定庵的已故子宁仁为嗣。敦诚的《寄怀曹雪芹霑》诗写道：

少陵昔赠曹将军，曾曰魏武之子孙。
君又无乃将军后，于今环堵蓬蒿屯。
扬州旧梦久已觉（雪芹曾随其先祖寅织造之任），

且著临邛犊鼻裈。

爱君诗笔有奇气，直追昌谷披篱樊。

当时虎门数晨夕，西窗剪烛风雨昏。

接篱倒著容君傲，高谈雄辩虱手扪。

感时思君不相见，

蓟门落日松亭樽（时余在喜峰口）。

劝君莫弹食客铗，劝君莫叩富儿门。

残杯冷炙有德色，不如著书黄叶村。[37]

这首诗写于乾隆二十二年（1757）。其时敦诚替生父瑚玠做松亭关征税的差使，住喜峰口。诗中表现了对曹雪芹的思念、同情及勉励。"当时虎门数晨夕，西窗剪烛风雨昏。接篱倒著容君傲，高谈雄辩虱手扪。"这是敦诚回忆他和曹雪芹在"虎门"的交谊以及对雪芹的印象。"虎门"指清廷为宗室（清代显祖塔克世的直系子孙称宗室）子弟设立的官学，即宗学。宗学分左翼、右翼，这里专指敦诚、敦敏就读的右翼宗学（地址在今西单牌楼以北的石虎胡同）。由敦诚的诗，我们得以知道曹雪芹曾在右翼宗学担任差事，并与皇族子弟敦诚、敦敏等人朝夕相处，剪烛谈心，他那傲岸不羁的态度和高谈雄辩的才华，得到敦诚、敦敏等人的赏识。敦诚、敦敏兄弟是乾隆九年（1744）以后在右翼宗学读书的，我们可以据此大致推测曹雪芹在宗学当差的时间，但无从考察曹雪芹在右翼宗学当差的起讫年月。曹雪芹究竟担任什么差事，现在也不好猜测，但从敦诚的诗来看，曹雪芹在宗学不是做粗活的夫役，他是以才子、诗人的形象出现在众多皇族子弟的面前。据敦诚的《怀卜宅三》诗和敦敏的《吊宅三卜孝廉》诗[38]，当时宗学里有吟诗结社的活动。以情理推测，曹雪芹肯定是诗社的活跃人物。

曹雪芹大概在四十岁前后移居北京西郊傍近西山的荒村。是什么缘由促使曹雪芹离开北京城内而流落到西郊，如今不得而知。宗学小差事的微薄俸饷没有了，生活必然更加困顿。乾隆二十六年秋天，敦敏、敦诚到西郊看望过曹雪芹，两人各写一首七律留赠雪芹。敦敏的题为《赠芹圃》的诗是：

> 碧水青山曲径遐，薜萝门巷足烟霞。
> 寻诗人去留僧舍，卖画钱来付酒家。
> 燕市哭歌悲遇合，秦淮风月忆繁华。
> 新愁旧恨知多少？一醉酕醄白眼斜。[39]

敦诚的题为《赠曹雪芹》的诗是：

> 满径蓬蒿老不华，举家食粥酒常赊。
> 衡门僻巷愁今雨，废馆颓楼梦旧家。
> 司业青钱留客醉，步兵白眼向人斜。
> 何人肯与猪肝食？日望西山餐暮霞。[40]

两首诗描写了雪芹的住地和处境。他住在"满径蓬蒿"的茅椽衡木之下，过着"举家食粥"的贫苦生活。他经常依靠卖画维持生活来源，有时也依赖亲友们的周济。"举家食粥"是用颜真卿《与李太保帖》中语，"司业青钱"是唐代苏源明（国子监司业）送钱给才人郑广文买酒的故事。典故当然不能理解得太死，曹雪芹一家未必只喝稀饭。但从朋友们的描写和使用的典故上，可以想见曹雪芹生活的窘况。他靠卖画，或者依赖朋友的周济，自然只能勉勉强强糊口。

曹雪芹是有些阔亲戚的。如他的姑表兄福彭（讷尔苏长子，曹寅女生），在雍正年间袭王爵，授定边大将军；乾隆即位后，协办总理事务，擢任议政大臣。曹雪芹拥有这样重要的社会关系却穷困潦倒到如此地步，大概同他孤傲的性格有关。他穷困无可奈何的时候，可能也会求告亲友，会得到富儿们的周济，但他受不了轻蔑的冷眼，咽不下残杯与冷炙。他始终保持着傲世的态度。敦敏《懋斋诗钞》里有一首《题芹圃画石》：

> 傲骨如君世已奇，嶙峋更见此支离。
> 醉馀奋扫如椽笔，写出胸中磈礧时。

这是题写在曹雪芹画上的诗，说曹雪芹酒后挥毫画出的奇峭磳磳的石头，犹如他自己的傲骨。明确点出曹雪芹有一身傲骨。曹雪芹另一位年龄也比他小的诗友张宜泉，其《题芹溪居士姓曹名霑，字梦阮，号芹溪居士，其人工诗善画》写道：

> 爱将笔墨逞风流，庐结西郊别样幽。
> 门外山川供绘画，堂前花鸟入吟讴。
> 羹调未羡青莲宠，苑召难忘立本羞。
> 借问古来谁得似？野心应被白云留。[41]

诗中说曹雪芹不羡慕李白（青莲居士）曾受到皇帝调羹

赐食的宠幸，不忘阎立本应召到御前画画所留下的羞耻，乐意在山野与悠悠白云为伴。看来，工诗善画的曹雪芹是有机会往高枝上爬的，但他不肯"摧眉折腰事权贵"，甚至连皇帝的恩赐也不希冀。他对庸俗的利禄之辈，常常以白眼相待，"步兵白眼向人斜"，"狂于阮步兵"。这样的傲世性格决定了曹雪芹必然愈来愈贫困。曹雪芹在北京西郊寂寥的荒村，度过了十个春秋冬夏，饥寒疲惫时时困扰着他，直到生命的最后。

中外文学史上的伟大作家，几乎都是尝尽人世间的痛苦之后才成就辉煌的文学事业。文学，同苦难似乎有不解之缘。前面引过曹寅安慰、勉励洪昇、赵执信的诗，有一句是："穷愁天亦厚虞卿"。说虞卿（战国时人）的"穷愁"是老天爷的厚意——正由于穷愁，虞卿才得以发愤著书，自见于后世。这就是苦难造就文学的道理，也就是古人说的，诗"穷而后工"。中国历史上的思想家、文学家大都懂得这个道理。司马迁在《史记·太史公自序》和《报任安书》里，列举周文王、孔子、屈原、左丘明、孙膑、韩非等人处在困厄之中"发愤"（发抒忧愤）著书的故事，并指出："此人皆意有郁结，不得通其道，故述往事，思来者，……以舒其愤，思垂空文以自见。"这里所谓"意有郁结"，就是因经历、体验了穷苦和忧伤而产生的精神痛苦。"发愤""舒愤"，近似于现代人讲的"宣泄"。文学的历史表明，伟大的文学作品往往是作者宣泄其痛苦的经历、体验、感悟而产生的。虽然痛苦并不一定会产生伟大的作品，但只有经历和体验过人生的辛酸和苦痛的作家，才有对人生和历史的深入思考与悲剧性感受，才会感悟到民族和人类所面临的忧患与危机，也才能打开艺术灵感的闸门，激起艺术创作的冲动，创作出真正伟大的文学作品。在痛苦中孕育的文学作品，最富于感情，最能打动人心，也最令人深思。

曹雪芹由富贵坠入贫困之后，往日繁华靡丽的生活，恍如"一番梦幻"留在他的忆想中。由于往事成了梦境，他便有了冷静的回味与反思，有了一种"愧则有余，悔又无益"的怅恨；他对人生和历史也就有了很多的领悟，对世人的真面目也就看得较为清楚。他痛苦地意识到，自己的家庭存在着许多无法治愈的弊病，许多无法弥合的矛盾，衰败是不可避免的；而那一潭死水的生活中，只有"行止见识皆出于我之上"的裙钗们，值得怜惜，不应当"一并使其泯灭"。曹雪芹的朋友经常说到雪芹的"梦"与"忆"："秦淮旧梦人犹在"，"废馆颓楼梦旧家"，"白雪歌残梦正长"，"秦淮风月忆繁华"；雪芹自己也说他"曾历过一番梦幻"。往日繁华生活及其中卓尔不凡的女子，留给他的无尽回忆、思考和爱与恨，是他一生永远解不了的情结，是他创作激情与灵感的来源。

贾宝玉曾经对自己的富贵生活发出怨恨："我只恨我天天圈在家里，一点儿做不得主，行动就有人知道，不是这个拦就是那个劝的，能说不能行。"[42]曹雪芹早年的生活何尝不是这样：行动不自由，生活圈子狭小。当曹雪芹被抛进贫苦和颠沛困顿之中的同时，他也被推向了社会广阔的天地。从某种意义上说，是解脱了对他的束缚。他从此就有机会了解各个阶层、各种职业、各种心理状态的人。他结识的友人，除怀抱抑郁的敦诚、敦敏和穷愁坎坷的张宜泉以及一些具有相同身世之感的文人之外。可以想象，他还会认识三教九流的各种人物，如冷子兴那样的商人，狗儿那种"以务农为业"的人，倪二那种市井泼皮，柳湘莲那种豪侠子弟，王一贴那种卖狗皮膏药的道士，等等。曹雪芹住地西山一带，名刹古寺很多。这些佛寺里，有名僧，有隐于佛门的高人。雪芹常栖止于佛寺，肯定会同这些方外的人物研讨蕴藏着极深智慧的禅理，并和他们建立起深厚的友谊。又有人传说曹雪芹"放浪形骸，杂优伶中，时演剧以为乐"。他是否真的曾粉墨登场参加演出，还很难说，但他肯定有演戏的（优伶）朋友，而且对戏曲艺术和各种通俗文艺有很深的感情和理解。

曹雪芹获得了广泛接触社会、深入认识社会人生的机会。当时的中国社会，号称"盛世"，维持着相当安定的局面，农业、手工业、商业、对外贸易以及科学文化的发展，都超越了明朝后期最繁盛的时期。远离江南繁华地区的北京城，这时也是"商贾云集"，店铺林立，货行会馆遍布于城内外。有几首流行于北京的竹枝词[43]写道：

> 东西两庙货真全，一日能消百万钱。
> 多少贵人闲至此，衣香犹带御炉烟。

> 赫赫声名各各行，高车驷马也经商。
> 休忘客货难销售，四季标期恐断肠。

> 零星货物满天街，黑市才收小市开。

红楼梦概论

> 茶馆门前收古董，又邀隆福寺中来。

> 街前镇日乱邀呼，四季衣裳遍地铺。
> 还价问渠可着恼，大家拉倒莫含糊。

这可见北京市场消费的盛况，亦可见新的社会风尚的端倪。然而，延续了两千多年的封建专制社会，已经累积了厚厚的历史污垢。随着社会经济的发展和特权的膨胀，上层社会必然要放肆聚敛财富，骄奢腐败。在曹雪芹生活的"盛世"年代，从皇帝、满族亲贵到文武大臣，以及享有种种特权的旗人，均失去开国之初一定的俭朴淳厚。骄奢淫逸相习成风，腐败气息日益蔓延。这不仅妨碍了农业、手工业、商业和新的经济因素更大的发展，加深了君主专制和地主阶级剥削制度下所固有的社会矛盾，而且一些贵族世家也因之衰败没落。正如雍正皇帝所讲：

> 功臣之后，往往有不肖子孙，自甘败类，或谋私结党，欺君误国，或贪赃枉法，亏空国帑，陷身刑辟，以致发遣远边，妻子入辛者库。[44]

至于普通旗人，这时也出现了相当严重的生计问题。衣食不继，债务缠身，典卖官家发给的军器、粮饷及至旗地，在旗人中已为屡见不鲜之事。个别旗人甚至冒充民人（广大未入旗的人）卖身为奴，或卖妻，卖儿女。

本来，清王朝把八旗视为"国之根本"，对于旗人有一系列的优惠。如在官制上，划出固定名额作为满洲缺或旗缺；在乡试、会试中，八旗满洲、蒙古、汉军也有单列的录取名额。这就为旗人，尤其为满人，创造了更多的入仕任职的机会。清初在北京周围各州县圈占大批土地，按等级分配给旗人，作为旗人生活的保障。同时，国家还按时向旗人发放养赡口粮，旗人外出做官、当兵又另有俸饷。清王朝对于旗人的优待可说再周到不过了。然而，事与愿违，优待、特权是一种腐蚀剂，旗人们由国家包养下来，反而培养了他们的惰性和侈靡之风，导致多数人生计困窘；只有少数亲贵豪门和走运的贪官污吏，才不断膨胀自己的财富。雍正皇帝在雷厉风行整顿吏治、稽查亏空的同时，也有意整治旗人的颓靡奢侈之风，曾多次指斥旗人"备极纷华，争夸靡丽，甚至沉湎梨园，傲游博肆，不念从前积累之维艰，不顾向后日用之难继"[45]。但是，在专制制度的格局下，旗人社会的腐败风气不可能逆转。雍正皇帝所有剔除积弊的努力，都没有多大成效，只能以不了了之。乾隆皇帝即位以后，对于旗人的生计问题也深感棘手，拿不出解决办法。乾隆皇帝曾就旗人的贫乏作过一番分析：

　　八旗为国家根本，从前敦崇俭朴，习尚淳庞，风俗最为近古。迨承平日久，渐即侈靡，且生齿日繁，不务本计，但知坐耗财求，罔思节俭。如服官外省，奉差收税，即不守本分，恣意花消，亏竭国帑，及至干犯法纪，身罹罪戾，又复贻累亲戚，波及朋侪，牵连困顿。而兵丁闲散人等，惟知鲜衣美食，荡费资财，相习成风，全不知悔。旗人之贫乏，率由于此。[46]

乾隆皇帝的分析虽然没有触及根本制度的问题，更没有认识到腐败的祸首就是他们皇帝自己，但毕竟说出了旗人社会的部分真相。曹雪芹置身于这种社会现实，耳闻目睹社会各个层面的人与事；他身为八旗的一员，接触到八旗的上层与下层，对八旗子弟的腐败与困窘尤为熟知。这样，便使他从自己家庭衰败的切身感受中，进而感悟到社会的贫富悬殊，感悟到整个上层社会日甚一日的腐朽没落，也感悟到荣华富贵不能"永保无虞"。

明朝后期和清朝前期，伴随着商业、手工业的发展和城市经济的繁荣，社会风尚、价值观念逐渐发生变化；在文学艺术和哲学领域兴起以鼓吹自然人性、肯定人的价值和个性自由为主题的人文主义思潮。曹雪芹从广泛的社会联系中，从戏曲、小说、通俗文艺以及各种杂学中，更多地接触到了背离正统观念的"异端邪说"和人文主义思潮，产生了某种朦胧而强烈的人生追求。这不仅为他的小说创作奠定了思想、艺术的基础，也调动了他的创作激情，引发了他的灵感，以至不惜耗尽后半生心血创作《红楼梦》。

以上我们叙述了曹雪芹成为一个文学巨人的历史的、文化的条件以及他个人的因缘。这些综合起来，便构成曹雪芹独特的际遇。曹雪芹的际遇是独特的，历史上不可能重复的。正是历史和际遇造就了曹雪芹。

三、艰辛的创作历程

前面我们说过，曹雪芹成为一个文学巨人，既得力于中国传统文化的哺育，也是那个特殊时代及新兴的启蒙思潮所造就；同时又有他个人的原因，那就是他特殊的家世、身世和他的博学。除此之外，还在于曹雪芹付出了常人难以想象的艰辛，付出了血和泪。

曹雪芹是小说家，又是诗人、画家，对戏曲、园林、医药及传统文化的广阔领域也都有很深的了解。他虽然衣食不给，穷困潦倒，但始终保持着诗人、艺术家的本色，在友朋中间始终是一位倜傥不羁的诗客。敦敏曾以"诗才忆曹植"[47]来推崇曹雪芹。敦诚称赞雪芹"诗胆如铁"，"堪与刀颖交寒光"。[48]所谓"诗胆"，是指诗人表达思想见解的胆略和艺术创造上的勇气。曹雪芹做起诗来，挥洒自如，具有冲破一切的气势，所以敦诚说他的诗胆放射出与宝刀锋芒相交辉的寒光。敦诚《寄怀曹雪芹》诗里说："爱君诗笔有奇气，直追昌谷披篱樊。"在《挽曹雪芹》诗和与荇庄联句中[49]，敦诚又说雪芹

"诗追李昌谷""牛鬼遗文悲李贺"。唐代李贺（昌谷）的诗，多诉说怀才不遇的痛苦和对现实的愤懑，想象奇特，构思精巧，不蹈袭前人。敦诚一再将曹雪芹比作李贺，说明曹雪芹的诗有李贺那种奇幻的境界和卓尔不群的精神。同时，敦诚又称赞曹雪芹突破李贺的"篱樊"。曹雪芹的诗工巧自然，富有韵味，绝无李贺某些诗雕琢、险怪和形象不完整之类的毛病。

张宜泉《春柳堂诗稿》中除了说曹雪芹"爱将笔墨逞风流"那首之外，其他有关曹雪芹的几首都涉及曹雪芹作诗，如《和曹雪芹西郊信步憩废寺原韵》：

> 君诗曾未等闲吟，破刹今游寄兴深。
> 碑暗定知含雨色，墙颓可见补云阴。
> 蝉鸣荒径遥相唤，蛩唱空厨近自寻。
> 寂寞西郊人到罕，有谁曳杖过烟林。

这是一首与曹雪芹的唱和之作。由这首诗可知，曹雪芹作过一首《西郊信步憩废寺》的诗，用的是侵韵的吟、深、阴、寻、林等字作韵脚；而且"寄兴深"，包含着许多人生凄凉的感慨。

曹雪芹一生写的诗，除了《红楼梦》里面的诗以外，流传下来的就只有《西郊信步憩废寺》一个诗题和题敦诚所作《琵琶行》传奇的"白傅诗灵应喜甚，定教蛮素鬼排场"两句了。敦诚《鹪鹩庵笔麈》记云：

> 余昔为白香山《琵琶行》传奇一折，诸君题跋，不下数十家。曹雪芹诗末云："白傅诗灵应喜甚，定

教蛮素鬼排场。"亦新奇可诵。曹平生为诗大类如此，竟坎坷以终。[50]

曹雪芹工诗善画。他的画现在一幅也看不到，不知人世间还有无留存。

俄国十九世纪文学批评家别林斯基说过："长篇和中篇小说是最广泛的、包罗万象的一类诗（文学）"，"在这里，虚构与现实、艺术构思与单纯但须真实的自然摹写，可以更好地、更贴切地融会在一起"，"长篇和中篇小说给作家的才能、性格、趣味、倾向等主导性能以充分发挥的余地"。[51]曹雪芹高度的文学艺术修养，他的多才多艺和渊博学识，在长篇小说创作中可以得到充分的发挥。曹雪芹对昔日繁华生活的无尽回忆、思考以及爱与恨，他对女友、情侣的无限眷念和解不了的情结，他"半生潦倒"的人生体验、所见所闻以及对社会、历史的探索，他孤标傲世的文化品格和人文主义理想，等等，只有通过长篇小说才能获得最充分的表现。因此，曹雪芹选择长篇小说作为他文学创作的主要形式。由于他是诗人、画家，他又把诗情画意融入了他的小说。

曹雪芹的时代，中国的小说创作如果从"始有意为小说"的"唐传奇"（文言短篇小说）算起，已经有了一千年的历史；长篇章回小说的创作从《三国志演义》《水浒传》算起，已经有了四百年的历史。李卓吾、冯梦龙、金圣叹诸人推崇小说的文学价值，为提高小说的地位努力呐喊，也有了一百多年的历史。这时候，小说已成为社会上"人人乐得而观之"的最普及的文学创作形式。但是，正统文人仍然把小说视为不能登大雅之堂

红楼梦概论

的"小道"，一般读书人的心目中小说的价值也远在经史、诗文词赋之下。曹雪芹充分认识到小说的普及性和对社会广泛而深入的影响，他在《红楼梦》开头写道："市井俗人喜看理治之书者甚少，爱看适趣闲文者特多。"这可以说是领导新潮流的很通达的文学观念。

曹雪芹在三十岁左右开始《红楼梦》的写作。今传甲戌本第一回有"至脂砚斋甲戌抄阅再评，仍用《石头记》字样，同时又有"曹雪芹于悼红轩中披阅十载、增删五次"的话。虽然今传甲戌本过录时间较晚，但其祖本应是脂砚斋甲戌年（乾隆十九年）"抄阅再评"的本子。既然乾隆十九年（1754）曹雪芹已经"披阅十载"，那说明在乾隆十年（1745）左右，曹雪芹即开始写作《红楼梦》。其时，曹雪芹大约三十岁，正当而立之年。

这里要对曹雪芹说的"披阅""增删"作个解释。由于《红楼梦》这部小说是以神话故事开头，假托全书是空空道人从大荒山无稽崖青埂峰下一块曾经幻形入世的石头上抄来的，为了与这个神话故事相适应，曹雪芹当然在小说正文中要说自己的工作是"披阅""增删"以及"纂成目录、分出章回"。不难看出，曹雪芹就是创作者。甲戌本上还有针对这个"批阅""增删"的一则眉批：

> 若云雪芹批阅、增删，然则（原误作"后"）开卷至此这一篇楔子，又系谁撰？足见作者之笔狡猾之甚！后文如此处者不少，这正是作者用画家烟云模糊处。观者万不可被作者瞒蔽了去，方是巨眼。

明确指出"披阅""增删"是小说作者的"狡猾"之笔。脂砚斋等人亲眼看到曹雪芹写作《红楼梦》，他们在批语中多次明确指出，《红楼梦》作者是曹雪芹。小说不是"纪实"，千万不能呆看，曹雪芹说的"披阅""增删"，意思就是执笔写作。

曹雪芹大约用近十年时间写出《红楼梦》的初稿。现今所见的甲戌本虽然仅残存十六回（1~8回，13~16回，25~28回），但它的祖本应该是八十回左右的脂评抄本。这个本子是脂砚斋"抄阅再评"的，书名题作《脂砚斋重评石头记》，既称"再评""重评"，那便还有"初评"，只是如今没有发现而已。"初评"的时间至少比"甲戌抄阅再评"早一、二年。这就是说，在甲戌年（乾隆十九年）的前一、二年，曹雪芹已经写出了《红楼梦》的初稿，估计前面八十回已大致定型。

《红楼梦》第一回曾列举这部小说一连串的题名。按书中所写，这部小说本名《石头记》，空空道人易名为《情僧录》，至吴玉峰题曰《红楼梦》，东鲁孔梅溪则题曰《风月宝鉴》，曹雪芹又题曰《金陵十二钗》，至脂砚斋甲戌抄阅再评，仍用《石头记》。这一连串的演变过程及题名的人物，仍是"小说家言"，不能完全信以为真。但这些书名的出现，可能反映了作者创作的某些过程和某些思考，也不可忽视。甲戌本在"东鲁孔梅溪则题曰《风月宝鉴》"一句之上有一则眉批：

　　雪芹旧有《风月宝鉴》之书，乃其弟棠村序也。今棠村已逝，余睹新怀旧，故仍因之。

红楼梦概论

这条批语透露了一个很重要的信息：曹雪芹先曾写过一本题名为《风月宝鉴》的小说。现在我们看到的《红楼梦》中的一些"风月"故事，可能原本就是属于《风月宝鉴》的。如秦可卿的故事，在《红楼梦》初稿中有"秦可卿淫丧天香楼"事，内容大致是：秦可卿与公公贾珍私通，被丫头碰见，羞愧自缢而死。这是地道的风月故事，最有可能是从《风月宝鉴》里移植过来的。今所见甲戌本第十三回有一则眉批：

> 此回只十页，因删去天香楼一节，少却四、五页也。

同回的回末，又有一则总批：

> 秦可卿淫丧天香楼，作者用史笔也。老朽因有魂托凤姐贾家后事二件，嫡是安富尊荣坐享人能想得到处？其事虽未漏，其言其意则令人悲切感服，姑赦之，因命芹溪删去。

从这两则批语得知，曹雪芹接受脂砚斋等人的建议，将书稿中秦氏与贾珍的乱伦行为及秦氏自缢的情节删了去。因此，后来《红楼梦》的各种本子都没有秦可卿淫丧的情节。

然而，秦氏与贾珍的乱伦行为及秦氏自缢的情节，已是小说有机整体的一部分，牵一发而动全身，删去了四、五页文字，前后许多有关的部分都要做相应的修改，甚至整个构思都会受到影响。这个工程就非常大了，曹雪芹曾经努力做相应的修改工作，但始终没有完全做好。直到"庚辰秋月定本"的《红楼梦》，即曹雪芹生前最后一个改定本，因删去"秦可卿淫丧天香楼"而引起的一系列需要调整、增删、修改的工作，也没有作完。如第五回有关秦可卿的图画、判词、曲词，没有作相应的修改。第十三回写秦可卿死时，"合家""无不纳罕，都有些疑心"；宝玉听说秦氏死了，"只觉心中似戳了一刀的，不忍哇的一声奔出一口血来"；贾珍"哭的泪人一般"，扬言"尽我所有"料理后事；秦氏的丫鬟名唤瑞珠者触柱而亡。这些表现都是反常的。惟一合理的解释是，这些都是初稿中与"淫丧天香楼"有关的笔墨，是作者准备删改而"未删之笔""未删之文"。就是第十三回的回目"秦可卿死封龙禁尉"，也显然不妥。秦可卿死后，封龙禁尉的是贾蓉，不是秦可卿。推想初稿中这个回目是作"秦可卿淫丧天香楼"，因为正文删去了"淫丧天香楼"的内容，回目便作了修改，但只改了下半头，上半头的主词还没有来得及斟酌修改，于是就成了今天看到的样子。我们现在知道，从脂砚斋甲戌年对《红楼梦》稿本"抄阅再评"，到曹雪芹逝世，有八、九年的时间。这么长的时间，为什么曹雪芹没有把书中秦可卿的故事及有关部分调整、增删、修改好呢？生活太艰苦，写作条件太差，当然是一个重要原因，而更重要的恐怕是曹雪芹对删去"秦可卿淫丧天香楼"的情节，还有所犹豫，思想上有所保留，至少是没有找到理想的替代办法。删去"秦可卿淫丧天香楼"的情节，不是出自曹雪芹的本意，而是脂砚斋等人"命"曹雪芹删去的。删改以后的秦可卿故事有贾珍大办丧事和王熙凤协理宁

红楼梦概论

国府的故事，对揭露贵族世家的奢华糜费、繁文缛礼，对表现王熙凤的复杂多面的思想性格，很有意义，但原故事中对贵族家庭和虚伪礼教的暴露以及贾珍为不可告人之目的而大办丧事所具有的滑稽可笑的丑的效果，则失去了。这些，曹雪芹肯定是心中有数的。他迟迟不能把有关秦可卿的文字写定，根本原因应该是在这里。这也是曹雪芹写作《红楼梦》过程中无限的"辛酸"之一。

《红楼梦》由脂砚斋于甲戌年（乾隆十九年）"抄阅再评"并"仍用《石头记》"书名之后，在乾隆二十一年有一次对书稿"对清"的工作。庚辰本第七十五回前另页上抄有一则附记：

> 乾隆二十一年五月初七日对清。缺中秋诗，俟雪芹。

这是对新写的或修改的稿子抄好对清的意思，可说是《红楼梦》写作过程中留下的雪泥鸿爪。

再过三年，即乾隆二十四年（1759），《红楼梦》前八十回有一次"定本"。现存的《红楼梦》己卯本在第三十一回至四十回的总目页的书名下注："己卯冬月定本。""己卯"是乾隆二十四年。现存的己卯本是过录本（怡亲王弘晓府上的抄藏本），它的原底本则是己卯年冬天的定本。

乾隆二十五年，《红楼梦》前八十回又有一个新的"定本"。现存的《红楼梦》庚辰本，在第四十一回至五十回、第六十一回至七十回两册的总目页的书名下均注："庚辰秋月定本"；在第五十一回至六十回、第

七十一回至八十回两册的总目页的书名下均注："庚辰
秋定本"。"庚辰"是乾隆二十五年。现存的庚辰本是过
录本，它的祖本则是庚辰年秋天的改定本。庚辰年离曹
雪芹去世只有两、三年时间，就目前我们所知《红楼梦》
版本情况，这是曹雪芹生前最后一个改定本。至此，《红
楼梦》前八十回基本写定，八十回以后亦写有初稿，只
是没有"定本"。

　　从乾隆十年（1745）左右曹雪芹开始写作《红楼
梦》，经过"披阅十载、增删五次"，到乾隆十九年脂砚
斋"抄阅再评"，乾隆二十一年有一次"对清"，再到乾
隆二十四年"冬月定本"、乾隆二十五年（1760）"秋月
定本"，其演变轨迹约略可见。如果将甲戌本、己卯本、
庚辰本三个本子的文字作些比较，可以看出作者修改的
某些痕迹。就是仅仅从回目的修改来看，也很耐人寻味。
甲戌本现存的十六回的回目，到己卯、庚辰本中有六个
回目作了修改（己卯本的回目与庚辰本一致），改动面
占一小半。第三回回目，甲戌本作"金陵城起复贾雨村，
荣国府收养林黛玉"，己卯、庚辰本改作"贾雨村夤缘
复旧职，林黛玉抛父进京都"。第五回回目，甲戌本作
"开生面梦演红楼梦，立新场情传幻境情"，己卯、庚辰
本改作"游幻境指迷十二钗，饮仙醪曲演红楼梦"。第
七回回目，甲戌本作"送宫花周瑞叹英莲，谈肆业秦钟
结宝玉"，己卯、庚辰本改作"送宫花贾琏戏熙凤，宴
宁府宝玉会秦钟"。第八回回目，甲戌本作"薛宝钗小
恙梨香院，贾宝玉大醉绛芸轩"，己卯、庚辰本改作"比
通灵金莺微露意，探宝钗黛玉半含酸"。第二十五回回
目，甲戌本作"魇魔法叔嫂逢五鬼，通灵玉蒙蔽遇双

红楼梦概论

真"，己卯、庚辰本改作"魇魔法姊弟逢五鬼，红楼梦通灵遇双真"。第二十六回回目，甲戌本作"蜂腰桥设言传蜜意，潇湘馆春困发幽情"，己卯、庚辰本改作"蜂腰桥设言传心事，潇湘馆春困发幽情"。读者从这些改动中不难看出，被改的回目，或语意欠明（如"立新场情传幻境情"），或用词不够确切（如"收养林黛玉"），或词句显得生硬（如"金陵城起复贾雨村"），或与正文内容不相符合（如"叹英莲"的是周瑞家的，却作"周瑞叹英莲"），等等。经过改动后的回目，对仗工整，大都明白晓畅，且有十分传神之笔（如"黛玉半含酸"等）。这只是从甲戌本仅存的十六回回目中所见到的修改情况，至于甲戌本佚失的几十回回目在己卯、庚辰本中的修改情况，据此可推想而知了。《红楼梦》艺术上空前的成就和永久性魅力，与这种字斟句酌的辛苦的修改工作是分不开的。

曹雪芹将自己大半生的精力倾注在《红楼梦》的创作上。由于他的生活条件和写作条件太艰苦，由于他写得太精细、太费时日，也是由于他离开人世太早太急，以至于没有最后完成全书。在前八十回中，除了有关秦可卿的文字没有写定以外，还有多处没有完全写好或写定。如第十七、十八回连着没有分开，第十九回、第八十回没有回目，个别章回的结语不完整，宝玉书童茗烟的名字没有统一（第二十四回至三十四回叫焙茗）。再如，描写贾府制灯谜的第二十二回只写到惜春的灯谜，宝钗的灯谜"暂记"于另页，黛玉的灯谜还没有作，贾政"悲谶语"的文字没有写。又第七十五回，据前已引过的那则附记，乾隆二十一年五月"对清"时，"缺中秋诗，俟雪芹"，到乾隆二十五年"秋月定本"，仍然"缺中秋诗"。这一回写中秋节贾府的人在大观园赏月，宝玉先作了一首绝句，得到贾政的奖励；贾兰见贾政奖励宝玉，也作了一首；贾环技痒，也作了一首。宝玉的诗，贾政限他"秋"字为韵，而且"不许用那些冰玉晶银彩光明素等样堆砌字眼"。贾政对三人的诗都表示欢喜，但又批评宝玉的诗"到底词句不雅"，贾环的诗"终带着不乐读书之意"，弟兄二人"发言吐气总属邪派"；又说宝玉诗中"公然以温飞卿自居"，贾环则"自为曹唐再世"。而贾赦却对贾环的诗"连声赞好"，说"甚是有骨气"，"竟不失咱们侯门的气概"。试想，宝玉、贾环、贾兰的诗，要符合贾政、贾赦的要求与评语，又要符合各自的才性（七十八回说宝玉"空灵娟逸"，贾环、贾兰"作诗亦如八股之法，未免拘板庸涩"），那无疑是很难拟作的。曹雪芹先写了这一回的散文部分，三人的中秋诗都暂时空着等待以后补写。岂料雪芹以后一直没有补写！雪芹没有来得及补的"缺"，便永远没有人补得出来。

八十回以后，曹雪芹写了约三十回初稿，而且写到了最后一回《警幻情榜》。可惜这些书稿早在曹雪芹生前就开始被借阅者"迷失"了。庚辰本第二十回有一则署为"丁亥夏畸笏叟"的批语（括号内的文字为引者注）：

> 茜雪至《狱神庙》方是（原抄作"呈"）正文。袭……（"袭"字后原有脱漏）正文标目（原误抄作"昌"）"花袭人有始有终"。余只见有一次誊

清时，与《狱神庙慰宝玉》等五、六稿被借阅者迷失。叹叹！

庚辰本第二十六回又有两则署为"丁亥夏畸笏叟"的眉批：

> 《狱神庙》回有茜雪、红玉一大回文字，惜迷失无稿。叹叹！惜卫若兰射圃文字迷失无稿。叹叹！[52]

庚辰本第二十一回、三十一回、四十二回又有批语说明了八十回以后的初稿共多少回：

> 按此回之文固妙，然未见后三十回，犹不见此之妙。此曰"娇嗔箴宝玉""软语救贾琏"，后曰"薛宝钗借词含讽谏，王熙凤知命强英雄"。今只从二婢说起，后则直指其主。……
>
> 后数十回若兰在射圃所佩之麒麟，正此麒麟也。提纲伏于此回中，所谓草蛇灰线，在千里之外。
>
> 钗、玉名虽二个，人却一身，此幻笔也。今书至三十八回时，已过三分之一有余，故写是回，使二人合而为一。请看黛玉逝后宝钗之文字，便知余言不谬矣。

根据脂砚斋等人的批语和曹雪芹在小说前八十回的某些预示，后三十回初稿的大致内容是：林黛玉在她的爱情、品格、才情不见容于家庭和社会的情况下，在处境越来越恶化的情况下，"春恨秋悲"，病情日益加重，终至"泪尽而逝"。薛宝钗与宝玉成婚，实现"金玉良缘"，两人还有一段齐眉举案的日子，但终究缺乏感情。薛宝钗曾"借词"对宝玉进行"讽谏"，劝宝玉"改邪归正"，而宝玉"已不可箴"。元春再没能回家省亲，过早地去世。探春远嫁海隅，一去不返。迎春嫁孙绍祖后被"作践"，一年后死去。史湘云与卫若兰结为夫妇，婚后生活美满，但好景不长。惜春出家为尼，"缁衣乞食"。妙玉沦落风尘，犹如"一块美玉落在泥污之中"。香菱被夏金桂害死。王熙凤恶迹败露，"短命"而死，死时有"惨痛之态"。巧姐由刘姥姥搭救出去，与板儿结为夫妻。花袭人嫁给蒋玉菡，曾接济、照顾生活上处于绝境的宝玉夫妇。贾府经过抄没，一败涂地，许多人被逮入狱。宝玉也一度入狱，茜雪、小红曾至"狱神庙慰宝玉"。宝玉一直思念林黛玉，他的爱情早被毁灭了，家庭又败落了，生活陷入空前的困顿，他领悟到现实人生的"无常"和虚幻，于是"悬崖撒手"，弃家为僧。全书最后一回为《警幻情榜》，具体开列十二钗的正、副、再副及三、四副的名单，共六十位女子，并置宝玉于群芳之首（所谓"诸艳之冠"），而且于主要人物下有一评语，如宝玉为"情不情"，黛玉为"情情"。

曹雪芹于乾隆二十七年十二月三十日（西历1763年2月12日）去世。甲戌本第一回有一则脂砚斋的眉批：

能解者方有辛酸之泪，哭成此书。壬午除夕，书未成，芹为泪尽而逝。

余尝哭芹，泪亦待尽。每意觅青埂峰再问石兄，奈（原抄作"余"）不遇癞头和尚何？怅怅！

"壬午"为乾隆二十七年，除夕（十二月三十日）当西历 1763 年 2 月 12 日。雪芹去世以后，张宜泉在北京西郊雪芹故居写下《伤芹溪居士》：

> 谢草池边晓露香，怀人不见泪成行。
> 北风图冷魂难返，白雪歌残梦正长。
> 琴裹坏囊声漠漠，剑横破匣影铓铓。
> 多情再问藏修地，翠叠空山晚照凉。

《春柳堂诗稿》中这首诗的诗题下有张宜泉自注："其人素性放达，好饮，又善诗画。年未五旬而卒。"由此得知，曹雪芹去世时还不到五十岁。诗的颔联"北风图冷"是喻指曹雪芹绘画的精美。相传东汉刘褒画的《北风图》，令观赏者觉得寒气逼人。曹雪芹的绘画也具有这类特异的审美效果，可惜他过早地去世，魂魄再难返回了。"白雪歌"出自宋玉的《对楚王问》，向来作为高雅作品的代称。这里是说，曹雪芹的"梦"还悠悠漫长的时候，却被迫停止了歌吟，停止了文学创作。曹雪芹的"梦"，就是他为之呕心沥血的"红楼"之"梦"。

敦诚的《鹪鹩庵杂记》中有两首《挽曹雪芹》诗（括号内文字为敦诚原注）：

> 四十萧然太瘦生，晓风昨日拂铭旌。
> 肠回故垄孤儿泣（前数月伊子殇，因感伤成疾），泪迸荒天寡妇声。
> 牛鬼遗文悲李贺，鹿车荷锸葬刘伶。
> 故人欲有生刍吊，何处招魂赋楚蘅？

开箧犹存冰雪文，故交零落散如云。
三年下第曾怜我，一病无医竟负君。
邺下才人应有恨，山阳残笛不堪闻。
他时瘦马西州路，宿草寒烟对落曛。

后来的《四松堂集》付刻底本和《四松堂诗钞》没有收第二首，第一首改写为：

四十年华付杳冥，哀旌一片阿谁铭？
孤儿渺漠魂应逐（前数月伊子殇，因感伤成疾），
新妇飘零目岂瞑！
牛鬼遗文悲李贺，鹿车荷锸葬刘伶。
故人惟有青衫泪，絮酒生刍上旧坰。

在《四松堂集》付刻底本和《四松堂诗钞》中，这首《挽曹雪芹》的写作年份注明为"甲申"（乾隆二十九年），并且是甲申年最前面的诗。有些学者据此把曹雪芹去世的日子定为乾隆二十八年（癸未）除夕（西历 1764 年 2 月 1 日）。

曹雪芹生前，《红楼梦》前十回抄本已悄悄流传。他去世以后，这些抄本更是不胫而走，辗转传抄。"好事者每传抄一部，置庙市中，昂其值得数十金"。然而，读者每以"无全璧"为憾。乾隆五十六年（西历 1791年），程伟元将数年苦心搜集的不知何人所作的后四十回，与社会上传抄的前八十回"合成完璧"，并邀约高鹗共同予以整理，然后用木活字排印发行。这是《红楼梦》的第一个印刷本（程甲本）。初印后，程伟元、高

红楼梦概论

鹗又进一步对全书"详加校阅、改订",于乾隆五十七年再用木活字排印。这个改印本即所谓程乙本。

关于辑补、刊印《红楼梦》的过程,程甲本卷首程伟元的《序》写道:

> 《红楼梦》小说本名《石头记》,作者相传不一,究未知出自何人,惟书内记雪芹曹先生删改数过。好事者每传抄一部,置庙市中,昂其值得数十金,可谓不胫而走者矣。然原目一百廿卷,今所传只八十卷,殊非全本。即间称有全部者,及检阅仍只八十卷,读者颇以为憾。不佞以是书既有百廿卷之目,岂无全璧?爰为竭力搜罗,自藏书家甚至故纸堆中无不留心,数年以来,仅积有廿馀卷。一日偶于鼓担上得十馀卷,遂重价购之,欣然繻阅,见其前后起伏,尚属接笋,然漶漫殆不可收拾。乃同友人细加厘剔,截长补短,抄成全部,复为镌板,以公同好,《红楼梦》全书始至是告成矣。书成,因并志其缘起,以告海内君子。凡我同人,或亦先睹为快者欤!小泉程伟元识。

程甲本卷首又有高鹗的《叙》:

> 予闻《红楼梦》脍炙人口者,几廿馀年,然无全璧,无定本。向曾从友人借观,窃以染指尝鼎为憾。今年春,友人程子小泉过予,以其所购全书见示,且曰:"此仆数年铢积寸累之苦心,将付剞劂,公同好。子闲且惫矣,盍分任之?"予以是书虽稗

官野史之流，然尚不谬于名教，欣然拜诺，正以波斯奴见宝为幸，遂襄其役。工既竣，并识端末，以告阅者。时乾隆辛亥冬至后五日铁岭高鹗叙并书。

乾隆辛亥即乾隆五十六年。这一年冬至是农历十一月二十七日（本月月小），冬至后五日为十二月三日（西历 1791 年 12 月 27 日）。

程乙本卷首有"小泉、兰墅"（程伟元、高鹗）合写的《引言》：

一、是书前八十回，藏书家抄录传阅，几三十年矣，今得后四十回，合成完璧。缘友人借抄，争睹者甚伙，抄录固难，刊板亦需时日，姑集活字刷印。因急欲公诸同好，故初印时不及细校，间有批缪。今复聚集各原本，详加校阅，改订无讹，惟识者谅之。

一、书中前八十回抄本，各家互异；今广集核勘，准情酌理，补遗订讹。其间或有增损数字处，意在便于披阅，非敢争胜前人也。

一、是书沿传既久，坊间缮本及诸家所藏秘稿，繁简歧出，前后错见。即如六十七回，此有彼无，题同文异，燕石莫辨。兹惟择其情理较协者，取为定本。

一、书中后四十回，系就历年所得，集腋成裘，更无他本可考。惟按其前后关照者，略为修辑，使其有应接而无矛盾。至其原文，未敢臆改，俟再得善本，更为厘定，且不欲尽掩其本来面目也。

一、是书词意新雅，久为名公巨卿赏鉴，但创始刷印，卷帙较多，工力浩繁，故未加评点。其中用笔吞吐，虚实掩映之妙，识者当自得之。

一、向来奇书小说，题序署名，多出名家。是书开卷略志数语，非云弁首，实因残缺有年，一旦颠末毕具，大快人心，欣然题名，聊以记成书之幸。

一、是书刷印，原为同好传玩起见，后因坊间再四乞兑，爰公议定值，以备工料之费，非谓奇货可居也。

壬子花朝后一日小泉、兰墅又识。

"壬子"即乾隆五十七年。"花朝"为农历二月十五日。壬子花朝后一日（西历1792年3月8日），距辛亥冬至后五日仅七十二天。

《红楼梦》经过程伟元和高鹗辑补、刊印以后，很快风行海内，流播国外。虽然后四十回的历史意蕴、审美价值以及语言的情致韵味远不能与前八十回相比，合在一起不大相称；但是，后四十回是努力按照曹雪芹在前八十回的预示、提示来写的，是沿着前八十回形成的悲剧趋向续写的，文笔通畅，有些地方还写得很生动。由于后四十回的续补，《红楼梦》便形成了大体完整的悲剧情节和小说结构；尤其是宝玉、黛玉的爱情悲剧结局具有了震撼人心的艺术效果。因此，这个一百二十回本获得了声誉，得到了历史的认可。

程伟元，字小泉，苏州人，有文才，能诗善画，襟怀淡泊。乾隆末年流寓京师期间致力于《红楼梦》的辑补、刊印工作。嘉庆年间，宗室晋昌出任盛京将军时，延聘程伟元担任幕僚，佐理书翰奏牍。宾主颇为相得，经常诗文唱酬。晋昌曾称赞程伟元："文章妙手称君最，我早闻名信不虚。"[53]

高鹗，字云士，号秋甫，别号兰墅，有小印曰"红楼外史"，内务府镶黄旗包衣汉人。旗人的户籍均统领于八旗的管理系统，不在地方州县落籍。因此，正式履历和官方文书中，旗人只说旗籍，称某某旗某某佐领下人。然而旗籍汉人在诗文集中往往自署籍贯，这籍贯是他们家入旗之前的籍贯，即原籍。如曹寅，他的《楝亭诗钞》，每一卷前面署"千山曹寅子清撰"。其门人编定的《楝亭诗别集》《楝亭词钞》《楝亭词钞别集》《楝亭文钞》，也均署"千山曹寅子清撰"。千山是辽阳的名胜，在此作辽阳的代称。"千山曹寅"，就意味着曹寅家的原籍是辽阳。高鹗在所填履历中为"镶黄旗满洲都统内府汉军延庆佐领下廪膳生"[54]，他的文章则自署"铁岭高鹗"，诗集《月小山房遗稿》（觉罗华龄校刊）亦署"铁岭高鹗兰墅著"。这"铁岭高鹗"，表明他家入旗之前的原籍是铁岭。

高鹗是乾隆五十三年戊申（1788）顺天乡试举人。乾隆六十年乙卯中三甲第一名进士，时年三十八岁。历任内阁中书、内阁典籍、都察院江南道监察御史、刑科给事中。他参与《红楼梦》的整理、刊印工作是在中举以后、中进士之前，大功告成时写有《重订红楼梦小说既竣题》：

> 老去风情减昔年，万花丛里日高眠。
> 昨宵偶抱嫦娥月，悟得光明自在禅。[55]

嘉庆六年辛酉（1801）九月高鹗任顺天乡试同考官，著名诗人张问陶也是这次顺天乡试的同考官。张问陶和高鹗同是乾隆五十三年顺天乡试的举人，这次一起作顺天乡试的同考官，得以相遇，闱中高鹗曾谈起《红楼梦》，张问陶有《赠高兰墅鹗同年》诗：

> 无花无酒耐深秋，洒扫云房且唱酬。
> 侠气君能空紫塞，艳情人自说红楼。
> 逶迟把臂如今雨，得失关心此旧游。
> 弹指十三年已去，朱衣帘外亦回头。[36]

张问陶在诗题下注云："传奇《红楼梦》八十回以后俱兰墅所补。"后来，俞樾、胡适等以此为据推断《红楼梦》后四十回为高鹗所作。然而，张问陶所云"补"，不一定是"补作"，也可以理解为"补缀"。二十世纪八十年代以后学者们研究了陆续发现的文献资料，多认为高鹗只是参与整理、补缀工作。后四十回的原始作者另有其人。又张问陶的《冬日将谋乞假出齐化门哭四妹筠墓》诗，题下注云："妹适汉军高氏，丁未卒于京师。"清末震钧的《天咫偶闻》卷三中指此"汉军高氏"为高鹗，于是以讹传讹，许多人将高鹗当成"张船山妹夫"。近年研究者发现张船山家世史料多种，证明张筠所嫁"汉军高氏"为高扬曾。

四、《红楼梦》的早期抄本和印本

　　《红楼梦》的版本经历了由抄本到印刷本的演变过程。由于曹雪芹对自己的书稿进行过许多次的修订、增删，脂砚斋等人又多次"阅评"，这就形成了不同的本子；不同的本子在尔后辗转传抄的过程中又不断有人作些加工、修补，也难免有错漏和佚失，尤其对于书上的批语更是随意删补或者去掉署名系年。这种种原因，使得流传到现在的各种抄本的正文和批语并不完全一致。曹雪芹的稿本和脂砚斋"抄阅评批"的原本，早已无影无踪了。现知尚存于世的《红楼梦》早期抄本中，只有书名题为《脂砚斋重评石头记》的甲戌本、己卯本、庚辰本三种，与曹雪芹的原稿最为接近，所录脂砚斋、畸笏叟等人的批语也基本上保持当初批写的原貌。

　　脂砚斋是曹雪芹亲密的文学伙伴。曹雪芹写出书稿后，脂砚斋即进行"阅评"，并帮助誊抄，有时还提出修改意见。乾隆十九年（甲戌），脂砚斋已对《红楼梦》"抄阅再评"。乾隆二十四年（己卯）脂砚斋开始第四次"阅评"，这次"阅评"工作持续到乾隆二十五年（庚辰）。脂砚斋"阅评"《红楼梦》究竟有几多次，现在还不清楚。他第四次"阅评"以后至少又"阅评"过两次。最明显的是那条记录"壬午除夕""芹为泪尽而逝"的批语，是写于曹雪芹逝世之后。畸笏叟也是曹雪芹的至亲好友。畸笏叟从乾隆二十七年（壬午）起着手"阅评"脂评本的《红楼梦》。今传庚辰本上有畸笏叟壬午年批语四十二条，乙酉年（乾隆三十年）批语一条，丁亥年（乾隆三十二年）批语二十七条。在传抄的脂评本上，除脂砚斋、畸笏叟两人的批语之外，也录有其他人的批语，如有梅溪的一条，松斋的两条，以及时间较晚的人的批语。由于批语系年署名的情况很复杂，有的系年不署名，有的署名不系年，有的不署名不系年，有的署名系年又被删去，我们现在还不能完全弄清楚各种脂评本上哪些是属于脂砚斋的批语，哪些是属于别的某人的批语。估计在未署名的批语中，还有相当数量的脂砚斋批语，也有畸笏叟的批语，也可能有梅溪、松斋的批语，当然还有其他不曾留名的人的批语。目前红学界使用"脂评"这个概念时，习惯上包括脂砚斋、畸笏叟、梅溪、松斋的批语以及大致上是属于他们的那些批语。

脂砚斋究竟是谁，这是许多研究者感兴趣却又是一直没有解开的谜。比曹雪芹稍晚而有前辈姻戚与雪芹交好的爱新觉罗裕瑞，在《枣窗闲笔》中谈曹雪芹的《红楼梦》时说：

> 曾见抄本卷额，本本有其叔脂砚斋之批语，引其当年事甚确。[57]

这是说脂砚斋是曹雪芹的叔父，可供参考。至于畸笏叟，目前更不知道他是谁。不过，畸笏叟和脂砚斋一样，也参与了很多和小说素材有关的事件，他也熟悉曹雪芹的创作情况和小说的总体构思。

《红楼梦》早期抄本流传到现在的，甲戌本、己卯本、庚辰本、戚序本（有两种）、王府本、俄藏本，书名均称之为"石头记"，只有形成年份较晚的甲辰本、己酉本、梦稿本、卞藏本，书名称"红楼梦"。另有残存两回的郑藏本，每页中缝书"红楼梦"，而回前题"石头记第二十三回""石头记第二十四回"。似乎早期更流行的书名是"石头记"，不是"红楼梦"。但"红楼梦"这个书名肯定是本来就有的，而且早就在使用。小说第一回列举一串题名，即有"至吴玉峰题曰《红楼梦》"。这是曹雪芹写在正文中的。甲戌本特有的"凡例"对题名的解释说："红楼梦是总其全部之名也。"甲戌本、庚辰本中的批语，也多次以"红楼梦"作书名。如甲戌本第五回眉批："世人亦应如此法看此《红楼梦》一书"，第六回眉批："自《红楼梦》一回至此则珍馐中之齑耳。"庚辰本第二十一回回前批："有客题《红楼梦》一律，……"第二十四回回后批："《红楼梦》写梦章法总不雷同。"又过录较早的己卯本，第三十四回回末有："《红楼梦》第三十四回终。"既然这些以"石头记"为书名的抄本中，屡屡可以见到"红楼梦"的称谓，便充分证明《红楼梦》这个书名早就存在。此外，富察明义的《绿烟琐窗集》中有《题红楼梦》诗二十首，诗前小序云：

> 曹子雪芹出所撰《红楼梦》一部，备记风月繁华之盛。……惜其书未传，世鲜知者，余见其抄本焉。[58]

皇族诗人永忠在乾隆三十三年写有《因墨香得观红楼梦小说吊雪芹》三首绝句：

> 传神文笔足千秋，不是情人不泪流。
> 可恨同时不相识，几回掩卷哭曹侯！
>
> 颦颦宝玉两情痴，儿女闺房语笑私。
> 三寸柔毫能写尽，欲呼才鬼一中之。
>
> 都来眼底复心头，辛苦才人用意搜。
> 混沌一时七窍凿，争教天不赋穷愁。[59]

永忠《延芬室稿》中此三诗之上（书页眉端）有瑶华亲笔批语：

> 此三章诗极妙。第《红楼梦》非传世小说，余闻之久矣，而终不欲一见，恐其中有碍语也。

明义、永忠、瑶华三人所用书名都是"红楼梦"，好像明义和永忠看到的抄本就题作《红楼梦》。如果是这样，明义、永忠看到的《红楼梦》抄本比我们今天看到的题名为《红楼梦》的甲辰本、己酉本应该早得多。

现知尚存于世的《红楼梦》早期抄本有十二种：

甲戌本，书名《脂砚斋重评石头记》，残存十六回（1~8 回，13~16 回，25~28 回）。第一回有"至脂砚斋甲戌抄阅再评，仍用《石头记》"一句，推断它的原始底本（祖本）是乾隆十九年（甲戌）脂砚斋"抄阅再评"的稿本。现所传抄本的抄录时间则是较晚的。清末，著名藏书家刘铨福曾收藏此抄本，其跋语极有见地。1927年胡适在上海以重价从一个名叫胡星垣的卖书人手里购得。胡适认为"此本是海内最古的《石头记》抄本"，对它十分珍视。1948 年胡适飞离北平时，在一两万册藏书中，仅挑选这部甲戌本以及他父亲遗稿的清抄本随身带走。1961 年，胡适委托台北印刷厂予以影印，中华书局上海编辑所、上海古籍出版社等出版机构随后据胡适影印本复制出版。胡适去世后，原书寄藏美国康乃尔大学图书馆。1980 年冯其庸赴美参加国际《红楼梦》研讨会，会上曾展览此书，冯其庸借至寓所翻阅数日，并摄有照片。2005 年上海博物馆将此甲戌本购回，珍藏于该馆。

甲戌本第一页首题"脂砚斋重评石头记"，顶格；次低一格写"凡例"两字，再次低一格写凡例五条。末附一诗曰："浮生著甚苦奔忙，盛席华筵终散场。悲喜千般同幻渺，古今一梦尽荒唐。谩言红袖啼痕重，更有情痴抱恨长。字字看来皆是血，十年辛苦不寻常。"此"凡例"及诗为其他各本所无。又此本第一回自"说说笑笑来至峰下"至"将一块大石登时变成"共四百二十九字，即叙述一僧一道同石头的对话及施展幻术将石头变成美玉的一段文字，亦为此本所独有。从情节的逻辑上讲，这一段文字是必不可少的。其他各本缺这一段文字，当

红楼梦概论

是在传抄中失落了。

己卯本，书名《脂砚斋重评石头记》。原为陶洙收藏的三十八回现藏国家图书馆，后发现的三回又两个半回现藏中国历史博物馆，合起来共四十一回又两个半回（1~20回，31-40回，56~58回，61~63回，65~66回，68-70回，另55回下半回，59回上半回）。书内有"己卯冬月定本""脂砚斋凡四阅评过"字样，标志它的原底本是乾隆二十四年（己卯，1759）冬天的定本，是经脂砚斋第四次"阅评"过的本子。现存的抄本是过录本。上世纪七十年代，吴恩裕、冯其庸发现这个抄本上避"祥"字和"晓"字的讳，经与怡亲王府原抄本《怡府书目》比照和其他方面的研究，确认这个己卯本抄本是乾隆时怡亲王府的一个抄藏本，避怡亲王允祥（胤祥）和第二代怡亲王弘晓的讳。主持抄藏此书的人当是怡亲王弘晓。雍正初年，曹𫗧的事情是交给怡亲王允祥传奏、照管的，怡亲王府同曹家早有特别的关系。弘晓爱好诗文、小说和藏书，同敦诚、墨香、明义等人有较深的交往。敦诚是曹雪芹的好友，明义写过《题红楼梦》诗，永忠是"因"墨香才读到《红楼梦》的。基于这种种背景，弘晓有可能是用己卯本原本来进行过录的；以弘晓的学养和藏书经验，他不会找一本来历不明的写本组织人力抄录。

庚辰本，书名《脂砚斋重评石头记》。存七十八回（八十回缺第六十四回、六十七回）。书内有"庚辰秋月定本"字样，每十回装成一册的总目页的书名下均注："脂砚斋凡四阅评过"。标志它的原底本是乾隆二十五年（庚辰，1760）秋天的改定本，脂砚斋第四次"阅评"工作从己卯年持续到庚辰年，庚辰本仍为"凡四阅评"本。今所传过录本的过录时间约在乾隆三十三四年。在《红楼梦》早期抄本中，这部庚辰本的抄本是最接近于曹雪芹原稿而又最近于完整的本子。北京徐祯祥家于二十世纪三十年代在书摊上买到此过录本，1949年徐家卖给燕京大学图书馆，现藏于北京大学图书馆。关于第六十四回、六十七回的问题，这两回是属于尤二姐、尤三姐故事的组成部分。由于二尤故事从六十三回贾敬暴卒开始，到六十九回尤二姐"吞生金自逝"结束，是一个前因后果一环扣一环的完整故事，第六十四回（贾琏勾搭尤二姐和贾琏、贾蓉、贾珍商议、筹办偷娶事）、六十七回（凤姐发觉"偷娶"事和"讯家童"）乃情节发展过程中必不可少的环节，是写作中不可能跳过的，因此可以肯定曹雪芹是写了第六十四回、六十七回的。现今看到的己卯、庚辰本抄本缺这两回，那是在传抄过程中"迷失"了。

应该说明的是，今传甲戌本上也有甲戌年以后的批语，己卯本上也有己卯年以后的批语，庚辰本上也有庚辰年以后的批语。这是因为脂砚斋、畸笏叟等人于甲戌本、己卯本、庚辰本形成后又继续在这种本子上写有批语，以后传抄的人也转抄过后来的一些批语；而后来阅读的人也可能加些批语（如孙桐生于同治五年在甲戌本上写的眉批、行侧批以及几处正文旁的圈点），后来人的批语则不属于"脂评"的范畴。我们说的甲戌本、己卯本、庚辰本是就文本而言，存在后出的一些批语，甚至存在后来人的批语，不改变这几个本子文本定型的时间及其基本特征，也不改变它们是"脂砚斋重评"本的性质。

俄藏本，存七十八回（八十回缺第五、第六两回）。七十九、八十回连着未分开。此本无书前题页，第十回回首题曰《红楼梦》，第九回、十六回、十九回、三十九回、四十回皆无书名，仅有回目。其余各回回首题书名《石头记》。第六十三回、六十四回、七十二回回末有"《红楼梦》卷……回终"字样。共有批语三百多条，正文下的双行小字批以脂批旧文为多，但没有署名；眉批和正文旁的夹批是后人的批语。此抄本底本属于脂砚斋评本系统，过录时间大约在乾隆末年到嘉庆年间。据介绍，此书是旅居北京的俄国人帕维尔·库尔梁德采夫于1832年（道光十二年）带回彼得堡的。苏联时期藏于苏联科学院东方学研究所列宁格勒分所。1984年冯其庸、周汝昌、李侃应苏联科学院东方学研究所的邀请，到列宁格勒考察此抄本，并与苏方进行谈判，达成了双方合作、由我国中华书局出书的协议。随后，中华书局根据苏方提供的全书的胶卷影印出版，书名作《列藏本石头记》。因苏联解体，城市名称和研究机构有了变化。目前，此抄本收藏在俄罗斯圣彼得堡东方文献学研究所。

戚序本，书名《石头记》，卷首有乾隆年间戚蓼生的序，八十回，是经过了加工整理的脂本。早期脂本的残缺之处皆已补齐，正文文字小有改动。所有批语均不署批者名号与年月，有相当一部分不属于脂评。戚本的形成大约在乾隆四十五年前后，流传下来的抄录本有两种：一种藏南京图书馆。另一种在辛亥革命前后由上海有正书局影印（照相石印）出版，书名题作《国初钞本原本红楼梦》，以后又出小字本。1973 年人民文学出版社据有正书局大字本影印出版《戚蓼生序本石头记》。有正书局影印所据的底本，1975 年在上海古籍书店仓库发现前半部（1~40 回），现藏上海图书馆。今习惯上称南京图书馆的藏本为戚宁本，称有正书局影印所据的底本为戚沪本。两本的抄写格式、册数及内容几乎完全相同，但抄手笔迹不同。戚沪本曾为清末张开模收藏，书中钤有张开模藏书印章"桐城张氏珍藏""桐城守诠子珍藏印"等，所以又称为"张开模旧藏戚序本"。

王府本，书名《石头记》，一百二十回。其第五十七回至六十二回和第八十一回至一百二十回，是据程甲本配补的。其它各回（1—56，63—80）的正文和回前回后的总批及正文下双行小字批与戚本大体相同。此抄本另有行侧墨批七百余条，其中百余条见于甲戌、庚辰等早期脂本，但无署名；其他六百多条为本书所独有。王府本的原本应是在庚辰本的基础上进行较大程度的补缀、删改而成，形成时间早于戚本。戚本可能是在王府本基础上再作若干改动而成。今所传王府本抄录本第七十一回回末总批后有"柒爷王爷"字样，推测原为清代某王府之旧藏。1961 年北京图书馆（今国家图书馆）从一个蒙古王府家购得此书，所以又称"蒙古王府本"。

郑藏本，仅存第二十三、二十四两回，回前题"《石头记》第二十三回""《石头记》第二十四回"，每页中缝书"红楼梦"。正文属脂本系统，但与其他本子存在不少文字上差别，无批语。原为郑振铎藏书，现藏国家图书馆。书目文献出版社（今国家图书馆出版社）影印本，书名作《郑振铎藏残本红楼梦》。

红楼梦概论

　　甲辰本，书名《红楼梦》，八十回。卷首有梦觉主人于乾隆四十九年（甲辰）写的序，有学者称为"梦觉本"。此本形成时间当为乾隆四十九年或稍前。是在庚辰本基础上经过大规模修改整理，作文字的简约化处理后而形成的。程甲本形成之初则是以甲辰本为底本再作进一步处理而成的。其批语大多近于脂批，尤其与甲戌本批语相近者多，但都经过删改和简化，都不署批者名号和年月。现存甲辰本为过录本，1953年在山西发现，藏国家图书馆。

　　己酉本，书名《红楼梦》，存前四十回，正文属脂本系统，无批语。卷首有"董园氏舒元炜"作于乾隆五十四年（己酉）的序，序后是舒元炳题《沁园春》词。有学者称为"舒序本"。原为吴晓铃收藏，现归首都图书馆。现存本为舒元炜作序的原本，舒元炜的序后面钤有"元炜""董园"两方印章，舒元炳题的《沁园春》词后面钤有"元""炳"印章。

　　梦稿本，一百二十回，为中国科学院文学研究所（今中国社会科学院文学研究所）于1959年所购得，书名作"红楼梦稿"。中华书局影印本题名为《乾隆抄本百廿回红楼梦稿》。书的内封有原藏者杨继振所题："兰墅太史手定《红楼梦稿》百廿卷，内阙四十一至五十十卷，据摆字本抄足。"第七十八回末有朱笔写的"兰墅阅过"四字。书中有大量的改抹，前八十回未涂改之前的文字是根据早期脂本过录的；后四十回的一部分不同于程甲本和程乙本，颇可注意。此本中残留很少量脂评，有几条写好后又被勾去。由于此本为杨继振旧藏，所以又有"杨本"之称。

　　2006 年深圳卞亦文从上海拍卖会上购得残十回本，书名《红楼梦》，残存第一回至第十回文字和第三十三回至八十回总目。正文属脂本系统，抄成的年代约在嘉道之间。

　　以上共十二种（戚序本两种），就是现知尚存于世的《红楼梦》早期抄本。由于这些抄本源出于脂砚斋"阅评"过的本子，为了与程伟元、高鹗刊印的本子相区别，习惯上称为脂评本。其中郑藏本、己酉本已没有批语，但仍属于脂评本系统。下面再介绍刊印本。

　　程甲本，萃文书屋活字排印本，一百二十回。封面题"绣像红楼梦"，扉页题"新镌全部绣像红楼梦"，回首及中缝均题"红楼梦"。书首有程伟元《序》，高鹗《叙》，图像二十四页。高鹗于工竣作《叙》，时为"乾隆辛亥冬至后五日"，据此认定此书为乾隆五十六年（辛亥）印本。以后坊刻纷出，多源于此本。"红楼梦"从此也成为通行的书名。程甲本是不带批语的，但有残留的脂评文字混入正文中，分别见于第十三回、十七回（两处）、三十七回、七十四回。

　　程乙本，萃文书屋活字排印本，一百二十回。书名及印刷版式与程甲本相同，但文字上有二万字左右的差别。书首有程伟元《序》、高鹗《叙》和小泉、兰墅的《引言》。现存程乙本也有缺程伟元《序》的。《引言》的撰写时间为"壬子花朝后一日"，据此认定此书为乾隆五十七年（壬子，1792）印本。

　　东观阁刊本，一百二十回。扉页有题记，背面题"新镌全部绣像红楼梦，东观阁梓行"。此书于乾隆末年（或嘉庆初年）刊行，是程甲本最早的翻刻本，文字略有改

红楼梦概论

动。嗣后的善因楼、宝文堂等刊本均据此翻印。嘉庆十六年，东观阁重刊《红楼梦》，增加评点，题为《新增批评绣像红楼梦》。

五、深刻揭示传统社会的弊病与危机

曹雪芹的创作激情和灵感，来源于他对人生的体验、回忆和思索，来源于他对社会的关注和理想，来源于他对知己友好的无限眷念和解不了的情结。他写作《红楼梦》，是根据他"亲自经历""亲睹亲闻"来写的，是根据他心灵的感受来写的。其中自然包含着对自己家庭往事的回忆、哀伤和思考，同时也取材于他广泛阅历中的所见所闻，而且经过想象、虚构和艺术的创造。他的《红楼梦》对他所处时代作了集中的反映和概括。

清朝建立全国政权以后，经过四十年的征战，到康熙二十二年（1683）清军进驻台湾，才完成统一全国的大业。从康熙二十二年完成全国统一大业起，到乾隆三十九年（1774）给清王朝带来不祥之兆的白莲教王伦起义，共九十年的时间，习惯上称为"康雍乾盛世"，或称"康乾盛世"。曹雪芹就是生活在这个"盛世"时期。

这个时期，东起库页岛，西过巴尔喀什湖，南尽南沙群岛，在这辽阔的疆域内，清王朝维持着相对稳定和统一的局面。不仅汉族地区结束了战乱和分裂割据的状态，也较为妥善地解决了西部、北部以及西藏少数民族地区长期的纷争，粉碎了制造民族分裂、破坏国家统一的叛乱，有效地遏制了沙俄侵略势力。我国各民族之间的关系进一步发展了，内地和边疆地区的联系进一步密切了。与这种稳定、统一的局面相适应，农业、手工业、商业以及科学文化都得到较快的发展，生产技术和生产力水平超过宋、元、明各朝。全国耕地面积和人口大幅度增加，城市以及市镇日益繁荣。曾在抗清战争中被毁成一片废墟的扬州城，这时"四方豪商大贾，鳞集麇至，侨寄户居者不下数十万"。苏州每年出海贸易的船只"至千馀"，并有大量洋货入口和洋货行，"外国所通之货贝，四方往来千万里之商贾，骈肩辐辕"，特别是"阊门内外，居货山积，行人流水，列肆招牌，灿若云锦"。江宁城人口达到四五十万，经营丝织业的"不下千数百家"，"机声轧轧，比户喧阗"，"商贾云集"，秦淮河上的客船游船往来不断。杭州、广州、汉口、佛山、景德镇等地也都空前繁荣，手工业、商业以及对外贸易也有了相当规模的发展。康雍乾时期的中国，在亚洲是最强大、最富庶的国家，在世界上也是有数的泱泱大国。

社会经济生活中尤其引人注目的是，被明末腐败政治和清军血腥战争所摧毁的兴起于晚明的资本主义萌芽，这时候又重新破土而出，而且比晚明时期更为苗壮。私人开设的手工工场和"计工受值"的雇佣劳动日渐增多，商品与货币在社会上的重要性愈来愈突出。如江浙一带的丝织业出现了规模数十甚至数百人的手工工场，棉布加工业（漂、染等）出现了许多闻名南北的作坊，棉纺织业中出现了不少控制原料和销售的包买商。广东、安徽、云南的采矿冶铸业，多由商民经营，有数千、数万人的采矿或冶炼工场，云南的铜矿甚至有聚集十数万人的。此外，山东、山西的采煤业，景德镇的陶瓷业，台湾的制糖业，都出现了一定规模的雇佣劳动经营的手工工场。这时候，从城市到农村，从南到北，从东到西，从对内到对外，商品交换、货物转运出现前所未有的规模，商人队伍不断扩大，并形成了一批商帮和商人集团。在如此活跃的商品经济的刺激下，某些地区的农村，出现了商品性含量较大的农业生产，出现了较多的雇工，货币地租的比重也明显增加。总之，传统的农本经济结构正在悄悄发生变动，资本主义萌芽性质的经济正按着历史的必然性规律在继续发展，旧制度已开始受到新的经济力量的敲击。

然而，康雍乾时期，农业和家庭手工业相结合而以农为本的自然经济，仍然在社会生活中占主导地位。与此相适应的是，地主占有土地从事地租剥削以及自耕农的小生产，仍然是居于主导地位的生产关系。在京城周围的满洲王公贵族和八旗将士圈占的土地上，实行的还是农奴制，旗地上从事耕作的世仆没有人身自由。这是满族统治者带进中原地区的落后生产方式。边疆某些经济很落后的地区，还停留在奴隶制或原始公社阶段，与历史步伐拉开的距离更遥远。因此，带有资本主义性质的手工业、商业和农业，在幅员广大的中国社会，在传统经济的汪洋大海中，所占份量有限，而且受到专制主义政权和传统经济关系的严重束缚、压抑与打击。

农本经济和地主占有土地进行地租剥削的制度构成

社会的基础，这在中国已有两千多年的历史。康雍乾时期处在这一漫长历史的晚期。这样一个经济基础的社会形态，与欧洲中世纪以世袭的领地、采邑为特征的封建制度有所不同。在西方学者的解释中，"封建主义（feudalism）是一种领主和附庸的制度"，不是指通过租佃进行剥削的制度。但是，无论是"领主和附庸的制度"，还是地主占有土地通过租佃剥削农民的制度，或是自耕农的小生产，都是属于前资本主义的社会经济形态。考虑到世界历史的复杂性，恐怕不能以某一地区的历史实例作为确定封建制社会的典型和标准。封建主义在各国是很不相同的。西方学者也说：

> 许多通常被称为封建主义的普遍特征只能在封建主义最为发展的法国、或者至多也只能在其他一、二个国家才能找到。例如，采邑原封不动地由长子继承的长子继承权的准则在日耳曼并不通行；在那里，社会等级的划分也并不像在法国那样鲜明。还有，在任何一个欧洲国家，所有的土地和所有的居民并不都是包括在封建政体之中的。在法国、意大利和日耳曼的山区，大多数农民所拥有的土地并不是采邑。他们像世世代代的祖先那样直接占有土地。[60]

既然在西方封建主义也有着多样性，那么中国知识界和史学工作者把在中国延续了两千多年的以农本经济和地主占有土地为基础的君主专制社会，称为封建制社会，是说得过去的。尽管这里的"封建"二字同中国古代"封建"一词的含义（帝王把爵位、土地分封给诸侯，让诸侯在封地内建立邦国）颇有差异，但"封建主义"（与feudalism 相对应）一词的使用在中国学界已经约定俗成了。

中国封建社会的政体是君主专制制。自秦汉以来，君主专制的集权程度，总的发展趋势是逐渐强化。经过元、明和清初的一系列发展演进，到康雍乾"盛世"时期，君主专制的中央集权推进到历史的高峰。高度发展的专制主义中央集权，虽然在维护国家统一、遏制外来侵略、兴修水利、治理黄河等方面起了积极作用，但它又是维护旧的经济基础、阻碍商品经济和资本主义萌芽进一步发展的强大势力，是维护旧传统、反对变革、反对新思想的顽固堡垒。

康熙、雍正、乾隆几个皇帝仍然坚持"农为本、商为末"的传统观念，在法令政策上继续贯彻历代王朝实行的"重农抑商"原则。如对于矿冶业，清初当大乱之后，社会上迫切需要铜、铁、铅、锡等原料，清廷对民间开矿比较放手，但是在成千上万的矿徒聚集一起、矿冶业发展起来的时候，最高统治者便感到害怕，各地官僚绅士也纷纷以"弃本逐末"等老生常谈的理由表示反对。康熙末年即下令停开新矿，许多老矿也谕令缩小规模或停业关闭。雍乾时期时而允许开采矿产，时而又严厉禁止，处在一种欲开不敢、欲禁不能的两难之中。对于织造业、陶瓷业等工商业以及农村经济作物的种植，清朝政府也无不有种种强力的干预、限制和压抑。横征暴敛，层出不穷。民间工商业者，如果不行贿，不投靠官府，便得不到保护和发展机会。在对外贸易方面，清

红楼梦概论

军进驻台湾、消除海上反清据点之后，康熙皇帝决定开放海禁，实行开海贸易，并陆续在泉州府的厦门港、松江府的上海县、宁波府的镇海县、广州府的南海县设立海关。从广东、福建、浙江、江苏，到山东、直隶、奉天，有多处通商口岸允许商船出入，从事贩运贸易。可是，康熙皇帝和朝中大臣出于维护专制政权的戒备心理，加上自给自足的农本经济所造成的"天朝物产丰盈，不借外夷货物以通有无"的狭隘闭塞观念，始终对出口、进口贸易采取严格限制的政策。当发现闽、广等省有人借出海贸易之机流徙南洋，有人私贩米谷出海，有人出去把新造的船只卖给外国，康熙便下令禁止前往南洋贸易，使许多以南洋为主要贸易对象的商人受到沉重打击（雍正五年始解除南洋贸易之禁）。乾隆二十二年明确限定西方国家来华商船只在广州一口通商。中国出海贸易商船，限"装载五百石以下"，往返时间"以三年为限"，逾期始归者"不许再行出洋"。从军械、火药、硝黄，到铁器、废铁、铜器、大米、豆麦、杂粮、绸缎等，一律禁止出口。雍、乾二帝对开海通商的限制与管理，总的看来比康熙后期更加严厉。康雍乾时期只是实行了一定限度的开海贸易，本质上是闭关政策，是与外界隔绝的政策。这不仅严重阻碍中国工商业、航海业的发展，丧失了海外市场，也妨碍了中外文化和科学技术的交流，造成中国知识界的闭塞落后。

　　清王朝压制、打击商品经济和资本主义萌芽的另一手段，是通过官营工场和官营商业把某些重要的、有利可图的手工业、商业直接控制在专制政府手中。内务府的皇商以及依附于专制政府的特殊商人，除了为皇上变卖进贡物品、抄家没收物品和各种强征豪夺的物品以外，也为皇上经商，运销人参、木材、铜、茶等商品，并垄断铸钱用的铜斤的采办，插手食盐的运销，控制进出口贸易。在他们所把持的领域，民营商业便难以发展。官营手工业，如内务府所属江宁、苏州、杭州三织造的纺织品，内务府造办处制作的金、银、玉器及钟表、玻璃品等，都是为宫廷御用和赏赐用的。国家的军需品弓箭、鸟枪、铳炮、铁弹、腰刀、盔甲、战船等，则由兵部、工部、内务府及各省督抚、都统遵命督办，其他人不得插足。这些官营手工业产品不作为商品进入市场，其中能工巧匠多是各地官府奉旨选送的。虽然在官营手工业中服役有比较丰厚的待遇，但身份犹如皇家、官府的奴仆，生产环节和产品规格、工艺一切都得听命于皇帝和主管的官员，人身自由和独立思考、创造发明的权利都被剥夺了，这也就严重堵塞了技术进步的道路。即以火炮来说，明代中叶中国人已经学到葡萄牙人制造火炮的技术，并开始把这种葡式铳炮运用于边防。明清之际的战争中，明军和八旗兵都使用过新式火炮。佟养性就曾带领过后金的红衣大炮部队。这种新式大炮与当时西方使用的大炮差不多，称得上是世界先进武器。康熙平定"三藩之乱"时，清军还使用过新发明的"连珠铳"和"子母炮"，威力很大。可是，进入"盛世"以后，做皇帝的不再重视火炮的研制与生产，其他人则没有条件、也没有主动性进行研制与生产，中国人的火炮技术不仅不能进步，反而倒退了。所以到鸦片战争的时候，英国军队携带的是最新式的洋枪洋炮，而中国士兵只有几尊老掉牙的铳炮，再加上鸟枪、弓箭。

红楼梦概论

康雍乾"盛世",专制政府对思想文化的控制力度，也比以前各个朝代增强。首先是大兴文字狱，次数之频繁、株连之广泛和惩罚之残酷，超过以往任何朝代。康熙亲政以后，清廷的文化政策有一段较为宽松的时期，但对汉族知识分子思念故国的感情始终保持高度的警惕，所以到康熙五十年发生戴名世《南山集》案，并牵连出方孝标《滇黔纪闻》案。到雍正、乾隆时期，文字狱案便接二连三地发生，许多案件是吹毛求疵、捕风捉影。据统计，乾隆四十六年以前，清廷的文字狱案大小近百起，重要的有七十馀起，其中真正"反清"的很少很少。有的"原要竭力称颂"，却莫名其妙犯了忌讳，招来杀身之祸，还连累妻儿和亲朋。中国知识分子就这样处在一种命运难以捉摸的恐怖气氛中。与这种可怕的文字狱相联系的，还有禁毁、篡改图书。几乎每一起文字狱，都相应的有一批书遭到禁毁。而最大规模地禁毁、篡改书籍是编纂《四库全书》期间。编纂《四库全书》本是对学术文化很有贡献的事情，乾隆皇帝却借此机会，反复谕令审查，禁绝、销毁、篡改了大批图书。被销毁的书籍，种数几乎同《四库》所收书相当。这不仅使许多有价值的思想、历史方面的文献失传，而且给知识分子造成了极大压力和恐怖。

康雍乾时期对学术文化和汉族知识分子的政策，也有用柔的一面。除了按时举行以八股程序为主要内容的科举考试以外，又特设"博学鸿词科"（康熙十八年、乾隆元年两次）、"经济特科""孝廉方正科"，以及康熙、乾隆南巡时的特别召试，注意拓宽汉族读书人和各种特殊人才入仕的途径。为了增强社会凝聚力，清王朝于"三藩"乱平、台湾回归以后，进一步推行自清初以来实行的"崇儒重道"的思想文化方针，大力尊崇孔子，特别是提倡理学，抬高朱熹的地位。这使深受传统儒学教育的汉族知识分子，当然会有亲切感，当然容易认同。与此同时，清统治者又组织文人学者编纂大型书籍，如《明史》《全唐诗》《康熙字典》《佩文韵府》等，以及万卷大类书《古今图书集成》和卷至八万的气势磅礴的《四库全书》。"盛世"的著名学者几乎都被囊括在这些书籍的纂修工作中了。

知识、文化是民族的灵魂。知识分子的状态，往往代表一个民族的文明程度。康雍乾"盛世"，是我国古代历史范围内"昌明隆盛"、人才辈出的一个时期，哲学、史学、文学、语言文字学以及数学、建筑学、医学、地理学、天文历法等都达到了中国古代社会的高峰，对中国传统的学术文化作了一次全面的总结与整理。当时的学风崇尚质朴、笃实的训诂考证，人们把贯彻这种学风和研究方法的以经学为中心的诸多学问（包括小学、史学、天算、地学、金石、校勘等）称为"朴学"，或称"考证学"。在中国学术史上，清代朴学与汉代经学、魏晋玄学、隋唐佛学、宋明理学并称而后先媲美。特别应当指出的是，朴学家中最杰出的学者戴震，不仅对音韵、文字、天文、数学、地理、典章制度等方面作了极深的研究、考证和总结，而且通过"理""气"这一中国哲学的世界本原之辨，批判宋儒的"理在气先"的唯心论，阐发"理在事中"的唯物观；又通过"理""欲"关系的论证，阐发了尊重民情、"遂民之欲"的人文主义观念。戴震的人文主义思想与当时哲学、文学领域及社会生活中的人文主义思潮是相呼应的，对专制主义的政治压迫和思想统治有一定的冲击力。可是，当时的人文主义思潮没有在知识界得到普遍的认可，没有形成相当的声势。广大知识分子在清朝统治者大兴文字狱、禁毁书籍和实行科举考试、尊孔崇儒、提倡理学等刚柔互济的束缚中，收敛智能才华，只作脱离现实的研究，或沉溺于八股、词章。朴学家从典籍中寻找证据的方法，也只适用于文化研究的部分领域，不能用于自然科学和技术，也不能用于经济管理工作。从总体上看，康雍乾"盛世"时期的学术文化还是属于保守、闭塞型的。

康熙在位的前期继续优待西方耶稣会传教士，聘用他们参加钦天监以及兵器制造、地图测绘的工作，还允许他们到内廷讲课或治病。康熙三十二年，法国传教士白晋、张诚、洪若翰等人曾用西药金鸡纳治好了康熙的疟疾病。传教士把西方一些新的科学技术知识传进了中国，中国有些知识分子学到西方的数学、天文历法、地图测绘、医药学等等方面的知识，康熙本人也热爱西方数学、物理、天文方面的知识并学有所获。但是，由于中国的社会条件和教育制度，西方传教士带进的有限的科学技术知识没有在中国广泛传播。而到康熙末年，罗马教廷禁止中国的教徒祀孔、祭祖，引起与清朝的"礼仪之争"，康熙皇帝乃下令禁止天主教在中国传教。雍正、乾隆以至嘉庆、道光年间，为了与罗马教廷抗争，维护中国传统礼俗和社会稳定，继续禁止天主教到中国传教。清廷同罗马教皇的抗争也是正当的，但从晚明以来中国知识界通过传教士接受西方文化和科学技术的渠道，却受到了阻塞。中国的政界和知识界的大部分依然被封闭在古老的传统之中，不了解西方日新月异的经济、文化和科学技术的发展，也不了解中国以外的世界的现状。

总之，疆域辽阔、国力强盛、繁荣统一的"康雍乾盛世"，其政治、经济、思想文化、学术，总体上仍滞留在已有两千多年历史的传统轨道上。中国两千多年传统的专制主义历史，不断重复"兴盛——腐败——衰亡"的怪圈。一次次的农民起义和改朝换代，对历史进行周期性的调整。每一次新登上历史舞台的统治集团，总比前一代亡国君臣要开明、清廉、有作为，而随着社会财富的增加和特权的膨胀，又或迟或早的同样趋于腐败，与之相伴随的，便又是吏治黑暗、灾害频仍、社会矛盾激化，统治集团自身也越来越陷入困境。清王朝，作为专制主义传统轨道上的一个王朝，必然会陷入这样的怪圈。以满洲贵族为主体的清朝统治集团，清朝政权的核心——上层旗人，逃不脱这样一个由盛而衰的命运。

清朝政权建立之初，社会崇尚俭朴，官场风纪较为严肃，官吏的管理考核也较为严格，八旗劲旅勇猛善战，演出了威武雄壮的历史话剧。到康熙完成统一全国的大业以后，从皇帝、满族亲贵，至文武大臣、八旗将士，便日甚一日地侈糜骄奢。康熙皇帝对官吏和旗人的管理也日渐宽容姑息，更加速了吏治的废弛，贪风的盛行，以及八旗子弟的堕落。雍正上台，锐意改革积弊，整顿吏治，清查亏空，打击贪污。然而，在传统的经济、政治的轨道上，腐败的趋势不能逆转，雍乾时期的吏治和上层社会、旗人社会的状况是每况愈下，百弊丛生。作为清王朝政权支柱的八旗将士，更是不习正务，竞尚浮华，提笼架鸟、入班唱戏者比比皆是，甚至有开赌窝娼、贩卖私盐的。日益严重的骄奢腐败，不仅给老百姓造成深重的灾难，许多贵族世家，或由于骄奢淫逸的内耗，或由于上层社会的相互倾轧，或由于朝廷的整饬，也劫数难逃，趋于没落，甚至家破人亡。雍正初年的"柱石大臣"年羹尧、隆科多，"擅作威福"，贪婪不法，最后一个被勒令自裁，一个"永远禁锢"，死于禁所。乾隆年间擅权二十多年、一手遮天的和珅，在乾隆死后数日即被罢官、抄家，随即赐令自尽。至于内阁重臣、尚书、总督、巡抚等等大小官僚、豪门权贵，被罢官、抄家、流放以至处死或令自尽的，在康雍乾几朝真是难以计数。

在康雍乾九十年的"盛世"，封建社会固有的阶级矛盾和各种社会矛盾依然存在，而随着统治集团的腐败和吏治败坏以及大地主兼并土地的加剧，这些矛盾又不断地激化。各地抗租、抗粮（反对不合理的钱粮负担）、"抢粮夺食"以及小规模的起义，此起彼伏，从来没有间断过。康熙六十年台湾发生有一定规模的朱一贵起义。雍正、乾隆年间又有广东肇庆李梅的起义、四川秦启柱的起义，广东澄海李阿万的起义，湖北罗田马朝柱的起义，湖北荆门何佩玉的起义，都有相当的声势。这时候，民间的白莲教也广泛传播，信徒愈来愈多，而且在保存其基本教义的同时又出现许多支派和名称。白莲教有明显的反清色彩，山西、河南、湖广、四川、福建等地多次发生过白莲教起义。虽然清政府派兵镇压，并严令禁止传播，但禁而不止，越禁越活跃。乾隆三十九年（1774），山东爆发了王伦领导的清水教（白莲教的一支）起义，攻克寿张、阳谷、堂邑和临清旧城。这是清王朝百多年未见的攻城夺地的较大规模农民起义，拉开了随后各族人民大规模起义的序幕，也宣告了清朝"盛世"的终结。

《红楼梦》是一部以贵族家庭为主要题材的小说。书中的荣、宁二府，是十八世纪"康雍乾盛世"时期贵族世家的艺术典型。荣、宁二府和与之"连络有亲"的史、王、薛家，以及有"世交之谊"的王爷、"在都在外"的"世交亲友"，千丝万缕联系着的地方官、京官、都察院、朝廷以及皇宫。这是一方面。另一方面，又有"水旱不收，鼠盗蜂起""民不安生""家业萧条"、卖儿卖女、世代为奴为仆的。这贫富悬殊的阶级阶层，构成"盛世"社会的真实图景。书中贾雨村说："今当运隆祚永之朝，太平无为之世，清明灵秀之气所秉者，上至朝廷，下及草野，比比皆是。"而书中的实际描写，却是充满奸佞邪恶，潜伏着严重的危机。上至朝廷，下及草野，"比比皆是""残忍乖僻之邪气"。冠冕堂皇的都察院，总揽一方军政事务的节度使，各省州县的地方官，无不与贵族豪强、地主恶绅朋比为奸，欺压良善。应天府的门子说："如今凡作地方官者，皆有一个私单，上面写的是本省最有权有势、极富极贵的大乡绅名姓"，以作为托庇倚仗之势力，号称"护官符"，而且"各省皆然"。官场上跌了跤的贾雨村，因为攀上荣国府的关系，得以官复旧职；又因在应天府任上"徇情枉法"，庇护四大家族之一的薛家，此后便官运亨通，"由王子腾累上保本"，进京"后补京缺"。贾雨村做京官时，常出入贾府拉拢关系，为满足贾赦对几把古扇子的贪求，竟至于诬陷持有古扇的石呆子拖欠官银。所以平儿骂他："哪里来的饿不死的野杂种，认了不到十年，生了多少事出来！"[61]而贾雨村却因此扶摇直上。后来，王子腾升任九省都检点，贾雨村则"补授了大司马（清代用作兵部尚书的别称），协理军机（此语意味深长，雍正以后设军机处，最为机要），参赞朝政"[62]，进入了国家中枢机构。国家最高处，那受到万民百姓顶拜的九重之上又如何呢？同样是藏垢纳污之所。小说不止一次地写到太监们外出敲诈勒索，或勾结大臣卖官鬻爵，以中饱私囊。贾府大办秦可卿丧事时，恰巧三百员龙禁尉（皇帝侍卫）短了两员，内监将此"美缺"一个卖给襄阳侯家，一千五百两银子；一个卖给贾蓉，因是"老相与"，一千二百两银子。贾蓉父子还千恩万谢，感激不尽。小说第六十六回曾写到，在"平安州界，遇见一伙强盗"。"平安州"偏有"强盗"，可见并不"平安"。这不仅是对"平安"的一笔讽刺，对于"康乾盛世"也有象征意味。

荣、宁二府的老祖宗荣国公、宁国公，是"功名贯天"的开国勋臣。当初在血腥战争中出生入死，才挣下这偌大的家业，并获得世袭的特权和荣华富贵。清代爵位的世袭，除勋劳突出或有特别原故的世袭不降封、不限代即"世袭罔替"的以外，一般以世递降，袭完为止。贾府的世职与这种"以世递降"的承袭制度相仿佛。宁国府第一代贾演，一等公；第二代贾代化，世袭一等神威将军；第三代贾敬，应袭一等将军（按荣国府第三代比拟），弃职静养于都外玄真观；第四代贾珍，世袭三品爵威烈将军。荣国府第一代贾源，一等公；递降至第三代贾赦，世袭一等将军。从荣、宁二公，到第三代贾赦、第四代贾珍，不过百年光景，这个赫赫扬扬的贵族之家就已"运终数尽"，"子孙虽多，竟无一可以继业"者。小说第二回，通过冷子兴的"演说"对荣、宁二府的衰落气象作了一个概括：

> 如今生齿日繁，事务日盛，主仆上下，安富尊荣者尽多，运筹谋画者无一；其日用排场费用又不能将就省俭。如今外面的架子虽未甚倒，内囊却也尽上来了。这还是小事，更有一件大事，谁知这样钟鸣鼎食之家，翰墨诗书之族，如今的儿孙，竟一代不如一代了。

我们看书中的具体描写，情况正是这样。

"荣公之孙""现袭一等将军"的贾赦，在外操纵官府，欺压百姓，在家蓄养成群的姬妾，并企图霸占母亲的丫头，这是个典型的八旗将佐的角色，凶狠而又颟顸，又好色。甲戌本《好了歌》注"因嫌纱帽小，致使锁枷扛"两句有侧批曰："贾赦、雨村一干人。"在曹雪芹的八十回后的文稿中，贾赦要披枷戴锁坐牢的，这可以说是他应得的下场。宁国府的主子贾敬，又是一种活法。他对眼前的纸醉金迷还感到不满足，"一味好道"，幻想长生不老，成仙飞升。"箕裘颓堕皆从敬"，贾敬常年在城外和道士们烧丹炼汞，不管家事，加速了宁国府的衰颓堕落；他自己最后也误食金丹，送了性命。道士们说他是"已出苦海，脱去皮囊，自了去也"。晚辈的贾珍、贾琏、贾瑞、贾蓉以及寄居的薛蟠、邢大舅等游荡纨绔，

红楼梦概论

更是穷奢极侈，寡廉鲜耻，终日忙于问柳寻花，聚赌嫖娼。家庭内外的多少风波，都是由于这些子弟的伤风败俗引起的。最突出的事例有贾珍与儿媳私通，贾珍玩弄尤氏姊妹，贾琏与女仆偷情，贾琏偷娶尤二姐，贾瑞调戏王熙凤，贾蓉与王熙凤关系暧昧，等等。老仆人焦大骂他们："那里承望到如今生下这些畜牲来！每日家偷狗戏鸡，爬灰的爬灰，养小叔子的养小叔子，……"柳湘莲则说宁国府"除了那两个石头狮子干净，只怕连猫儿狗儿都不干净"。都很确切地道出了贾府子弟的堕落。贾府子弟的形象，是游手好闲、道德堕落的八旗子弟和"功臣之后"的绝妙写照。

在荣、宁二府，惟有贾政显得是个"端方正直""谦恭厚道"的人物。贾政与沉溺酒色的贾赦、贾珍、贾琏等淫滥之辈毕竟不同，他虔诚地信奉传统儒学、理学的纲常伦理，是属于思想正统的人物。由于理学的空疏和对人性的戕害，贾政显得古板、僵化，迂阔无能。他女儿元春回家省亲，内心无限凄凉，呜咽对泣，垂泪无言，而他惟知感戴皇恩，表述忠心，并劝女儿"业业兢兢，勤慎恭肃以侍上"，表明他的感情近于枯竭。他要求宝玉"把'四书'一气讲明背熟"，做好八股文，将来科举出身，光宗耀祖。可是，宝玉把父亲的教训当作耳边风。贾政对宝玉的"不肖"十分不满，见面就是训斥，以至在忠顺王府登门索要琪官和贾环进谗诸因素的激恼下，对宝玉大加笞挞。这是贾政的正统思想与宝玉离经叛道言行的冲突最激烈的一幕。贾政的儒学教条在宁、荣二府的子弟中已找不到市场。不仅贾宝玉不肯接受，那些人性走向堕落的纨绔，也不遵循儒家的伦理规范。贾政面对贾府江河日下的局面，一筹莫展，徒唤奈何。后来贾政外出任学政几年，回家时随着年迈，思想发生变化，"名利大灰"，看到宝玉颇能作诗，觉得"也还不算十分玷辱了祖宗"，"遂也不强以举业逼他了"[63]。这自然是出自无可奈何的心情。

偌大的贾府，在处理实际事务方面显得最有才干、最有心眼的，是王熙凤。不仅那些只会"享福"的太太、奶奶不能和她相比，就是那群束带顶冠的男子也无一能及。秦可卿丧事期间，王熙凤"协理宁国府"，把宁国府的奴仆按照任务的需要分成各种不同的班组，实行严格的分工和责任制，有错必罚。不几天，宁国府的放任自流、事无头绪、劳逸不均、偷窃冒领的习俗便扭转过来了。"金紫万千谁治国，裙钗一二可齐家。"在吏治败坏、世风日益颓靡的"末世"，男性的退化、无能，"阴盛阳衰"，往往是突出的社会现象。王熙凤的才干魄力以及她那能说会道、左右逢源的油嘴，好像是在证明《红楼梦》里反复强调的那句话："须眉男子不过是些渣滓浊沫而已"。

然而，王熙凤的"齐家"（治家），只能在宁国府获得暂时的成功。她对荣国府的治理，却是越治越乱，越治越衰败，"枉费了，意悬悬半世心"。荣国府、宁国府的根本弊病，在于封建特权和骄奢淫逸的寄生生活。这是王熙凤不懂得的。王熙凤管理荣国府，劳动也有明确分工，大小事"皆有一定的时辰"，即规定了时间标准，但她的"分工"和"标准"，她的责任制，只用于管理奴仆，那群安富尊荣、挥金如土的主子，也就是真正给家庭带来经济危机的人，既无"责任"，也无人去"制"。

红楼梦概论

中医经典里说，"治病必求于本"。王熙凤的治家不能涉及其根本，自然不可能拯救家庭的腐败和危机。尤其可悲可叹的是，王熙凤利用手中的权力狂热地谋求私利。无论家庭处在怎样的经济危机之中，她从不放过谋私的机会。她掌管发放月例钱的大权，每月从银库支出来以后，她先拿去放高利贷，等往日放债的利息收上来了再发给众人。如此周转，她一年净赚上千两银子。[64]她直接间接地掌握着荣国府人事安排方面的权力，不向她行贿在荣国府便谋不到差事。贾芸孝敬了她十几两银子的冰片、麝香，才谋得在大观园里监种花木。金钏儿死后，王夫人房中缺一个大丫头，好多丫头家想弄这个位置，争着向王熙凤送礼。王熙凤故意迁延着，等人们把礼送够送足，然后再同王夫人商议。王熙凤不仅算计外人，对自己的丈夫和妯娌，她也要进行算计。贾琏有一回求鸳鸯偷贾母的金银家伙去当一千两银子急用，请王熙凤帮着说句话，王熙凤硬要雁过拔毛，从中挤出二百两银子作为"中介费"。贾琏不禁感到吃惊："烦你说句话，还要个利钱，真真了不得！"王熙凤因为尤二姐的事情，到宁国府大耍无赖，嚎天动地，然而当泪水进溅之际，她竟然仍没有忘记乘机敲诈尤氏五百两银子。

钱，在王熙凤心目中无疑是一个特别闪光的字眼。但是，钱同权势、地位又是密切联系着的。占据了某种地位，握有某种权势，便会有相应的财富来源；如果失去了权势和地位，也就失去了财富的源泉。因此，王熙凤把权势、地位看得比钱更为重要。任何危及她地位、有损她尊严的人，她都会用又狠又毒的手段去对付，甚至不惜置人于死地。慈禧太后说过："谁要给我一次不愉快，我叫他一辈子不愉快。"王熙凤奉行的，也是这种哲学。赵姨娘因为抱怨过月例钱的短缺，就遭到王熙凤的臭骂和恫吓，也为此吃了不少的苦头。善良的尤二姐嫁给贾琏做了二房，王熙凤感到自己的地位会受到损害，迅即把嫉妒心发展成一种虐杀狂，将尤二姐活活折磨致死。嫉妒本来是男女关系中的自然情感，像林黛玉那种嫉妒，不过是发自纯情的隐痛，而王熙凤的"醋缸醋瓮"则是极端利己的野蛮情感。纵观王熙凤多年所作所为，可以说，她常表现出一种由权势欲发展而来的心理，那就是以威重令行为乐，以折磨他人为快。

在"弄权铁槛寺"、坐享三千两银子的时候，王熙凤自称"从来不信什么是阴司地狱报应的，凭是什么事，我说要行就行"。像王熙凤这样不受法律和道德约束的人，如果相信阴司地狱报应之说，信点迷信，行为可能会收敛一些；如果连阴司地狱报应之说也不相信，什么神鬼都不怕，那就肆无忌惮，更令人可畏了。作为荣国府当家人的王熙凤，损人利己，多行不义，只能给家庭的衰败添加催化剂，或者把家庭带上"干犯法纪"的道路。贾府后来被"抄没"，与王熙凤多项恶迹的败露很有关系，她本人也很悲惨地"短命"而死。正如第五回有关她的曲子说的："机关算尽太聪明，反算了卿卿性命。"

当凤姐病倒、家事烦难无人料理时，"才自精明志自高"的贾探春受命理家。探春洞悉家庭的沉疴痼疾，开始，她踌躇满志，大有挽狂澜于既倒的气概。她和李纨、宝钗商议，接连蠲除了两项重叠的开支。一项是给宝玉、贾环、贾兰每人每年上学零用的八两银子，另一

红楼梦概论

项是每位姑娘每月专用于购买头油脂粉的二两银子。两项蠲除，"事虽小，钱有限"，但涉及到老规矩和有体面的人。难能可贵的是，探春的"除弊"不是"只拿着软的作鼻子头"，而是"找几件利害事与有体面的人开例作法子"，即所谓"擒贼必先擒王"。"除弊"之后便是"兴利"。探春的"兴利"，主要是在大观园实行近似承包制的管理方法。她将大观园各处的花草、树木、竹子、蔬菜、稻谷之类，包给"专定之人"负责收拾、修理、培植；各项采摘的收入，除供应园中使用（如大小禽鸟的粮食、各处笤帚撮簸及女孩子们用的头油脂粉等）外，所馀归各人自己所有。这样做的好处，一是园里花木有专人料理，可以一年比一年蕃盛；二是以园养园，减少了家庭的开支；三是承包的人增加了收入，也会更加尽职。薛宝钗为了避免园中其他老婆子们眼红，对探春的办法又进一步加以补充，那就是要求承包的老婆子，每人每年拿出若干贯钱，散给园中其他老婆子们，让大家都沾带些利息，落得个皆大欢喜。探春和宝钗宣布她们的新办法以后，大观园的女仆们，无论是包有任务的，还是没有揽到事的，都兴高采烈，表示感激。中国的儒家，特别是宋元理学家，提倡"性善说"，认为人的本性是善的，若陷溺于"利""欲"就不善了。因此，他们声称"言仁义而不言利"，主张"以德服人"，"革尽人欲"。贾探春把主张"革尽人欲、复尽天理"的朱夫子文章，看成是"虚比浮词"[65]。她在大观园推行的承包，正是迎合了人们正常的求"利"之心，是以承认人的"利""欲"之心的必然性与合理性为前提的。这是一种尊重实际的态度，反映出由于商品经济的发展，人们的"义利"观在悄悄发生变化。探春是个有见识的、重视实际事务的女性，如果不是封建社会男尊女卑和"妇无公事"的限制，她可以走出家庭在社会上施展她的才干，"立一番事业"。可惜，封建制度限制了她，不可救药的家庭限制了她。"生于末世运偏消"，她不仅不能到社会上"立一番事业"，也不能挽救自己家庭的败落，甚至也不能逃避自己的悲剧命运。探春在家庭经济开支中剔除的"弊"，都是鸡毛蒜皮的"小遗"；她在大观园实行的简单的承包，只能给家庭一点"小补"。每年节省几十两银子，或者增收几百两银子，这对于组织一个家庭小戏班就要花掉三万两银子的荣国府来讲，真正是杯水车薪，无济于事。结果，探春没有解决家庭经济危机问题，反而加剧了家庭固有的矛盾纠纷。她终于认识到，这"一家子亲骨肉"，一个个像乌眼鸡似的，已经"从家里自杀自灭起来"，必将"一败涂地"。

安富尊荣、骄奢淫逸的贾府，经济上越来越拮据，"出的多进的少"。家庭内部的矛盾纠纷也愈演愈烈，房族之间、嫡庶之间、婆媳之间、主奴之间以及父子兄弟夫妇之间都存在着难以调和的矛盾。而同时，对于这个享有"皇恩永锡"的贵族大家，已"从外头杀来"，"外面的架子"也保不住了，终至于抄家败落。

《红楼梦》通过对贾府及其社会关系网络的描写，集中反映了"康乾盛世"时期上层社会日益严重的骄奢腐败和贵族世家的衰颓没落，以及主奴之间、贫富之间、正统思想的维护者与离经叛道者之间、官僚贵族与官僚贵族之间愈演愈烈的矛盾。小说反复阐述人世间盛者必衰和福兮祸伏的道理，渗透着浓重的危机感。当不少文人、士大夫正在浑浑噩噩陶醉于中央帝国的"盛世"景象时,《红楼梦》揭示出这个"太平"世界的积弊和深刻危机,从"盛世"里发出了哀音与危言,对专制社会上层"兴盛——腐败——衰亡"的轨迹作了生动的描写和出色的演绎。英国 H.G.韦尔斯的名著《世界史纲》第三十三章写道:

> 在相当长的一段时间里,一切文明都沿着君主政体的道路,也就是在君主专制政体的路线上发展。我们看到,每一个帝王和朝代,都经历了似乎是必然的发展过程,那就是从励精图治到走向虚荣、怠惰和衰败,……

《红楼梦》正是揭示了这样的铁律。所以清朝有人说,"雪芹纪一世家,能包括百千世家";又有人说,《红楼梦》"包廿二史治乱之迹,统四千馀年得失之故"。

如果从世界大范围和历史的长河来观察,曹雪芹是生活在西方资本主义迅猛发展并开始进行工业革命的时代,生活在中国历史发生大转折、大变动的前夜。《红楼梦》关于"康乾盛世"的描写有着不寻常的历史意义。

十五、十六世纪,资本主义在西欧兴起并迅速发展。哥伦布、麦哲伦等人开辟了通往东方的新航路之后,西方商人和冒险家几乎走遍全球,从事贸易和掠夺。社会结构发生深刻变化,一个新的剥削阶级——资产阶级迅速成长起来。十六世纪中叶,清军进入山海关在北京建立统治全中国的政权时,英国发生资产阶级革命。清王朝进入"盛世"时,英国国会通过"权利法案",建立了立宪君主制。英国资产阶级政权的确立，是人类历史上资本主义制度对封建制度的一次重大胜利，它为英国资本主义的进一步发展创造了条件，揭开了欧洲和北美的资产阶级革命运动的序幕，也标志着世界近代史的到来。

此后，西欧资本主义迅猛发展，资产阶级以凌厉的态势摧毁了封建的、宗法的经济关系，生产工具迅速改进，交通迅速发展，科学技术也飞快地进步。英国物理学家牛顿提出的物体运动理论和万有引力定律，以及他在光学、热学方面的重大发现，为现代物理学的发展奠定了基础。化学方面，有人发现了氢和氧。法国化学家拉瓦锡发现质量不变定律，并证明物质燃烧和动物的呼吸都和氧化作用有关。拉瓦锡把化学变成一门真正的科学。电学方面，有人发明了贮藏电能的电瓶。美国的富兰克林证明闪电和电是一回事，并发明避雷针。西方的自然科学从此走上现代科学的道路。

在思想文化领域，西方兴起了影响深远的启蒙运动。这个运动于十七世纪末发生于英国，很快传到北欧大多数国家和美洲，而它的最高表现是在法国。当中国的文人、学者正沉溺于八股、理学和整理几千年的传统学术时，当中国皇帝下诏编纂《佩文韵府》《古今图书集成》《四库全书》时，正是西方启蒙主义的政治学说、经济学说纷纷涌现的时候。孟德斯鸠的《法的精神》（1748）、卢梭的《社会契约论》（1762）、伏尔泰的《哲学辞典》（1764）、亚当·斯密的《国民财富的性质和原因的研究》（1776）、狄德罗等人的《百科全书》（1751—1780），都是这个时期问世的。他们反对封建专制主义和神权统

红楼梦概论

治，追求人的自由和平等，提倡民主政治，鼓吹理性，宣传科学。他们的学说，确立了资产阶级政治制度的原则和代表资产阶级利益的经济理论体系。自然，他们的学说也鼓舞了资产阶级发展个人、追求财富、奔走世界各地进行掠夺的野心。

十八世纪中叶，英国首先发生以大机器生产和广泛采用蒸汽动力为标志的工业革命。随后，法国和西欧其他国家也跟踪而上。从此，西方在经济实力以及军事实力上，对固守农本经济和传统社会制度的东方国家，取得了决定性优势。西方资产阶级挟此优势，疯狂向东方扩张，寻找产品的市场、原料的供应地和投资牟利的乐园，建立他们的殖民地。任何闭关的壁垒都在这个优势的冲击下失去抵制的能力。

地大物博的中国已被西方列为殖民扩张的重点对象。"康乾盛世"时期，西方已在中国的周边印度、菲律宾、印度尼西亚建立殖民地，作为向中国进行掠夺和侵略的基地。中国某些有识见的政治家和学者，也预感到某种危险，但并没有认识到危险的真相。至于一般士大夫和整个统治集团，这时还以老大自居，把西方通商的英、法、荷、西、葡等国视为朝贡国，把西方来的使节视为贡使，觐见皇帝时要求行三跪九叩大礼。这时的中国，在经济上、政治制度上、科学技术上和思想文化观念上，已经落后于西方一个时代，加上政权机构、军队和整个上层社会日益严重的腐败，面对西方资本主义列强的侵略，注定要失败，要酿成民族的大悲剧。曹雪芹去世以后不久，英国开始向中国倾销鸦片，并且越来越猖獗，腐败的清朝政府抵制不住这一野蛮残忍不亚于贩卖黑奴的经济侵略。在曹雪芹身后七十多年，发生了鸦片战争，落后、贫弱的中国逐步沦为资本主义列强的半殖民地，部分领土成为他们的殖民地。中国的社会性质发生重大变化，中国社会独立发展的自然行程被打断。从此，中国在西方列强的裹胁下进入了近代。

《红楼梦》写了许多西方来的物品，如洋布、洋漆、洋糖、洋酒、花洋线、洋绉裙、西洋画、西洋珐琅、汪恰洋烟、西洋机括穿衣镜等，还有外语译音词"依弗哪""福朗思牙""温都里纳"，反映了康乾时期的中西贸易和外来商品与外来文化对中国的渗透。曹雪芹当然不了解当时世界范围的形势，不可能预见到他身后中国历史的重大转折和变化，但他的《红楼梦》恰好反映了中国这个文明古国在进入近代之前的社会弊病和严重危机，反映了农本经济的封建专制社会的腐朽衰落，反映了社会新思潮对旧势力的冲击，客观上似乎预告了日后发生的中国历史的悲剧和民族的不幸。

曹雪芹在描写上层社会的骄奢腐败和人世沧桑变化的时候，对人生和历史不由得感到困惑。他亲身经历或亲睹亲闻世家大族的败落，繁华景象的销歇，爱情与友爱的毁灭，世事迷茫，过眼皆空。这就使他特别容易领悟道家的"虚无"思想和佛教的"色空"观念。佛教说的"色"，指地、火、水、风四大原素及其所构成的宇宙万物，也就是占据一定空间能使人感触到的所有事物。所谓"色空"，意思是世间万物皆非实有，一切事物都是虚幻的、暂时的。"色即是空"，"空即是色"。佛教认为，只有认识到"色"的实质，看"空"了一切，才能摆脱贪恋迷执和愚痴状态，达到自由的没有任何污

红楼梦概论

染的"真如实境"。佛教的这种"色空"观念同道家说的"虚无",哲理上是相通的。佛教的般若学派便用道家的"虚无"概念来阐明"色即是空"的理论。般若学派有代表性的高僧支道林、僧肇等人,都崇信老、庄,甚至著有研讨《庄子·逍遥游》的文章。"虚无"和"色空"给中国文人提供了一个思考现实问题的模式,文人们在失意和受压抑的时候往往以此作为精神的慰藉和出路,或"依于老",或"逃于禅",或二者兼有。

曹雪芹对于迷信活动、仙丹方术以及不三不四、欺诈行骗的僧尼道士道婆,是鄙弃的。但是,他对于道家、道教和佛教的蕴藏着极深智慧的哲理以及有学问的、真正了悟的佛道人物,是有兴趣的,是欣赏的。《红楼梦》中相当多地表现了佛道的"空""幻""虚无"观念及有关活动。

第一回率先登场的"一僧一道",就描述我们人世间的虚幻和变化无常:

> 那红尘中有却有些乐事,但不能永远依恃,况又有"美中不足,好事多魔"八个字紧相连属,瞬息间则又乐极悲生,人非物换,究竟是到头一梦,万境归空。

甄士隐的人生经历,是"瞬息间则又乐极悲生""到头一梦,万境归空"的缩影。他本来是个生活优裕且很自在的人物,只因一时不慎丢了惟一的女儿,又因一场大火烧了家产,"贫病交攻",忽成乞丐似的人了。跛足道人点化甄士隐的《好了歌》和甄士隐彻悟之后为《好了

歌》作的注解，可说是"虚无""色空"观念的绝唱。《好
了歌》是这样的：

> 世人都晓神仙好，惟有功名忘不了！
> 古今将相在何方？荒冢一堆草没了。
> 世人都晓神仙好，只有金银忘不了！
> 终朝只恨聚无多，及到多时眼闭了。
> 世人都晓神仙好，只有娇妻忘不了！
> 君生日日说恩情，君死又随人去了。
> 世人都晓神仙好，只有儿孙忘不了！
> 痴心父母古来多，孝顺儿孙谁见了。

歌中的"功名""金银""姣妻""儿孙"，算是人世间最
关注的几件事，而从佛道观念来看，都是"空"的、"虚"
的，只有忘掉它们，即"了悟"，才能步入神仙般的境界。
甄士隐为《好了歌》作的注解，列举人生和宦海的具体
事例（贵族之家变成空堂陋室，歌舞场地长满衰草枯杨，
雕梁画栋结满蛛丝，绿纱窗上长满蓬草，脂浓粉香的少
女转眼变成两鬓皆白的老妪……），说明"诸行无常"，
刹那间人非物换，"到头来都是为他人作嫁衣裳"，落得
一场空幻。

　　书中由宝钗讲了出自禅宗经典《坛经》的六祖得法
的故事：

　　当日南宗六祖惠能，初寻师至韶州，闻五祖弘
忍在黄梅，他便充役火头僧。五祖欲求法嗣，令徒
弟诸僧各出一偈。上座神秀说道："身是菩提树，心

红楼梦概论

如明镜台，时时勤拂拭，莫使有尘埃。"彼时惠能在厨房碓米，听了这偈，说道："美则美矣，了则未了。"因自念一偈曰："菩提本非树，明镜亦非台，本来无一物，何处染尘埃？"五祖便将衣钵传他。

这是一个流传很广的故事，突出禅宗的"凡所有相，皆是虚妄"（相，一切事物外现的形象状态）的思想，即"空"观。神秀的偈语"了则未了"，是没有彻底的"空"，即没有"悟彻"。惠能的偈语是彻底的"空"，才是"悟彻"。曹雪芹在这里借宝钗同黛玉、宝玉谈论佛教故事，阐释了"空""幻"的禅理。

《红楼梦》中，"看破的，遁入空门；痴迷的，枉送了性命。""看破"，就是佛道说的"觉悟"，包括"渐悟""顿悟"。柳湘莲、惜春在领悟到人生的虚幻之后遁入了空门。主人公贾宝玉，早就曾钻到道书禅机中借以排解苦闷，他的离经叛道的人生道路，同时也伴随着"悟"的过程。随着他的爱情以及大观园"女儿国"的被毁灭，随着家庭腐朽没落的加深而终至败亡，与现实人生的"万境归空"同步，贾宝玉也终于"悟彻"，出家为僧。

现代的读者大都懂得一个基本的哲学原理：无论是大自然，还是人类社会，都是客观存在。佛道哲学看到了一切事物现有状态是暂时的，但不懂得事物的稳定和变动都是事物运动的状态，都是客观实在，不是"空""无"。佛道哲学虽然有着富于智慧的辩证思维，但对宇宙本体、对社会历史总的看法是唯心的。曹雪芹在深刻反映现实社会的积弊和危机时，在思索人世的盛衰祸福时，无法对人世变幻作出逻辑解释，无法给小说的主人公指明出路，因而采用"色空""梦幻"作为说明人生现象的一种理念，作为无路可走者的一条去路。这当然也是他思想的历史局限。

应当指出的是，"色空""梦幻"观念不是曹雪芹的人生观的主导面，也不是《红楼梦》的"主旨"。文学作品的"主旨"是由它的艺术形象所显示出来的、读者能够感受到的蕴含来确定的。《红楼梦》揭示了中国这个文明古国在进入近代之前的弊病与危机，并从人文主义角度对中国传统社会进行了批判，展示了社会人生的大悲剧，表达新的人生理想。如果要说"主旨"的话，这才是《红楼梦》的"主旨"和基本内容。

不过，从美学上说，"色空""梦幻"观念，对《红楼梦》也有特殊意义，那就是，它增强了小说的悲剧性，使小说所反映的社会危机更加具有了震撼人心的悲剧效果。德国十九世纪美学家叔本华在《作为意志和表象的世界》第三篇五十一节提出，悲剧的作用是给人们"带来了生命的放弃，直至带来了整个生命意志的放弃"。英国戏剧理论家尼柯尔在评介叔本华的美学思想时说：

> 一切皆空——叔本华在这里果真抓住了观众观看悲剧时所产生的某一种主要情绪了吗？也许我们终归不得不给予肯定的回答。《哈姆莱特》一剧最后表现出的哀伤；《麦克白》一剧吐露出的深深的绝望；《奥瑟罗》一剧表现出的严酷的不幸；《暴风雨》虽然不是一出悲剧，但剧中普洛斯彼罗以严肃的语调把人生比作一场空梦所唤起的那种情绪——这一

切看起来确实可以作为叔本华悲剧概念的证明。

　　悲剧基本表现给我们的正是：世间繁华富贵、悲欢离合犹如一场春梦。[66]

不管我们能在多大程度上接受叔本华的美学理论，但有一点是清楚的，那就是《红楼梦》强调的"到头一梦，万境归空"，正是世界上许多古典悲剧作品所共有的一种意味，是古典悲剧所特有的要素。

六、人文主义启蒙书

　　"人文主义"（humanism）是西方思想文化史上的概念。在近代西方历史书籍中，十四至十六世纪文艺复兴的思想称为"人文主义"。文艺复兴时期人文主义的基本特点是，强调与发挥古希腊、古罗马著作中关于人性、人的价值和人生幸福的思想，反对中世纪宗教神学和经院哲学的思想统治，反对禁欲主义。"人文主义"的得名，是因为倡导、研读古希腊、古罗马的人文学，但作为一种思潮，则是当时资本主义萌芽所引发的社会启蒙思潮，是以肯定人性与人的价值、充分发展人的个性为核心的。它是近代新思想、新文化的开端，马克思主义理论家称之为"启蒙运动的第一种形式"[67]。

　　如果我们要借用西方的"人文主义"来说明或比拟中国传统思想文化的话，晚明社会和清朝前期以李贽、汤显祖、戴震、曹雪芹等人为代表的启蒙思潮，最适宜称为人文主义。在文化性质和思想内涵上，它们真正相似。

红楼梦概论

世界上各个国家、各个民族的历史道路各不相同，但人类社会的进程又有着共同的规律性。当意大利兴起的文艺复兴运动向北欧和西欧扩展的时候，同欧洲基本上处于隔绝状态的中国，也稀疏出现了资本主义生产关系的萌芽，并兴起了类似的人文主义思潮。十六世纪末李贽在黄安、麻城讲学的时候，正是西方文艺复兴的作家塞万提斯、斯宾塞、莎士比亚从事创作的年代；而汤显祖在家乡（江西临川）病逝的那一年（1616），也是塞万提斯、莎士比亚去世之年。那是中国明朝后期，回顾四百年前的那段历史，东西方文化有着相近的思想动向，东西方文化的发展似是同步的。

李贽、汤显祖等人鼓吹人的"自然天性"，反对儒学"纲常名教"对"自然人性"的束缚或扭曲。李贽甚至公然向孔子的神圣权威地位挑战，提出不能"以孔子之是非为是非"[68]，不能以"六经"、《语》《孟》为"万世之至论"[69]。对儒家倡导的"忠义""节义"，如"文死谏"之类，他表示鄙视，认为那是"收其声名"的手段。[70]他还把中国专制政权治国的根本——"德礼政刑"，斥为统治百姓的软硬两手："德礼以格其心""政刑以絷其四体"[71]。这些"异端之尤"的言论，表明李贽注重个人的价值和人格的独立，向往于人身的不依附。他的思想、人格和价值观念正在从传统模式中叛离出来。

李贽理想的人格是"童心"，即不曾受到"道学""义理"污染的、保持原初状态的自然人性。他为此写了篇《童心说》。虽然李贽不能从社会历史的角度说明"人性"，他所憧憬的"童心"带有空想的色彩。但他对"人"

的关注是真诚的，其历史贡献与欧洲人文主义思想家相近似。人们看到，晚明的社会风尚、文人心态和文学艺术，已经发生了悖离传统的变化。这个变化与人文主义思想的传播是有联系的。

然而，晚明人文主义思想的传播，并没有掀起西方那种文艺复兴运动，也没有引起资本主义因素的进一步发展。由于明代封建专制政权的极端腐败，导致"天崩地解"的大战乱。清军入关，又进行了长时期的血腥战争。社会经济、文化遭到严重摧残，资本主义萌芽和人文主义思潮也遭到毁灭性打击。到了"康雍乾盛世"时期，在各种社会因素的推动下，人文主义思潮又在中国大地上复苏。《聊斋志异》作者蒲松龄，《儒林外史》作者吴敬梓，诗人袁枚，画家郑板桥，都表现出这种思想倾向；而哲学领域的戴震和《红楼梦》作者曹雪芹则是当时人文主义思潮的主要代表人物。

戴震最重要的著作是《孟子字义疏证》。他通过"注经"和训诂字义的方式，发挥自己的哲学思想。《孟子字义疏证》一书的核心内容，便是人文主义思想家与宋元理学分歧的焦点——"理"与"欲""情"与"礼"的问题。在中国古代哲学史上，戴震是把"理"与"欲""情"与"礼"的问题论证得特别透辟的一位学者。

针对理学家"存天理、去人欲"的说法，戴震指出："理也者，情之不爽失也；未有情不得而理得者也。""在己与人皆谓之情，无过情、无不及情之谓理。"意思就是，"理"在人情之中，符合人情的即合"理"，没有远离人事之外的"理"或"天理"。至于"欲"，戴震认为，"欲生于血气"，"欲者，血气之自然"。把"欲"视

红楼梦概论

为人的"自然"之性。戴震说：人的"自然"之性，包括"欲""情""知（智）"三个方面，"欲"是对于"声色臭味"的要求欲望，"情"是"喜怒哀乐"的感情，"知"是分辨"美丑是非"的能力。"欲"和"情"无非"以生以养之事"，并不是恶；善与恶的区别不在于能否"存天理、去人欲"，而在于能否以"知"指导"情"和"欲"。正像流水有时会泛滥成灾需要加以节制，但不能绝流塞源一样，人们的情感欲望也要顺其自然加以节制，使其不"失为偏"、不"失为私"。从这里可以看出，戴震也认为人的情欲应受到社会节制，但不能像理学家那样否定人的正常情感和正当的生活需求。戴震的认识是比较全面的。戴震还说："天下之事，使欲之得遂，情之得达，斯已矣。"而且不仅"遂己之欲""达己之情"，还要"广之能遂人之欲""达人之情"，使天下"人之欲无不遂，人之情无不达"。由此又可以看出，戴震强调尊重人的"自然"之性和正当的"欲""情"，不仅合乎事体情理，而且也是为广大百姓的生存与福祉着想，表现了古代志士仁人的襟怀。[72]

在对"理""欲"进行充分辨析论证的基础上，戴震进一步揭露程朱理学的残酷及其为专制主义服务的本质。他说："其所谓'理'者，同于酷吏之所谓法。酷吏以法杀人，后儒以'理'杀人。"[73]这真是一针见血之言！

戴震家境贫寒，他三十多岁困于北京逆旅，"饘粥几不继，人皆目为狂生"。其时，曹雪芹贫居北京西郊，"举家食粥"，"狂于阮步兵"。今天，我们或许可以发一奇想，如果他们两人当时能够聚会几次，那定会成为思想文化史上的佳话。然而，他们的社会角色很不相同，他们各自所处的文化圈子很不相同。他们相互间不可能来往和交流。尽管如此，他们在人文主义思想方面，却殊途同归。

人文主义关注的核心是"人"。曹雪芹的《红楼梦》，写出了封建社会对人的奴役与压迫，也写出了封建社会对人的个性、才能的束缚与戕害，对人的精神和人格的扭曲与污染。从小说中，读者可以看到，那不是什么"君仁臣良父慈子孝"的世界，而是一个残忍、黑暗的社会，每一个人都得不到幸福。被压迫、被奴役的人遭遇悲惨，有自由倾向和叛逆性的年轻人遭到打击，信奉封建教义、顺应现实安排的人也陷入不幸；就是制造他人悲剧的，由于社会的重重矛盾，也逃脱不了厄运。曹雪芹从对"人"的深切关怀这样的高度，写出了人世的种种悲剧。

《红楼梦》中，从家庭到社会，尊卑贵贱，等级严明，一些人压迫另一些人，一些人奴役另一些人。少数人的奢侈豪华生活，建立在大多数人的受苦受难的基础之上。贵族家庭除了庄地上的剥削之外，还有高利贷的剥削，典当的剥削，从事官营工商业进行剥削，等等；特别是对数量庞大的奴仆婢女的奴役，尤为怵目惊心。小说第六回提到，荣国府一宅的人口，"从上至下也有三、四百丁"。第五十二回麝月说："家里上千的人。"麝月的话，可以理解为荣、宁两府人口的一个概数。两府这么多人，男女主子不过二、三十人，其他都是奴仆婢女，没有人身自由。除了赖大、赖升、林之孝、周瑞等充当管家的奴仆头目略有脸面外，一般奴仆婢女都如牛如马的为主子服役，他们生存和婚姻的权利都掌握在主人手里。主人可以任意处罚他们，也可以随意把他们卖出去。王熙凤就经常打奴婢的嘴巴，用簪子乱戳丫头的嘴，还设计了跪磁瓦子、烈日下晒、烙铁烙等虐待奴婢的酷刑。本来，中国汉族地区的奴隶制社会早已过去了，但两千多年的封建社会里，作为奴隶制残余的家庭奴婢一直存在着。到清朝，由于满洲贵族把更落后的生产方式和社会习俗带进中原地区，家庭奴婢之多，蓄奴风气之盛，又过于唐、宋、明各朝。

《红楼梦》突出地写出了封建"礼乐"的残忍和虚伪。元春省亲的车驾回到家里时，老祖母、母亲及伯母俱品服大妆，向她下跪；父亲前来相见，只能隔帘行参，并称臣启奏。这种为突出君权而违背人性的仪注，是历代儒家制礼作乐的产物。当元春和家人在笙歌缭绕中"呜咽对泣""哽噎难言"之时，读者都会体会到"礼乐"的滋味。元春的几句话，多么令人痛心："当日既送我到那不得见人的去处，……""今虽富贵已极，骨肉各方，然终无意趣！"她像是无限期地关进了地牢一样。黄宗羲的《明夷待访录·原君》中说：君主们得到天下以后，"敲剥天下之骨髓，离散天下之子女，以奉我一人之淫乐，视为当然。"《红楼梦》艺术地表现了君主这种"离散天下之子女"的祸害。

《红楼梦》里面，从子女对长辈的昏定晨省，到逢年过节、生日丧葬、宗祠祭祀，等等，处处都是维护尊卑、贵贱、长幼、嫡庶等封建宗法关系的繁文缛礼，处处都显示出"礼"的不可逾越。自然，在这个"诗礼簪缨之族"，受害最深的是最卑贱的奴婢们以及妇女和年轻一代。王熙凤强调办事"不过是个礼"[74]。她就是凭着这个"礼",肆意虐杀丫头、奴仆,欺负上辈的姨娘,不择手段把尤二姐逼上绝路。也是因为有这个"礼",许许多多女子归于"薄命",或受尽折磨而死。尽管日益腐败没落的贾府,大小主子"只会讲外面假礼假体面",但对青年人的自由思想和离经叛道的言行,对奴仆们违抗"礼"的行为,却是十分严酷的。贾琏等人偷鸡摸狗、寻花问柳,没有被认为不"礼"而受到谴责;小丫头四儿说了句"同日生日就是夫妻"的玩话,芳官因为讨宝玉喜欢,司棋因为与表弟有纯真的恋情,即被视为严重不法行为而将她们撵出大观园。

曹雪芹同中外所有的人文主义者一样,特别关注人间的爱情与婚姻问题。《红楼梦》真实地写出了封建礼教所规定的婚姻模式:贵族官僚子女的婚姻决定于家庭利益和"父母之命,媒妁之言",奴仆们的婚姻往往为主子所指定。妇女必需"守节""从一而终";男子可以一妻多妾,可以寻花问柳,可以再婚。尽管人类社会很早以来就存在着男女爱情,但礼教完全无视婚姻当事人的意愿,无视当事人的感情。曹雪芹充分意识到这种传统婚姻的不文明。他的《红楼梦》里面没有一对婚姻是和谐、幸福的,尤其是妇女受到的折磨更多更深。

"千红一窟(哭)","万艳同杯(悲)",年轻女性的悲剧是《红楼梦》的重要内容,而这些女性的悲剧命运几乎都和婚姻问题有关。黛玉纯洁的爱情和婚姻理想被毁灭了,她为之流干了眼泪,也付出了生命。宝钗和宝玉强行捏合的婚姻,给两人带来莫大的痛苦;最后宝玉弃家为僧,宝钗在寡居中"煎心日日复年年"。元春到

"那不得见人的去处"，度过短暂的一生。妙玉、惜春先后出家，失去人生应有的婚姻。探春远嫁，迎春误嫁，无疑是封建包办婚姻的恶果。李纨年轻守寡，湘云的婚姻好景不长，封建礼教剥夺了她们争取幸福的权利。尤二姐、尤三姐是受伤害的姊妹，她们的婚姻幻想破灭之后均以自尽结束年轻的生命。王熙凤的婚姻门当户对，却遇上了贾琏那么个不安分的纨绔，两人同床异梦，终至反目成仇。王熙凤是个恶人，但婚姻上的不幸也是可悲的，同广大妇女婚姻上的不幸有共同之处。

曹雪芹除了写出社会的残酷与没落之外，也提出了美好的人生理想，表现了社会新的动向。他的理想属于人文主义理想；他所表现的新的社会动向，是通向近代文明的人文主义思潮。

贾宝玉和林黛玉的真挚爱情，是《红楼梦》中最激动人心的描写。宝、黛两人青梅竹马，他们的爱情经历一段疑虑之后便达到默契、纯净的境界。黛玉傲世的品格，诗人的灵性，渴求自由的意识，使宝玉找到了他所理想的美，得到了精神上的慰藉。同样，宝玉离经叛道的性格，聪俊灵秀的丰采，黛玉也最能理解，最为欣赏，从而引为知己。宝玉和黛玉经过长期交往而结成的、建立在相互倾慕基础上的生死不渝之情，既是性爱，又是心灵的契合，志趣的相投，纯真感情的交流。这不仅同封建礼教、封建婚姻制度背道而驰，与现代社会某些取决于财产、地位的"自由恋爱"也不相同。当婚姻实现了"自由"的时候，两性关系被金钱引入新的误区。细心的读者可以看出，曹雪芹关于宝、黛爱情的描写，不止是婚姻自由的要求，而是体现了我们人类对性爱和美好婚姻的理想。较之一般爱情文学作品，《红楼梦》的爱情描写显示出更高的文明水平，更高的人生理想。

《红楼梦》自问世之日起，读者中间就有宝钗与黛玉孰优孰劣之争。小说写薛宝钗"鲜艳妩媚"，林黛玉"风流袅娜"；薛宝钗"肌肤丰泽"，林黛玉身体"怯弱"。从外观上说，薛宝钗的艳丽在黛玉之上，但黛玉的"自然的风流态度"，有薛宝钗所不及的丰采韵致。人的外观魅力，往往是人的精神世界的外化，是智力和修养的反光。宝钗和黛玉外观的差异，同她们的品格和人生态度有密切的关系。

薛宝钗的童年和少年时期，同样是天真活泼、淘气的，偷看小说戏文，喜欢富于情味的诗词，不愿阅读枯燥乏味的儒学"正经书"。如果是在一个有利于人性和人情自然发展的生态环境中，她可能成长为另外一种类型的女性。然而，在封建家长"打""骂""烧"的严格管教下和整个社会环境的熏陶下，薛宝钗的"性情"没有被"杂书""移"过去，却被纳入了封建主义伦理规范。这就是李贽说的，"道理闻见日以益多"而导致"童心失"。在封建主义伦理的教育下和封建主义世俗的熏陶下，宝钗变成深谙人情世故的女子。元春省亲时，召集宝玉和众姊妹在大观园题匾吟诗。宝玉这天晚上的诗中原有"绿玉春犹卷"一句，宝钗瞥见，急忙叫宝玉将"绿玉"的"玉"字换掉，因为元春刚把"红香绿玉"的匾额改为"怡红快绿"，表明不喜欢"绿玉"一词。这可见宝钗多么善于体察并迎合在上者的心理。宝钗住在荣国府，常至贾母、王夫人处"承色陪坐"，深得贾母等人的好评。贾母出面替她作生日，问她"爱听何戏"，"爱

红楼梦概论

吃何物",她"总依贾母往日素喜者说了出来",使"贾母更加欢悦"。以后贾母常常人前人后夸奖"宝丫头好",说从贾家"四个女孩儿算起,全不如宝丫头"。总依着上面喜欢的说,这是宝钗做人的习惯。对待下人,宝钗也不像"黛玉孤高自许,目无下尘",所以"大得下人之心",连"那些小丫头们亦多喜与宝钗去顽"。在协助探春改变大观园的管理办法时,她以"小惠全大体"的方案,博得"家人都欢声鼎沸",感戴之至。

宝钗虔诚相信"三从四德"的闺教。她"罕言寡语",稳重端庄,穿着不尚奢华,居处陈设朴素。喜怒哀乐,尽量控制在"理"的范围之内;言谈举止,力求不偏离礼教的准则。她不仅自己身体力行,而且常常善意地、又带着夫子气味地向女伴们宣传这种奴役妇女的伦理道德。史湘云与她筹划螃蟹宴和菊花诗会,两人正饶有兴味地议论着诗题与用韵,她突然插入一段无谓的说教:"还是纺绩针黹是你我的本等"。有时候,她把纺绩针黹也看作次要的事情,而着重强调闺教的核心——妇德。薛宝钗是有才的,却宣传"女子无才便是德";她能诗善词,也喜欢作诗作词,却说"不要这些才华的名誉","只该做些针黹纺绩的事"。封建闺教,在它的信奉者身上,显得多么荒谬。大观园的女孩子们一起闲谈游乐的时候,并不避讳婚姻问题。薛宝钗作为一个年轻女子,必然会想到自己的终身大事;尤其金玉之论,不能不在她感情上引起波澜。她对宝玉是有爱慕之情的。宝玉是她生活圈子中惟一较为出色的男青年,产生爱慕之情也是很自然的事情。宝玉挨打以后,宝钗第一个到怡红院来探望。那几句让宝玉觉得"亲切稠密,大有深意"的话，又忽地"咽住不往下说，红了脸，低下头只管弄衣带，那一种娇羞怯怯，非可形容得出者"，正流露了宝钗对宝玉有一定爱慕之情的隐秘。不过，宝钗心灵深处潜藏的爱情，只是偶尔涌露出来。在通常情况下，她压抑、淡化自己的感情，静静地等待命运的安排，等待家长们作主。

宝钗是一位思想归宿于儒家正统文化，努力适应现实生存条件的女子。这是她的信仰和操守，并不意味着她是个奸伪的小人。她有学识，有诗才，又通情达理，不以富贵骄人，不以权势压人，称得上是闺中佼佼者。薛蟠挨了柳湘莲的打，薛姨妈气得要去告诉王夫人，遣人捉拿柳湘莲，这当然是仗势欺人。宝钗连忙劝她妈："这不是什么大事。……如今妈先当件大事告诉众人，倒显得妈偏心溺爱，纵容他生事招人，今儿偶然吃了一次亏，妈就这样兴师动众，倚着亲戚之势欺压常人。"薛姨妈听后心平气和了，没有闹得不可收拾。薛蟠从外地带回一些土物，宝钗分送给众人，对贾环也一视同仁。赵姨娘看到她"不露出谁薄谁厚"，心里着实感激，说她"会做人"。常有研究者说，宝钗的"会做人"是讨好别人。宝钗有什么必要讨好赵姨娘和贾环呢？事实上，宝钗的"会做人"，有她待人厚道的一面。她对苦命的香菱一直是比较爱护的，对史湘云、邢岫烟的苦处也能够关心体贴，尽力帮助。任何读者读到这些描写，如果不抱偏见的话，都不会怀疑她的真诚。

薛宝钗是"一个清净洁白女儿"染上了"禄蠹"之气。按照儒学的观点来看，她的人性是提升了，实际上她的人性被扭曲了。曹雪芹创造薛宝钗的形象，反衬了书中的爱情、婚姻之理想；同时，对宝钗的薄命和人性的被扭曲也表达了悲痛与惋惜。

林黛玉的处世原则与薛宝钗不同。黛玉对待自己的外祖母当然不必要像宝钗那样去周旋迎合，但要在贾府立足，就必须善于同几个舅母和表嫂相处，特别是与王夫人、王熙凤的关系最为微妙。可是黛玉孤高自许，从不取悦于人，从不对任何人阿谀奉承，与周围污浊的、尔虞我诈的环境很有些格格不入。她的品格，就像潇湘馆前的翠竹一般瘦劲孤高，不为俗屈。她鄙薄功名利禄，不羡慕世俗的荣华富贵，从不劝宝玉去学仕途经济；不像宝钗一有机会就要劝宝玉"务正"。在荣国府里，黛玉得不到宝钗所得到的那种赏识。抄检大观园之前，王夫人同王熙凤谈到晴雯时说："上次我们跟了老太太进园逛去，有一个水蛇腰、削肩膀，眉眼又有些像你林妹妹的，正在那里骂小丫头。我的心里很看不上那狂样子，……今日对了坎儿，这丫头想必就是他了。"很看不上的狂样子，眉眼儿竟和林黛玉相像，这可以想见林黛玉在王夫人心目中的印象。赵姨娘也是不喜欢林黛玉的，她在感激薛宝钗给贾环送东西的同时，便想到："若是那林丫头，他把我们娘儿们正眼也不瞧，那里还肯送我们东西？"贾母自然是应该疼爱黛玉的，但因黛玉的脾性，贾母也抱怨她"不省事"。贾母说的"全不如宝丫头"的，无疑也包括林黛玉在内。贾母的爱心，不知不觉的往宝钗那一边倾斜去了。至于邢夫人、王熙凤、尤氏等人，对于黛玉只是做点"花胡哨"的表面文章，谈不上真心实意相待。黛玉在这样冷漠的寄人篱下的环境里，坚持傲世的态度，我行我素，"质本洁来还洁去，强于污淖陷渠沟"，这是她立身守志的原则。

封建闺教在林黛玉头脑里没有打上很深的烙印。她的心中一旦燃烧起爱情的火焰时，便把封建闺教中的"理"和"礼"抛到了脑后。她缺乏薛宝钗那种控制感情的心理机制。《红楼梦》的读者常常责怪黛玉心眼小，过分敏感，既折磨别人又折磨自己。这恐怕是没有体谅到黛玉的苦衷。"绝代容华太瘦生，多情翻恨似无情"，黛玉的心眼小、敏感，是由于她爱得深而又担心得不到对等的回报而产生的。她对贾宝玉种种"无情"的行为，正是她"多情""真情"的变形。当她从宝玉那里获得确切的爱情信息以后，她就变得豁达了，对宝玉变得温存、通情达理了。然而，新的精神折磨紧接着又降临到她的心头，他们的爱情有被家庭和社会否定的危险！贾府惟一真心疼爱她的外祖母，曾托张道士为宝玉寻找"模样配得上"的女子，又试图同宝琴订亲，可就是没有想到膝下的林黛玉。黛玉看不到希望，泪水渐渐被痛苦所熬干。她是被"情"折磨死的。如果把林黛玉和薛宝钗两个人物放在历史上"理"与"欲""情"与"礼"的论辩背景上来审视，可以说，薛宝钗偏于"守礼"，林黛玉特别"重情"。

"都道是金玉良姻，俺只念木石前盟。"在人生问题上，宝玉同宝钗有着重大分歧，所以他逐渐疏远了宝钗，以至最后弃宝钗而去。宝玉和黛玉都是从传统礼法中开始觉醒的人，是贵族阶级中有着自由倾向和人文主义思想的人物。这是他们爱情的基础。

"无故寻愁觅恨，有时似傻如狂。"贾宝玉这个贵族家庭娇宠无比的公子，同他的家庭和上层社会十分隔膜。他经常抨击那些"立志功名""作官为宦"的是"禄蠹"和"国贼禄鬼",指责封建社会一切"立身扬名"的教训是"混帐话",鄙薄"文死谏,武死战"的忠义名节是沽名钓誉。贵族家庭期盼他"留意于孔孟之间",继业,做官,显亲扬名;而他"不习文(八股文)","不学武",厌恶科举考试;甚至要他会会"为官做宰的人们","谈谈讲讲些仕途经济的学问",以便"将来应酬世务",他也不愿意。因为种种"不肖",曾引起贾政将他一顿毒打;而挨打之后,他不仅没有悔改,反而仗着祖母的溺爱,越发放肆起来。

贾宝玉有几句名言:"女儿是水做的骨肉,男人是泥做的骨肉,我见了女儿便清爽,见了男子便觉浊臭逼人","凡山川日月之精秀,只钟于女儿,须眉男子不过是渣滓浊沫而已"[75]。宝玉对女孩子们有一种特别亲昵、体贴、怜惜的态度,有时几乎到了好笑的地步。小说通过警幻仙姑之口,将宝玉对女孩子们的这种态度称为"意淫",称为"天分中生成一段痴情"。"意淫"这个字眼可能有些不雅,但含义是清楚的。它指的是两性关系中"惟心会而不可口传,可神通而不可语达"的一种纯情。其中自然包含着亲近异性的兴趣,但又不止于此。贾宝玉比较懂得人的价值和感情的价值,知道同情人,亲近人,尊重人;在和女孩子们的交往中,他一贯从内心表现出对她们的尊重,对她们价值的肯定,与"惟知以淫乐悦己"者迥然有别。他喜欢亲近的女孩子,大多是丫头,也就是被主子们看得如同猫儿狗儿一般的人。贾宝玉几乎对所有的丫头都抱怜惜、尊重的态度,常常迁就她们,愿意为她们效劳,很少在她们面前耍主子的威风。在贾母、王夫人因老太妃的丧事离家期间，小丫头们"连伙聚党"，"作起反来"。藕官烧纸、围殴赵姨娘、玫瑰露丢失，等等，接二连三的风波，总是宝玉"兜揽事情"，充当丫头们的保护人。晴雯"任性"撕扇子，宝玉说："这些东西原不过是供人所用，……你要撕着玩也可以使得，只是不可生气时拿他出气。"在"惜物"和"爱人"两者之间，宝玉把"人"看得更重要，哪怕这个"人"只是一个婢女。其实，不仅是对于女孩子，对于女奴和优伶，贾宝玉对穷苦人和所有社会地位卑微的人，都是比较同情、尊重的，与贵族社会的流俗迥然有别。还有更值得注意的是，据小丫头春燕的转述，宝玉已经考虑将来要把屋里的丫头"全放出去，与本人父母自便"[76]。这就是要"释放女奴"，恢复她们的人身自由。在家庭奴婢"律比畜产"的封建社会，宝玉的设想虽然只是平等自由思想的萌芽，但包含有近代"人生来是自由的"思想，有重要的历史意义，可惜宝玉没有来得及付诸行动。忠顺亲王府的优伶琪官（蒋玉菡）从王府逃出藏匿于郊外，宝玉知情且为之隐瞒，实际上是支持了奴隶争取人身解放的逃亡行动。从这件事情上可以看出，如果历史条件和家庭条件许可的话，宝玉关于释放自己家庭女奴的设想，是可能付诸行动的。

贾宝玉平生的主要兴趣就是在大观园过着无拘无束的生活。他那颗带有"愁""恨"和伤痕的童心在大观园可以得到舒展与畅快。他把这里当作逃避污浊环境和"国贼禄鬼"的避风港，当作寻找精神自由的天地。

大观园里，贾宝玉，住怡红院，丫头有袭人、晴雯、麝月、秋纹、小红、四儿、春燕等；林黛玉住潇湘馆，丫头有紫鹃、雪雁；薛宝钗住蘅芜院，丫头有莺儿；贾迎春住缀锦楼（位于紫菱洲），丫头有司棋；探春住秋爽斋，丫头有待书（有的本子作"侍书"）；惜春住蓼风轩（邻近藕香榭，轩内卧室名暖香坞），丫头有入画；妙玉住栊翠庵；李纨住稻香村，带着儿子贾兰。此外，史湘云常到大观园作客，香菱一度住进大观园学诗。随后，李纹、李绮、薛宝琴、邢岫烟进入大观园；又有梨香院学戏的女孩子芳官、蕊官、藕官、葵官、豆官、艾官、茄官进入大观园。这个大观园儿女群，除宝玉和幼小的贾兰是男性外，其他都是女性。

这是"地灵人杰"的世界，是少男少女们的乐园。尽管少男少女们之间有等级，有不同的信仰和操守，有不同的性情和文化修养，但都有着年轻人的纯情和聪慧，或多或少保持着可贵的"童心"。林黛玉具有超逸绝俗的傲骨和灵性，她身上蕴含着新意识的萌芽和优秀文化的积淀。薛宝钗虽然染上"禄蠹"之气，也仍然有着"清净洁白"的女性美，又有常人不及的才智，其"行止见识"远在那些"须眉浊物""国贼禄鬼"之上。晴雯是下贱的女奴，但"心比天高"，她有时好像忘记自己的奴婢身份，敢在主子面前任性使气，敢于顶撞主子；对于那些以"勤谨"讨主子喜欢、一心想往高枝上爬的，对于得到主子一点施舍便认为是"福气""脸面"而扬扬得意的奴婢，她打心眼里表示鄙视，尖刻地予以嘲讽。这种出自纯真天性的桀骜性格得到宝玉的赏识。宝玉用"金玉不足喻其贵""冰雪不足喻其洁"来赞扬晴雯。同晴雯相比，袭人的奴性较重，正统观念较深，想到往高枝上爬，还时时不忘用封建主义规范箴规宝玉。一个年轻的女性沦为奴婢，失去了自由和尊严，她的人性也被戕害、被奴化。但是，袭人并未失去善良的本性，她为人和顺，对小丫头和佣人都很和气，又能忍受委屈，也不轻易拨弄是非。当听到金钏儿投井的消息，她"想素日同气之情，不觉流下泪来"。贾赦逼鸳鸯做妾，袭人同情鸳鸯，埋怨贾赦"太好色了"。晴雯被逐以后，袭人也曾"垂泪"，并悄悄送出晴雯的衣物，还送去几吊零用钱。袭人对同受奴役的姊妹们，是有真感情的。大观园里除了黛玉、宝钗、晴雯、袭人之外，其他众多女子也都各有卓异之处。如史湘云在才气、学问、美貌方面足以与黛玉、宝钗鼎足而立，又豪放爽快、倜傥不羁；探春精明刚毅，自重自尊，"英断有丈夫风"；妙玉心性高傲，情趣高雅，像嫦娥一样孤寂，却并未丧失少女的芳华；身世最为辛酸的香菱，一经点拨便涌现诗情和灵性；心地善良的紫鹃，专为他人幸福而焦虑；活泼任性的芳官，俊悄伶俐，深得宝玉喜欢；等等。他们彼此相当尊重，主奴之间和男女之间没有明显的隔阂与歧视，气氛和谐友好，行动较少受"礼"的拘束，性情得到较为自由的舒张。他们在园中结社吟诗，才情和创造力得以充分发挥。在这片净土上，存在着真正的友情，真挚纯洁的爱情也得以滋生、发育。当整个社会以"纲常名教"为经纬编定了严格的行为规范时，大观园儿女却以情作为人与人之间联系的主要纽带，以才智和人性的完美作为人生的追求。同那个奸佞邪恶的现实社会相比，这恍然是别一天地的桃源仙境。

曹雪芹在上层社会日益腐败和礼教日益虚伪的情势下，憧憬新的人生境界和新的价值观念，并对中国传统社会开始向近代移动的趋势，作了敏锐的捕捉。他创造的贾宝玉这个艺术形象反映了十八世纪中国社会人文主义思潮的萌动。他创造的大观园是带有人文主义色彩的理想世界。曹雪芹和李贽、戴震等人所代表的晚明社会和清朝前期的人文主义思潮，是近代文明的滥觞。

以儒学为代表的封建正统文化，其根本特点是强化人的支配关系、依附关系和等级关系，泯灭人的自主意识和人格的独立性，抹杀人们独立思考和发表独立见解的权利，限制弱者和平民百姓对生存的需求。从世界历史的进程看，在人的价值得不到尊重、个性得不到充分发展的社会，在人们不能独立思考、不能发表自己见解的社会，是不可能发展近代文明的，是不可能让人的巨大潜能和创造力释放出来的。欧洲文艺复兴时期的人文主义之所以成为近代新思想、新文化的开端，就在于它"首先认识和揭示了丰满的完整的人性"，"给了个性以最高度的发展"[77]。曹雪芹和李贽、戴震等人的思想，同文艺复兴时期的人文主义有某种程度的近似。

中国人熟悉的《水浒传》，表现了一种抗争的精神和爱民的精神。它里面有个"八方共域，异姓一家""都一般儿哥弟称呼"的梁山泊，那只是农民的乌托邦理想。梁山泊于吃"大锅饭"的同时实行坐次严明的家长制管理，如果他们夺得政权的话，必然是贫富分化和专制制。《三国志演义》的理想主要是儒家的"仁政"和农民的"好皇帝"的愿望，更没有超出当时社会的规范。《红楼梦》的人文主义理想，不同于农本社会小生产者的平等愿望，更不是儒家的"仁政"思想。曹雪芹的意识具有超前性，他呼唤新的文明。

人文主义是有时代缺陷和历史局限性的，中外的人文主义者都是这样。康雍乾时期人文主义的社会基础还很薄弱，人文主义思潮没有形成相当的声势和气候。晚明社会到清朝前期，中国不可能出现欧洲那种文艺复兴运动。曹雪芹笔下贾宝玉和林黛玉的追求与抗争，就他们个人来说，必然是失败的结局。贾宝玉性格柔懦，生活圈子狭小，带有严重的寄生性和怠惰习气。他虽然一再发表愤世嫉俗的言论，但却没有改造现实社会的能力与勇气。当大观园这个"地灵人杰"的女儿国一旦被毁灭，贾宝玉便找不到出路。他既不肯走上封建家长期望于他的"仕途经济"之路，更不会探索别的人生道路，对强行捏合的婚姻既反对而又不可抗拒，那么摆在他面前的就只有一条路可走：出家做和尚。宝玉本是位"多情公子"，而僧徒视情爱为万恶之源，出家的第一步就要割断情缘，遗弃父母妻子和整个家庭。宝玉出家，好像是从一个极端跳到了另一个极端。当然，这不是一个强者的飞跃，而是一个弱者的消极解脱，是一个弱者在尝尽人生辛酸苦痛之后的悲剧性选择。黛玉"泪尽而逝"和宝玉出家为僧，正表明了十八世纪中国人文主义的历史局限性。

然而，更值得我们重视的是，从张君瑞到柳梦梅的婚姻追求，虽然一开始都突破了封建礼法的樊篱，而最终却都是以主人公中状元接受皇帝的赐婚而告结束的。这也就是说他们的婚姻的突破是有极大的局限性的，最终还是没有突破封建婚姻的常规。而贾宝玉却是：一，坚决不走仕途经济的政治道路，即不走状元及第的道路；二，坚决不要金玉良缘，而念念不忘木石前盟，甚

红楼梦概论

至走上宁可出家为僧的道路。从历史的角度看，贾宝玉又是坚强的、勇敢的。结合以上两个方面，贾宝玉的软弱和坚强，正好是当时中国人文主义思想的历史进程的真实写照。

　　中国在资本主义经济萌芽和人文主义思潮还没有找到进一步发展的机会的情况下，就在西方列强裹胁下匆匆进入近代社会。因此，中国的近代文明存在着严重的先天不足，农本经济社会和儒家文化留下的观念习俗给新的精神文明建设造成的困难多多。《红楼梦》从传统社会的"末世"，走进近代，又走进现代，成为一代又一代读者的启蒙教育书。就是对于今天的读者，也仍然有启蒙教育作用。

七、难以企及的艺术典范

《红楼梦》代表了中国古典小说的最高成就和中华文化的独特丰采，也足以与西方第一流小说作品相媲美。在曹雪芹生活的那个时代，世界上还没有哪一位小说家的成就，能和曹雪芹相比。

中国古代的小说，无论是长篇小说，还是中、短篇小说，大都是围绕简明的情节线索（或单线、或复线）、有头有尾地叙述故事纵的发展过程，情节曲折生动而脉络分明。人们常说中国古代小说的故事性强，指的就是这样一个特征。像《三国志演义》《水浒传》《西游记》《杨家府演义》《东周列国志》《说岳全传》这些家喻户晓的长篇章回小说，都是如此。这些小说作品，对于人物和事件的空间场景，对于人物的心理活动和情绪变化，都不作细致的描写。小说人物的性格，主要是在故事情节中展示出来。熟悉这类小说的读者，刚接触到《红楼梦》的时候，往往会感到迷茫，就像刘姥姥进大观园一样，辨不清路径和来龙去脉。

《红楼梦》的情节结构是多头绪的。它以众多人物的活动交织成浑然一体的生活实景，有序地向前推移。它把家庭和社会的方方面面，整体展示在读者眼前。曹雪芹的小说观念比前辈小说家大大进了一步，他不再把小说仅仅看成是通俗有趣的故事，不仅重视小说的故事情节，也注重空间场景、人物心灵感受及情绪波澜等方面的描写，特别是致力于追求作品的诗意和韵味。《红楼梦》中，故事情节和饶有生趣的生活场景以及人物的心灵感受、情绪波澜，串联、融会为一体。每一个特定的场景往往构成情味盎然的动态的画面，而空间场景的自然推移，便带动情节的发展，造成时间的感觉。这样的小说形态，已很接近于现代小说。

但是，《红楼梦》不同于现代"意识流小说"。它是按照客观现实的时间顺序和空间的连续性进行描写，不打乱时空的自然程序，不任意分割时间、交叉时间。因此，《红楼梦》故事情节的时间流程及其阶段性是很清晰的。开头五回是全书的"序曲"。第六回"刘姥姥一进荣国府"正式展开情节，从第六回到第十五回构成一个段落，着重写贾府荒唐淫乱的丑事。从第十六回"贾元春才选凤藻宫"到第三十六回宝玉"深悟人生情缘"构成又一个段落，主要写大观园的修建、元春省亲和宝玉与诸女子进入大观园以后的生活。这个阶段，宝、黛爱情由萌芽而逐步发展，并引起与宝钗、湘云的纠葛。宝玉因种种"不肖"而挨打。经过"诉肺腑"和宝玉挨打，宝、黛爱情达成了默契。第三十七回一开始，贾政就"点了学差"，远行去了，贾宝玉和众女子在大观园开始了一段无拘无束的生活。从三十七回到五十四回，是大观园儿女最愉快的一段时间，这时的贾府依旧维持着荣华排场。从第五十五回开始，小说气氛为之一变，贾府急剧衰落下去，家庭内部矛盾越来越多；只有大观园的少男少女们，仍然那样天真无邪。宝玉和黛玉的感情更为深挚，经过"紫鹃试宝玉"的风波，宝、黛两人的儿女心思完全抖露在众人面前。在宝玉过生日的那天晚上，怡红院群芳开夜宴，参加的人除宝玉和怡红院的丫头之外，还有黛玉、湘云、探春、香菱，以及宝钗、李纨等，大家举行了一次十分"越礼"的、"破格"的聚会——大观园儿女最后一次欢聚。这是第六十三回。第六十三回贾敬暴卒之后，引出尤二姐、尤三姐的故事。尤三姐的"梦"破毁后自刎而死，尤二姐被折磨死。王熙凤与贾琏的关系进一步恶化，贾府内部的矛盾也更加严重。贾宝玉因为受到一连串的刺激，"弄得情色若痴，语言常乱，似染怔忡之疾"。大观园儿女的诗社零落了。第七十回黛玉的《桃花行》和众人填的"柳絮词"，是一派风流云散的哀音。此后，甄家被抄家，贾雨村降了职，贾府的处境迅速恶化，走上一败涂地的末路。由于邢夫人和王夫人的嫌隙，主奴之间的矛盾，以及老婆子们的挑唆，导致"抄检大观园"。大观园儿女陷入了不幸。晴雯被逼死，宝钗搬出大观园，司棋被逐，芳官、蕊官、藕官被迫出家为尼，迎春误嫁中山狼，探春开始提亲，香菱迎来一个恶泼悍妒的主子。……"春梦随云散，飞花逐水流"。红楼之"梦"，大观园的"春梦"，要结束了。

《红楼梦》巧妙地通过某几个人物的活动，将极为纷繁的事件和场景联贯起来。如关于贾府淫奢衰败的种种描写大抵是以王熙凤的活动相串联。小说第二回"冷子兴演说"便着重介绍王熙凤的"模样""言谈""心机","竟是个男人万不及一的"。第三回贾府众多人物出场，又特地让王熙凤"来迟"，单独"亮相"，郑重其事地加以描写。她一出场，就像是老鸦窝里的凤凰，成了中心人物。第六回刘姥姥一进荣国府，刘姥姥观察的荣国府主要是王熙凤的身份与活动。接着，焦大骂人，秦可卿丧事，贾天祥正照风月鉴，这些事件无不以王熙凤为主角。以后写家庭内部矛盾，赵姨娘、邢夫人挑起的事端，都指向王熙凤；贾府太太奶奶们"闲取乐"，王熙凤总是主持人，又是最活跃的人物。第五十四回"效戏彩斑衣"，是王熙凤最得意之际，也是贾府由盛而衰的转折点。当王熙凤病倒、探春理家的日子，平儿充当王熙凤的代理人，时时看到王熙凤的影子。从贾敬暴卒、贾琏偷娶，到王熙凤弄小巧借剑杀人，一共七回有关尤二姐、尤三姐的故事，无疑都是王熙凤的"正紧文字"。后来，王夫人下令抄检大观园，这次重大行动自然也少不了王熙凤。曹雪芹原稿八十回以后的部分，我们是看不到了。八十回以后贾府的抄没与败落，与王熙凤的行为也有密切关系。王熙凤可以说是贾府盛衰的晴雨表。

《红楼梦》结构的中心部分，是"地灵人杰"的大观园。这个部分的描写是以贾宝玉的动贯串起来的。"宝玉系诸艳之冠"[78]。第五回通过他的"神游"，先对大观园儿女的命运和才情品格作了总的介绍。大观园建成之后，又首先通过以宝玉为主角的"试才题对额"，勾勒出这座园林的轮廓。以后，宝玉不仅在与黛玉、宝钗、湘云、晴雯、袭人等女子的感情纠葛中居于中心地位，即大观园儿女们吟诗结社、宴饮嬉游以及淘气任性，都有宝玉侧身其间，而且往往以宝玉的眼光去观照、描写。潇湘馆的"凤尾森森、龙吟细细"，门上湘帘垂地，黛玉在内的细细长叹："每日家情思睡昏昏"，这都是从宝玉的视听中写出来的。黛玉的葬花吟，也是宝玉到山坡上听到的。海棠诗社从宝玉接到探春的请帖写起。……后来，大观园经过"抄检"，事故迭起，晴雯、司棋、入画、四儿、芳官、藕官、蕊官、迎春、宝钗，一一离开大观园，在宝玉的心灵上和感情上引起了强烈的反应。小说又通过宝玉的无限惆怅，表现出大观园临近末日的悲哀。

以书中的人物为内视点，借书中人物的眼光、心理进行描叙，这种方式在《红楼梦》中是常见的。第三回林黛玉进荣国府，作者精心穿插了几组人物相互观照的描叙，交互作为视点对人物进行刻划。"鬓发如银"的贾母，"肌肤微丰"的迎春，"俊眼修眉，顾盼神飞"的探春，"身量未足，形容尚小"的惜春，都是从林黛玉眼中和心理感受中写出来的；而林黛玉"举止言谈不俗，身体面庞虽怯弱不胜，却有一段自然的风流态度"，则是从贾府姊妹诸人的眼中和心理感受中写出来的。王熙凤出场，未见其人，先闻其声。书中写：

> 黛玉纳罕道："这些人个个皆敛声屏气，恭肃严整如此，这来者系谁，这样放诞无礼？"心下想时，只见一群媳妇丫鬟围拥着一个人从后房门进来。

这里通过黛玉的视听与心理活动写出了王熙凤受宠和得意的神态。林黛玉和贾宝玉见面时的相互观察和心理感受，写得尤为精细，也尤为精彩：

> 一语未了，只听外面一阵脚步响，丫鬟进来笑道："宝玉来了！"黛玉心中正疑惑着："这个宝玉不知是怎生个惫懒人物，懵懂顽劣之童？倒不见那蠢物也罢了。"心中正想着，忽见丫鬟话未报完，已进来了一位年轻公子：头上戴着束发嵌宝紫金冠，齐眉勒着二龙抢珠金抹额；穿一件二色金百蝶穿花大红箭袖，束着五彩丝攒花结长穗宫绦，外罩石青起花八团倭缎排穗褂；登着青缎粉底小朝靴。面若中秋之月，色如春晓之花，鬓若刀裁，眉如墨画，眼似桃瓣，睛若秋波。虽怒时而若笑，即瞋视而有情。项上金螭璎珞，又有一根五色丝绦，系着一块美玉。

这是黛玉眼中的贾宝玉，下面又写贾宝玉眼中的黛玉：

> 宝玉早已看见多了一个姊妹，便料定是林姑母之女，忙来作揖。厮见毕归坐，细看形容，与众各别：两弯似蹙非蹙罥烟眉，一双似泣非泣含露目。态生两靥之愁，娇袭一身之病，泪光点点，娇喘微微。

通过这样交互的感受，写出了两人的形貌、气质和神情，而且这一对未来恋人的心灵中似乎已经播下了爱情的种子。

有一个人物在小说中的独特作用，是不能不提出来加以分析的。这个人物就是生活在社会下层却与荣府有些瓜葛的刘姥姥。曹雪芹计划让刘姥姥三次进荣国府，从下层人物的视角观察贾府的荣华富贵和由盛到衰的变化。这既鲜明地表达了作者的创作意图，又起到前后照应的作用。刘姥姥一进荣国府，打她遇到大门上"几个挺胸迭肚、指手画脚的人"开始，到拜见贾府的"真佛"——王熙凤，不过半天的事情，读者读后，即对贾府的"豪华举止""已得大概"。刘姥姥二进荣府，是在几年之后，贾府仍是"烈火烹油、鲜花着锦"的时候。由于"合了贾母的心"，住了两三天，"把古往今来没见过的，没吃过的，没听见过的，都经验了"。特别有意义的是游了大观园。黛玉住的潇湘馆，探春住的秋爽斋，宝钗住的蘅芜院，妙玉住的栊翠庵，她都走到了。还在酒醉之后，糊里糊涂撞到怡红院宝玉的卧室困了一觉。作者通过刘姥姥的这番游历与观察，进一步描写大观园众儿女的住处，表现了各个人物的性情品格。同时，对于贾府的奢侈靡费和养尊处优的生活，也借这个下等人之口作了令人心酸的评论。刘姥姥说：一顿螃蟹宴的钱"够我们庄家人过一年了"，"我们生来是受苦的人，老太太生来是享福的。若我们也这样，那些庄家活也没有人作了"。细心的读者从这里一定会感受到社会的不平，也一定会觉察到某种不祥之兆。在现存的《红楼梦》八十回书中，刘姥姥进荣国府只有两次。曹雪芹写的八十回以后的文稿中，刘姥姥第三次来到荣国府时，贾府已经"家亡人散"，刘姥姥成为贾府由盛到衰的见证

红楼梦概论

人。最后，刘姥姥将王熙凤的女儿巧姐搭救出去，与当年王熙凤不肯正眼瞧一眼的板儿结为夫妇。荣国府的女孩儿中，只有巧姐走到社会下层，做了"荒村野店"的"纺绩"的妇女，还算是得到了稍好的结果。

曹雪芹在《红楼梦》第一回曾着重说明，这部小说的"离合悲欢，兴衰际遇"，"追踪蹑迹，不敢稍加穿凿，徒为供人之目而反失其真传"。这表明了曹雪芹创作《红楼梦》的艺术原则——传真。《红楼梦》里，除了特意设计的青埂峰、太虚幻境和癞僧、跛道、警幻仙姑之类以外，都是人世间"真实"的人和事。当然，这里所谓"真"，并不是实际生活中的真人真事，而是说运用典型化方法，依照现实世界的"事体情理"创造的"真实"的人物、情节和环境。稍有艺术感受力的人，都会感受到《红楼梦》里那浓厚的生活气息，分外逼真的人物形象及实实在在的人物活动场景。阅读《红楼梦》，往往不自觉地把其中的人物当作真人去爱，去恨，甚至为他们吃不下，睡不着，一遍又一遍地伤心落泪。就是十分熟悉"小说家言"的文人学者，在进入《红楼梦》的艺术世界之后，也抑制不住自己的感情，以至忘记那是经过作者加工、虚构而创造的艺术的真实。这，自然是《红楼梦》那十分逼近生活的真实感所产生的魔力。

《红楼梦》里面有几百个人物，人各有面孔，人各有性情，人各有声口，千姿百态。即使年龄、气质和生活方式各方面很相近的人物，也绝无性格雷同的现象。林黛玉作诗的时候，呻吟俯仰之间，迸发出灵感和真情，好像有某种灵气附着她一样。正因为黛玉太灵透了，所以心特别细，特别敏感，也就变得多愁多感多病。史湘云作诗的灵气与黛玉相近，而且也是从小父母双亡，但湘云天真、浑厚，"从未将儿女私情略萦心上"，所以性情开朗、豪放，不像黛玉那样多愁善感。晴雯和鸳鸯都是丫头，都是书中有反抗性的女奴。但鸳鸯善于在主子中间周旋，在主子眼中获得一定的重要性。她平时看透了诗礼簪缨掩盖下的污浊，却不露声色；遇到危难时，善于保卫自己，反抗行动计虑周全。因此，她以一个毫无人身自由的女奴，竟能逃过大老爷贾赦的魔掌。晴雯容貌美丽，风流灵巧，为鸳鸯所不及；性情刚烈、直率，可钦可佩。但脾气暴躁，感情外露，任性，心里没有算计，结果遭人"诽谤"，抱屈而死。平儿与袭人，都是亦婢亦妾的身份，性情都温顺和平，对主子都忠心耿耿，而两个形象丝毫不发生混淆。平儿模样俊俏，心地善良。袭人外貌老实，笨笨的，却有令人难测的心机。宝钗和湘云都劝说宝玉学习仕途经济，而湘云显得单纯，没有道学夫子气，宝钗则城府很深。宝钗虽然有些道学夫子气，但也不是"理"的简单图解。她童年也是天真活泼、淘气的，思想被纳入封建主义伦理规范以后，仍然是个有生命有个性的人物，在日常生活中并没有完全丧失一个少女的情愫，某些场合她也下意识地流露出对宝玉的爱慕之心，"群芳开夜宴"时她也颇有些忘形。就是思想特别僵化的贾政，也是有生命、有个人感情的人物，只是他的性格、感情、心理有他的独特形态罢了。贾政看不惯宝玉的异端行为，见面就是训斥，甚至大加笞挞，好像他毫无爱子之心，其实不然。他有他的道理和他的爱法。"为的是光宗耀祖"，是他的本心；"恨铁不成钢"，是他动怒的原因。所以打过之后，看到确实打重了，又见王夫人"儿"一声"肉"一声地哭泣，他也"自悔不该下毒手打到如此地步"。可怜天下父母心，都是如此！贾政曾教训宝玉"把'四书'一气讲明背熟，是最要紧的"，可他听说宝玉会吟诗作对，"有些歪才情"，内心也有几分高兴。第一次瞧大观园时便把宝玉带在身边，使宝玉得以大展其才。别看贾政口里骂宝玉"轻薄""无知""管窥蠡测"，实际上他也明白宝玉所题匾联比众清客的强多了，那"点头""拈髯"之间流露出称心惬意的神色。后来，贾政任学政几年回家，"名利大灰"，无可奈何之下也不再像原来那样强逼宝玉习举业了。曹雪芹写了贾政的信仰，也写出了贾政作为一个父亲的真实感情以及思想性格随着境遇的改变而发生的变化。《红楼梦》中，不仅这些重要人物写得有血有肉，有意志，有个性，就是偶一出现的角色，如卜世仁、傻大姐、葫芦僧、倪二等，也给读者留下难忘的印象。

《红楼梦》这种"逼真""写实"的成就，在中国小说史上是无与伦比的，在世界文学史上也是罕见的。和列夫·托尔斯泰同时的一位俄国批评家说："托尔斯泰登峰造极地秉赋着一位伟大艺术家所具有的最根本的、而且是惟一根本的品质——善于塑造生动的事物和栩栩如生的人物的才能。"[79]曹雪芹也是这样的艺术家。虽然曹雪芹只留下一部小说，而且是一部尚未最后完稿的小说，但他逼真地描写生活和塑造性格鲜明的人物形象的本领及成就，却可以和西方第一流现实主义小说家相媲美。

《红楼梦》是以"逼真""写实"见长的，但曹雪芹并不满足于"逼真"和"写实"，他除了使"写实"比前人更加成熟完美以外，艺术上还有更高的追求。

中国古代美学和文艺创作，在强调"逼真"地表现审美客体的同时，又强调"传神"，强调作品的意象、意境和情趣韵味。概括起来说，就是注重"写意"。这个传统特别明显地表现在诗词、绘画、戏曲和园林建筑等领域。曹雪芹是多才多艺的艺术家，他创作《红楼梦》，广泛吸取中国文学艺术的经验，既传真写实，又兼用写意，在人物塑造和环境场景的描写中，努力创造深远的艺术意境与醇厚的艺术韵味，从而开创了小说的新局面、新境界。

"写意"，本是中国传统绘画中与"工笔"相对的一种画法。它的特点在于通过简练纵放的笔墨写出对象的神态意趣，并借以抒发作者的襟怀。因为它不拘形似而强调精神，用笔阔略而富于生气，所以现在又用"写意"与西方"写实"（如实摹仿对象）的概念相对，把我们民族的介于"似"与"不似"之间、偏重主观抒情和意境创造的艺术称为"写意艺术"。这是"写意"概念的扩大与发展，我们讲《红楼梦》的写意，就是这个意义。

《红楼梦》里面形形色色的人物性格，也像其他古典小说一样，要通过故事情节予以展示。不过，同《三国志演义》《水浒传》等古典小说相比，《红楼梦》更注重人物外形描写和人物心理描写；特别是人物对话，作为表现人物性格的手段，《红楼梦》运用得出神入化，达到了"酷肖之至""闻其声而知其人"的地步。但是，《红楼梦》最为特异的，还在于借助象征、隐喻，借助意境的烘托以及人物自己的抒情诗来表现人物的风神气韵。这是它写意艺术的主要手法。

贾宝玉从胎里带来的五彩晶莹的美玉，本是大荒山一块顽石；它是宝玉的命根子，也是宝玉精神和性格的象征。在读者心目中，只要一提宝玉、便会想到"无材补天"又磥磴奇兀的石头；想到那石头，宝玉的"愚顽"和"不肖"也就可以心领神会了。林黛玉住的潇湘馆，窗外有千百竿翠竹遮映。这是作者特意安排的具有象征和隐喻意味的景物。林黛玉的品格正像那翠竹一般瘦劲孤高，挺霜傲雪，不为俗屈。薛宝钗的住所蘅芜院，外面是"愈冷愈苍翠"的奇草仙藤，房内如"雪洞一般"。宝钗经常吃的药是"冷香丸"，又姓薛，小说一再谐音为"雪"。这一系列"冷"的意象构成宝钗形象的基本色调，也是对她克己守礼、近似"无情"这一性格的暗示。

踏雪赏梅是历代园林内的重要活动。大观园不能没有梅。而这梅不在怡红院，不在潇湘馆，更不在蘅芜院，独独在妙玉住的栊翠庵。明朝文震亨说过："幽人花伴，梅实专房。"[80] 只有梅适宜于与妙玉这个内心孤寂、幽芳自赏的女子为伴；也是梅，恰好成为妙玉品貌的象征。此外，香远益清的芙蓉对晴雯，非花香可比的菱角对香菱，断线的风筝对探春，"一声震得人方恐"的爆竹对元春，无疑都有象征和隐喻的意义，在审美上各有其特殊的效应。

王国维说："词以境界为最上。"[81] 又论述元杂剧说："其文章之妙，亦一言以蔽之，曰：有意境而已矣。……古诗词之佳者，无不如是。"[82]《红楼梦》注重创造意境，把意境的烘托作为表现人物风神气韵的重要手段。"地灵人杰"的大观园，处处展露情景交融、意境合一的美妙诗境。那美不胜收的景色和恬静雅致的意趣，使广大读者迷恋陶醉、遐思神往，至于无穷。园中的少男少女们便在这桃源仙境的映衬之下，一个个出脱得风姿绰约，不同凡响。他们既是"真的人物"，却又比真的人物更具诗意美、才情美和人品美。

大观园有着统一的风格与情调。同时，各个院落又有独特的意境和氛围，它们和各自主人的精神气质交互映衬，相得益彰。贾宝玉住的怡红院，与主人的脂粉气息相协调，院中是脂红的海棠和碧绿的芭蕉，房内花团锦簇，玲珑剔透。黛玉的潇湘馆，院落内外以和平恬静的绿色为基调，通过"凤尾森森，龙吟细细"和"竹影参差，苔痕浓淡"的景象以及碧纱窗暗暗透出的幽香，廊上鹦哥长长的呼叹，造成凄清幽美的诗意和画境，特别适合于一位超逸绝俗的感伤诗人居住。李纨住的稻香村，青篱茅舍，黄泥矮墙，田埂菜畦，一洗富贵气象，同李纨的槁木死灰的心境十分协调。探春住的秋爽斋，轩敞疏朗，气派阔大，仿佛探春这个人物的刚毅、英断的风貌。

大观园少男少女的活动，无论是结社吟诗，还是嬉笑游乐，或者是儿女之情的纠葛，表面上琐琐碎碎，似乎平淡无奇，如果细加领会，便觉得它情味盎然，诗意浓郁。如宝、黛共读《西厢》、黛玉葬花、宝钗戏蝶、龄官划蔷、访妙玉乞红梅、湘云醉眠芍药茵，凹晶馆联诗，都久已为人们津津乐道。

中国是个诗的国度。《红楼梦》与诗的关系，比我国任何一部古典小说都更为密切。不仅它的散文写得醇美、酣畅，常常像诗一样富于韵致；它还直接用优美的抒情诗揭示人物的心灵世界，表现人物的品格情操，以达到传神写意的目的。《红楼梦》是部小说，但"文备众体"，诗（又分七律、五律、七绝、五绝、歌行、骚体等）、词、曲、歌谣、酒令、联额、辞赋、骈文等，应有尽有。凡我国文学史上有过的文体，《红楼梦》里几乎都具有。曹雪芹可能有意要在《红楼梦》里全面展示自己的文学才能，他也的确无体不精，每一种文体的作品他都写得相当出色、脍炙人口（因小说人物的需要故意写得浅陋的除外）。这些诗文辞赋都成为小说情节、意境和人物描写的有机组成部分。大观园儿女的形象之所以能够升华到奇与美的境界，也得力于诗词歌赋各种文体的运用。如海棠诗写海棠花的冰清玉洁，菊花诗写菊花的千古高风，柳絮词慨叹柳絮的飘零。这些诗作吐露了众儿女的情怀，显示了他们的智能才华。而"玉是精神难比洁，雪为肌骨易销魂"，"孤标傲世偕谁隐"，"高情不入时人眼"，等等，更是众儿女对自身品格的写照。特别是林黛玉《葬花辞》，借花自喻，将落花与自己的身世融为一体，唱出了令人心碎肠断的悲歌：

> 一年三百六十日，风刀霜剑严相逼。
> 明媚鲜妍能几时，一朝飘泊难寻觅。
> 花开易见落难寻，阶前闷杀葬花人。
> 独倚花锄泪暗洒，洒上空枝见血痕。
> 杜鹃无语正黄昏，荷锄归去掩重门。
> 青灯照壁人初睡，冷雨敲窗被未温。
> 怪奴底事倍伤神，半为怜春半恼春。
> 怜春忽至恼忽去，至又无言去不闻。

昨宵庭外悲歌发，知是花魂与鸟魂。
花魂鸟魂总难留，鸟自无言花自羞。
愿奴胁下生双翼，随花飞到天尽头。
天尽头，何处有香丘？
未若锦囊收艳骨，一抔净土掩风流。
质本洁来还洁去，强于污淖陷渠沟。

许多《红楼梦》读者，读到《葬花辞》的时候，都要暂停下来，为林黛玉的命运流泪，也为她的才情击节赞叹。

中国人的日常生活和文化艺术活动处处弥漫着诗的气氛和情味，曹雪芹以诗情、诗笔写小说，将叙事文学与抒情写意的艺术结合起来，这便使他的小说具有特别的品格，也最能体现中国文学艺术的丰采。

《红楼梦》这部奇书还有一奇，就是它密切结合人物形象和情节、情境的创造，广泛汇集了我们民族文化多方面的成就，堪称传统文化的"百科全书"。中国传统的礼俗、宗教、园林、工艺、医药、戏曲、诗词唱和、饮食烹调、茶道，等等，都在《红楼梦》中有具体的反映和恰当的表现；而且几乎在它涉及的每一个方面，都有极为中肯的见解。其博大精深是其他小说无法相比的。如书中围绕诗歌创作、诗歌鉴赏以及如何学习前人诗歌作品的问题所发表的意见，可以作为诗话来读，而且比一般诗话、词话更有真知灼见。第四十八回，香菱在黛玉的指点下读了王维的部分五言律诗以后，说：

据我看来，诗的好处，有口里说不出来的意思，想去却是逼真的；有似无理的，想去竟是有理有情的。

我看他《塞上》一首，那一联云："大漠孤烟直，长河落日圆。"想来烟如何直，日自然是圆的，这"直"字似无理，"圆"字似太俗。合上书一想，倒像是见了这景的；若说再找两个字换这两个，竟再找不出两个字来。

虽然香菱的话只有三言两语，却揭示了诗歌艺术的奥秘，相当准确地说明了诗歌的美学特点。诗"有口里说不出来的意思"：诗不说"理"，也不是现象或表象的堆砌，它于表层形象之外，还存在着某种旨趣、韵味、意象、意境，难以言传。"想去却是逼真的""有理有情的"：诗的韵趣、意象、意境，又是可以意会的，即借助于读者的审美再创造，可以真切感受得到。诗有"象外之境"，又不是扑朔迷离，朦胧不可捉摸。曹雪芹的这个见解很值得重视。

又如书中突出反映了我国园林艺术的成就，并通过小说人物的议论，提出系统的造园理论和园林美学，有关园址选择、整体格调、障景、借景、内部布局、题字艺术等，都有相当透辟的见解和示范性的描写。不论过去还是现在，从事园林建筑的工程技术人员都把《红楼梦》的有关部分作为"造园论"来研读；大观园也成为许多园林造景的借鉴，甚至是某些园林设计的蓝本。贾政第一次逛大观园之前说：

偌大景致，若干亭榭，无字标题，也觉寥落无趣，任有花柳山水，也断不能生色。

这是讲题字的重要性。园林造型的美必须借匾额、对联、碑碣等文学形式画龙点睛，方能充分显示出来。贾政与宝玉及众清客于各处题写匾联、碑碣，实际是关于如何题写匾联、碑碣的讨论。按照曹雪芹的意思，匾联、碑碣应切合景物特点，即切题；还要"大方气派"，"蕴藉含蓄"，"新雅"，不能"粗陋"，"板腐"，"俗气"，"浅露"。"大观园"这个园名，表示"天上人间诸景备"的意思，简明而有气派，既不俗气，又不弄巧。"沁芳亭"的题名，众清客先取《醉翁亭记》中"有亭翼然"句题为"翼然"，贾政认为与景物特点不合，"此亭压水而成，还须偏于水题方称"。贾政与一清客合题"泻玉"二字，显得生硬，缺乏韵致。最后宝玉题"沁芳"二字，新雅，贴切，得到大家赞赏。书中诸如此类的描写甚多，能给读者以很大启发。

曹雪芹是精通中医医理的。"张太医论病细穷源"一回的描写给读者留下很深的印象。第五十一回，批评"胡庸医"乱用虎狼药，说女孩子不能用麻黄、枳实，这是很有见地的。麻黄发汗作用较强，枳实破气"性酷而速"，一般应该慎用。曹雪芹在这里写宝玉对女孩子们的体贴，顺带也批评了"胡来"的庸医，表达了对用药的见解。《红楼梦》中有关医药的言论，特别精彩的一段是第四十五回薛宝钗关于林黛玉治疗问题的谈话：

> 昨儿我看你那药方上，人参、肉桂觉得太多了。虽说益气补神，也不宜太热。依我说，先以平肝健胃为要，肝火一平，不能克土，胃气无病，饮食就可以养人了。

红楼梦概论

明清时的俗医喜欢用温补药，林黛玉也一直服"人参养荣丸"（其中有人参、肉桂、黄芪等，典型的温补剂），实则对黛玉有害无益。因为黛玉血虚气郁，本有内火，若再服人参补气则气郁不能解，再用温热药则无异于以火助火。宝钗根据中医"有胃气则生"和"肝病犯土"（五行与脏腑相配，肝为木，脾胃为土，木克土）的思想，提出平肝健胃的办法，是治疗黛玉的最佳方案（由于社会的原因，黛玉的病当然是治不好的）；对扭转俗医动辄用人参的风气也有重要意义。

中国传统文化具有独特体系，曾经对人类文明作出过重大贡献，经过近百年历史的改造、筛选、转化，它在未来社会里，必将成为我们民族精神和人类智能的重要源泉之一。当今，世界各地学者正把目光投向悠久、博大的中华文化，期望深入认识中华文化；中国的读书人为了了解国情，了解自己民族的精神，也需要更切实、更深入地认识我们的传统文化。中国人也好，外国人也好，要认识中国传统文化，都不能不读《红楼梦》这部"百科全书"。

八、红学——研讨《红楼梦》的学问

　　《红楼梦》问世后，很快在读书人中刮起一股旋风。一时，"家弦户诵，妇竖皆知"。郝懿行说："余以乾隆、嘉庆间入都，见人家案头必有一本《红楼梦》。"尤凤真于嘉庆四年撰写的《瑶华传序》说："余一身落落，四海飘零，亦自莫知定所。由楚而至豫章，再由豫章而游三浙，今且又至八闽矣。每到一处，哄传有《红楼梦》一书。"[83] 楚为湖北，豫章指江西，三浙即浙江，八闽即福建。从乾隆五十六年《红楼梦》第一次刊印至嘉庆四年，不过八年时间，自北京至东南海隅便已处处哄传《红楼梦》了。除了头脑特别冬烘的封建士大夫曾出面诋毁甚至在所管辖的地方加以严禁之外，《红楼梦》在社会各阶层得到普遍的赞誉与激赏，越来越普及。喜爱它的不仅有文人学士、闺中女子、普通百姓，也有贵族官僚，甚至宫廷帝后。蒋瑞藻《小说考证拾遗》引《能静居笔记》记载，宋翔凤曾说："曹雪芹《红楼梦》，高庙末年，和珅以呈上，然不知所指。高庙阅而然之，曰：

'此盖为明珠家作也。'后遂以此书为珠遗事。""高庙"即乾隆皇帝。清末，社会上传说宫中后妃颇爱《红楼梦》，慈禧太后常自比史太君。故宫原慈禧住处附近的游廊现尚留有十多幅《红楼梦》壁画。

《红楼梦》于乾隆五十八年（1793）即走出国门，传入日本。据日本学者报导，日本商人村上家保存下来的旧账册上记载：宽政五年（1793）冬天，中国南京王开泰的寅贰号船从浙江乍浦港驶达日本长崎，所载货物内有图书，其中包括"《红楼梦》九部十八函"。《红楼梦》流传到欧洲，现所知最早的就是那部俄藏本《石头记》，是俄国人帕维尔·库尔梁德采夫于道光十二年（1832）带回彼得堡的。

《红楼梦》在国内一而再、再而三以至不计其数地重印、翻刻的同时，又出现了很多续书。现知最早的续书是刊印于乾、嘉间的《后红楼梦》（逍遥子著）。以后，嘉庆年间有《续红楼梦》（秦子忱著）、《绮楼重梦》（即《红楼续梦》）、《续红楼梦新编》（海圃主人著）、《红楼复梦》《红楼圆梦》《红楼梦补》《补红楼梦》，道光年间有《增补红楼梦》《红楼幻梦》，直至清末民初的《红楼梦影》《红楼残梦》《红楼馀梦》等，续《红楼梦》的书近四十种。这些续作，大多接程本一百二十回后续写，也有的接九十七回后续写，还有接其他章回续写的。内容多是令黛玉复生，宝玉还俗，或二人相聚于幻境，务必使有情人成为伉俪。其思想境界与艺术水准，自不能与《红楼梦》同日而语，但续作如此繁多的现象，是其他任何古典小说所没有的，这正表现了《红楼梦》的魅力与影响。

　　《红楼梦》流行以后，不断有人取它的主要情节或片段，改编成戏曲或子弟书、木鱼书、弹词、单弦、大鼓、坠子、相声，等等。凡是大众喜闻乐见的表演样式，几乎都有《红楼梦》的故事。这类改编作品究竟有多少，难以统计。以戏曲来说，据现有史料，早在乾隆五十七年就有仲振奎撰《葬花》一折。仲振奎于嘉庆三年所写《红楼梦传奇》的自序中说：

　　　　壬子秋末，卧疾都门，得《红楼梦》于枕上读之，哀宝玉之痴心，伤黛玉、晴雯之薄命，恶宝钗、袭人之阴险，而喜其书之缠绵悱恻，有手挥目送之妙也。同社刘君请为歌辞，乃成《葬花》一折。……丙辰客扬州司马李春舟先生幕中，更得《后红楼梦》而读之，大可为黛玉、晴雯吐气，因有合两书度曲之意，亦未暇为也。丁巳秋病，百馀日始能扶杖而起，珠编玉籍，概封尘网，而又孤闷无聊，遂以歌曲自娱，凡四十日而成此。[84]

　　"壬子"为乾隆五十七年。这一年秋天仲振奎在北京读到《红楼梦》，并写了戏曲作品《葬花》一折。嘉庆元年（丙辰）他在扬州读到《后红楼梦》。嘉庆二年（丁巳），仲振奎写成《红楼梦传奇》剧本，包括《红楼梦》和《后红楼梦》的故事，《葬花》是其中一折。嘉庆元年孔昭虔也写有一折《葬花》。除此以外，嘉庆、道光年间的《红楼梦》题材的戏曲作品还有《醒石缘》《绛蘅秋》《红楼梦》《十二钗传奇》《潇湘怨》《怡红乐》《红楼梦传奇》（陈仲麟撰）等等。以后京戏及各地方戏演唱《红楼梦》的就更多了。《红楼梦》为各种表演艺术提供了丰富的题材来源，它也借各种表演艺术得以更广泛地传播与普及。

《红楼梦》流行以后，很多文人学士不停留在一般的阅读、鉴赏、痴迷上，而是用题咏、评点及评论等形式，来表达他们对《红楼梦》的感受和领悟，以及他们对人生的见解。这就形成了学问。文学的欣赏与批评，既是对文学作品（审美的客体）的认知，也是欣赏者、批评者自己的思想、性格、情趣、经验、学识的返照。仁者见仁，智者见智。不同时代、不同文化修养的读者和研究者，对于《红楼梦》的鉴赏与认识必然存在着这样那样的差异，甚至意见相左。

用诗词歌赋吟咏小说，是中国传统的文学鉴赏和文学评论的形式。《红楼梦》所拥有的题咏者之多，是其他古典小说望尘莫及的。《古典文学研究资料汇编·红楼梦卷》收录乾隆末年至民国初年吟咏《红楼梦》的七十多人的上千首作品。编者一粟（朱南铣、周绍良）在《编辑说明》中说：入选的只是一小部分，即使"把有关《红楼梦》的续书、戏曲、专著、诗词等等的卷首题词，以及追和《红楼梦》原作的诗词剔除不计，至少还有三千首"。

《红楼梦》早期抄本大多是带有批语的。程伟元、高鹗排印的一百二十回本只存正文，没有批语（全书有五处残留脂评文字，已混入正文）。接踵而来的翻刻本、重印本，却涌现出许多新的评批，并带有圈和点，即所谓"评点"。《红楼梦》的评点有数十家之多。脂砚斋"阅评"本以外，《红楼梦》最早的评点本是嘉庆十六年东观阁重刊的《新增批评绣像红楼梦》，而影响最大的是清朝后期王希廉、张新之及姚燮的评点。

除了附丽于正文的"评点"之外，从乾嘉以来，还有脱离正文而独立的专书和散见于各种诗文笔记的杂记。现今可以收集到清代评《红》专书二十多种，如乾隆年间周春的《阅红楼梦随笔》，嘉庆年间裕瑞的《枣窗闲笔》，二知道人的《红楼梦说梦》，诸联于道光元年刊印的《红楼评梦》，江顺怡于同治八年刊印的《读红楼梦杂记》，都是有分量的著作。

清朝末年，一些酷爱《红楼梦》的文人，把研读、评说《红楼梦》，称为"红学"。李放的《八旗画录》中关于《红楼梦》有这样的记述："光绪初，京朝士大夫尤喜读之，自相矜为红学云。"[85]光绪年间徐兆玮的《游戏报馆杂咏》写道："说部荒唐遣睡魔，黄车掌录恣搜罗。不谈新学谈红学，谁似蜗庐考索多？"诗后徐兆玮自注："都人士喜谈《石头记》，谓之红学。新政风行，谈红学者改谈经济；康梁事败，谈经济者又改谈红学。戊戌报章述之，以为笑噱。鄙人著《黄车掌录》十卷，于红学颇多创获，惜未遇深于此道者一证之。"此诗载光绪三十四年油印本《道咸同光四朝诗史一斑录》。《黄车掌录》稿本现藏常熟市图书馆。另外，民国三年第8期《文艺杂志》发表署名均耀的《慈竹居零墨》，其"红学"条下记载：

> 华亭朱子美先生昌鼎，喜读小说。自言生平所见说部有八百馀种，而尤以《红楼梦》最为笃嗜。精理名言，所谭极有心得。时风尚好讲经学，为欺

饰世俗计。或问："先生现治何经？"先生曰："吾之经学，系少三曲者。"或不解所谓。先生曰："无他，吾所专攻者，盖红学也。"[86]

《清稗类钞·诙谐类》亦辑录有此故事：

> 曹雪芹所撰《红楼梦》一书，风行久矣。士大夫有习之者，称为"红学"。而嘉、道两朝，则以讲求经学为风尚，朱子美尝讪笑之，谓其穿凿傅会，曲学阿世也。独嗜说部书，曾寓目者，凡九百种；尤熟精《红楼梦》，与朋辈闲话，辄及之。一日，有友过访，语之曰："君何不治经？"朱曰："予亦攻经学，第与世人所治之经不同耳。"友大诧。朱曰："予之经学，所少于人者，一画三曲也。"友瞠目。朱曰："红学耳。"盖经字少丝即为红也。朱名昌鼎，华亭人。[87]

朱子美的时代不知《清稗类钞》的所录是否准确。综合这些记载来看，清朝末叶，习俗已把研读、评说《红楼梦》视为一种学问，而且是可以夸示于人的学问。事实是，从脂砚斋、畸笏叟评《红楼梦》开始，围绕《红楼梦》逐渐形成了一门学问。清朝末叶出现的"红学"一语，不过是对业已存在的一种学问的定名。

二十世纪初，红学逐渐开始成为现代意义的学术，并发展成为一门显学。红学的范围也由《红楼梦》文本的研讨扩大到对其历史背景和作者各方面的研讨。学术和时代的关系，像植物同土壤、空气、日光的关系一样。

红学这门学术的发展，离不开二十世纪给它提供的条件和机遇。1904年，中国知识界学习西方文化的热潮方兴未艾之时，积极学习西方文化并力图与中国"固有之材料互相参证"的青年王国维，发表长篇论文《红楼梦评论》，正式拉开现代红学的序幕。王国维这篇文章是红学史上第一篇从哲学与美学的角度评价《红楼梦》的系统论文，在学术观念和思想方法上具有开拓的意义。由于王国维写《红楼梦评论》时，尚未成名，学术上也尚未成熟，所以文章没有立即引起反响；他后来成为一个大学者之后，这篇早年之作才逐步受到学界的重视。在王国维的《红楼梦评论》发表之后，随即而来的是寻求影射之"本事"及"微言大义"的"索隐热"。《红楼梦》的"索隐"起于乾嘉时期，民国初年蔡元培的《石头记索隐》，王梦阮、沈瓶庵的《红楼梦索隐》以及邓狂言的《红楼梦释真》，使"索隐"造成很大的声势。王梦阮、沈瓶庵提出"是书全为清世祖与董鄂妃而作"，宝玉即世祖（顺治帝）。蔡元培提出《红楼梦》为"清康熙朝政治小说"，"本事在吊明之亡，揭清之失，而尤于汉族名士仕清者寓痛惜之意"。蔡的主要根据是"书中红字多影朱字，朱者，明也，汉也"，怡红院"即爱红之义"，悼红轩"则吊明之义"。这种脱离小说人物形象和故事情节的猜测，不是研究小说的科学方法。

胡适于1921年3月写成《红楼梦考证》，随即发表在这年5月上海亚东图书馆出版的标点本《红楼梦》中。这年11月，他又写出《红楼梦考证》（改定稿），并编入这年年底亚东图书馆出版的《胡适文存》卷三。胡适的热情影响到从北京大学毕业的学生顾颉刚和俞平伯。

胡适修改《红楼梦考证》的过程中，顾颉刚和俞平伯曾帮助寻找材料，提供修改意见，特别是顾颉刚起了重要作用。同一时期，顾颉刚和俞平伯又频繁通信，讨论《红楼梦》的问题。这些信札成为俞平伯《红楼梦辨》的重要部分。1922年俞平伯写成《红楼梦辨》，次年由亚东图书馆出版。顾颉刚为《红楼梦辨》写的序中提出，《红楼梦考证》和《红楼梦辨》的出现，意味着"新红学的成立"。

以胡适、俞平伯为代表的"新红学"，最有价值的思想是提倡"有证据的探讨"。胡适和俞平伯由于坚持有证据的探讨，在《红楼梦》的作者和"本子"的研究上作出了独到贡献，为以后红学的发展提供了一个实在的基础。关于《红楼梦》的美学品格和艺术成就方面的研究，他们也开了一个端绪，对以后的红学研究有引导和启示的作用。胡适的一个重要论点——《红楼梦》"是曹雪芹的自叙传"，这一观点，在当时影响甚大。到五十年代以后，其影响逐渐减弱，多数研究者不再认同这个说法。尽管如此，"自传说"对引导人们探讨《红楼梦》与作者的家世、身世的关系，却起了推动作用。五十年代初周汝昌的《红楼梦新证》，是沿着胡适"考证"的路子研究《红楼梦》的著作，在搜集曹家的史料方面作出了重要贡献。不过，周汝昌将"自传说"推向极端，而且吸纳了"索隐"的方法，对于更晚的学人也有不良影响。

五十年代大陆上兴起的对"新红学"的"批判"，同当时的政治、文化环境密切相关。撇开那场"批判"的政治因素和政治上的负面影响不谈，单从学术角度来看，那时注重《红楼梦》的社会历史价值，强调其反封建的内容，使人们对这部小说的认识换了一副眼光，并引起更多人对红学的关注，这也很有意义。然而，六十年代以后，由于学术思想的渐趋禁锢，某些观念在很长一段时间紧紧束缚了《红楼梦》研究者和读书人的思维模式。

二十世纪最后二十年，中国学术文化界的理论观念、思维方法发生较大变化，《红楼梦》研究出现了新的热烈局面。许多研究者一方面细心检验前人的研究成果，去其伪，取其真；另一方面努力吸收、消化各种新的学说和信息，尽可能以科学的观念和眼光对《红楼梦》及有关问题作出了新的阐释与分析。同时，在曹雪芹家世、身世和《红楼梦》版本方面的研究，在文献的整理出版和《红楼梦》文本的整理注释方面，则有前人想象不到的成绩。红学研究呈现了一时盛况，七十年代末《红楼梦学刊》《红楼梦研究集刊》创刊，八十年代初中国红学会成立，随之而组织的全国红楼梦研讨会和国际红楼梦研讨会的多次召开，红学研究的深度和广度大大地加强了。而特别引人注目的是，红学研究已不再是封闭型了，大陆的、港台的红学和海外的红学汇成了一片。红学不仅是中国的显学，而且跨越国界成为世界性的学问。

当今学界习惯于将"红学"与"甲骨文学""敦煌学"并称为"三大显学"，这是恰当的；而从社会关注的程度、参与的学者之多来说，"甲骨文学"和"敦煌学"又不能同红学相提并论。两百五十多年红学的著作文章，"汗牛充栋"不足以形容其数量，"堆山积海"

也算不上过分夸张。

回顾学术史上，不少学问的产生、发展，往往是由于理论观念的变化和新的文献资料的发现所引起的，如甲骨文学、金文学、敦煌学等等。红学的发展，也是理论观念的变化和新资料的发现所推动。二十世纪的红学，有三次大的变化。第一次是胡适对索隐派的批判和关于《红楼梦》作者与版本的考证。第二次是1954年对"新红学"的批判。第三次是八十年代学术观念、思维习惯的转变。

红学二百五十多年的发展进程中，有渐进，也有巨变。红学的历史是积累与创新、扬弃与继承相结合的不断演进的历史。这是红学的主流。

红学进入二十一世纪，面临着新的挑战，也将遇上更好的发展条件和机遇。伴随民族的振兴和中华文化的发扬光大，红学将在已有成绩的基础上，进入更广阔、更深层的境界，创造更加灿烂的明天。

注释:

[1]得硕亭:《草珠一串·时尚》。《草珠一串》为北京竹枝词集,成书于嘉庆十九年(1814),刊印于嘉庆二十二年。现收入北京古籍出版社1982年出版的《清代北京竹枝词》。

[2]康熙《上元县志》卷16的"曹玺传":"曹玺,字完璧。其先出自宋枢密武惠王彬后,著籍襄平。大父世选,令沈阳有声。世选生振彦,初扈从入关,累迁浙江盐法参议使,遂生玺。"襄平指辽阳。襄平为古代的县名,故城在辽阳。"著籍"即在某地入籍的意思。

[3]《八旗满洲氏族通谱》卷74《附载满洲旗分内之尼堪姓氏》:"曹锡远,正白旗包衣人,世居沈阳地方,来归年分无考。其子曹振彦,原任浙江盐法道。孙曹玺,原任工部尚书;曹尔正,原任佐领。曾孙曹寅,原任通政使司通政使;曹宜,原任护军参领兼佐领;曹荃,原任司库。元孙曹颙,原任郎中;曹頫,原任员外郎;曹顺,原任二等侍卫兼佐领。曹天佑,现任州同。"《五庆堂曹氏宗谱》:"锡远,从龙入关,归内务府正白旗。""宜,尔正子,……生子顺。""天佑,颙子,官州同。"

[4]张书才:《曹雪芹家世档案史料补遗》,《红楼梦学刊》2001年第2期。

[5]《清史稿·选举志》:"八旗以骑射为本,右武左文。世祖御极,诏开科举,八旗人士不与。顺治八年,吏部疏言八旗子弟多英才,可备循良之选,宜遵成例开科于乡、会试,拔其优者除官。报可。八旗乡、会试自是年始。"

[6]见光绪《钦定大清会典事例》卷1136。

红楼梦概论

[7] 参看《听雨丛谈》卷1第17、18页（中华书局1984年版），《佳梦轩丛著》第120页（北京古籍出版社1994年版）。

[8] 康熙年间未刊稿本《江宁府志·宦迹》之"曹玺传"："世祖章皇帝，拔入内廷二等侍卫，管銮仪事。"

[9] 萧奭：《永宪录续编》："寅字子清，号荔轩，奉天旗人。有诗才，颇擅风雅。母为圣祖保母。二女皆为王妃。"《永宪录》第390页，中华书局1959年版。

[10] 曹玺因带内工部郎中衔，当时人尊称他为"司空"（古代主管营建、制造事务的官，清朝人习惯于称工部尚书为大司空）。后来《八旗满洲氏族通谱》等书误记曹玺为"工部尚书"。

[11] 熊赐履：《曹公崇祀名宦序》，《经义堂集》卷4。

[12] 曹玺次子名宣，见康熙年间未刊稿本《江宁府志·宦迹》之"曹玺传"。

[13] 本段及后文叙述曹寅、曹颙、曹頫与康熙皇帝之关系，依据《关于江宁织造曹家档案史料》（中华书局1975年版）、《江宁织造曹家档案史料补遗》（《红楼梦学刊》1979年第2辑及1980年第1、2辑）、《曹雪芹家世档案史料补遗》（《红楼梦学刊》2001年第2期）、《李煦奏折》（中华书局1976年版）、《楝亭集》（上海古籍出版社1978年影印本）、《郎潜纪闻三笔》卷1（中华书局1984年版排印本）、乾隆《江南通志》卷105等。按，曹寅妻李氏，为李月桂之女，并非李煦亲妹。

[14] 王朝璨：《楝亭词钞序》，《楝亭集》，上海古籍出版社1978年影印本。

[15] 曹寅撰《北红拂记》见尤侗《艮斋倦稿》卷

9《题〈北红拂记〉》。《续琵琶记》残抄本藏国家图书馆，收入《古本戏曲丛刊》第五集。《太平乐事》刻印于康熙四十八年，南京图书馆、上海复旦大学图书馆藏有刻本。《虎口馀生》在《永宪录续编》《曲海总目提要》卷46有记载，云南大学图书馆藏有抄本。

〔16〕《楝亭书目》收入《辽海丛书》（有辽沈书社1985年影印本）。

〔17〕参看《不下带编》《巾箱说》（合刊）第11页，中华书局1982年版。

〔18〕《楝亭诗钞》卷4，《楝亭集》，上海古籍出版社1978年影印本。

〔19〕《关于江宁织造曹家档案史料》第149页。

〔20〕见《新发现的有关曹雪芹家世的档案》（《历史档案》1983年第1期），《清圣祖实录》（中华书局1985年影印本）卷295，《永宪录》第22页。

〔21〕梅曾亮：《家谱约书》《谒墓记》，《柏枧山房文集》卷4、卷31，咸丰六年刊本。

〔22〕见《关于江宁织造曹家档案史料》内《江宁织造曹寅奏进晴雨录折》等件、《李煦奏折》内的《苏扬田禾收成折》以及《曹雪芹家世档案史料补遗》。

〔23〕曹寅亏空事见《关于江宁织造曹家档案史料》内康熙五十年、五十一年、五十五年诸奏折。

〔24〕讷尔苏事见《关于江宁织造曹家档案史料》附录《有关讷尔苏的世系及其生平简历的史料》和《清史稿·诸王传》。

〔25〕《雍正朱批谕旨》第十三册，清武英殿刊本。

〔26〕《关于江宁织造曹家档案史料》第165页。

红楼梦概论

［27］《雍正朱批谕旨》第三十九册。

［28］《雍正朱批请旨》第三十九册。

［29］本段史料见《关于江宁织造曹家档案史料》有关奏折及《红楼梦学刊》1987 年第 1 辑《曹𫖯骚扰驿站获罪结案题本》《历史档案》1983 年第 1 期《刑部为知照曹𫖯获罪抄没缘由业经转行事致内务府移会》。据绥赫德的奏折，抄家时清查曹𫖯有房屋十三处，共四百八十三间；地八处，共十九顷零六十七亩；家人大小男女共一百十四口。外有所欠曹𫖯银本利共计三万二千馀两。《永宪录续编》记曹𫖯"因亏空罢任，封其家赀，止银数两，钱数千，质票值千金而已。上闻之恻然。"《永宪录续编》所记不确。

［30］敦诚《寄怀曹雪芹》"扬州旧梦久已觉"句下注："雪芹曾随其先祖寅织造之任。"（见后）按：曹雪芹出生时，曹寅已去世。敦诚知道雪芹在南京生活过，误以为与曹寅生活的岁月相衔接。

［31］见《春柳堂诗稿》内《题芹溪居士》题下作者自注。《春柳堂诗稿》有（北京）文学古籍刊行社 1955 年影印本、上海古籍出版社 1984 年重印本。

［32］见国家图书馆所藏《楝亭图咏》。

［33］康熙二十九年《总管内务府为曹顺等人捐纳监生事咨户部文》："三格佐领下南巡图监画曹荃，情愿捐纳监生，二十九岁。"《红楼梦学刊》1984 年第 1 辑 134 页。

［34］尤侗：《楝亭赋》，《艮斋倦稿》卷 5。

［35］《关于江宁织造曹家档案史料》第 125 页。

［36］康熙《上元县志》卷 16 "曹玺传"。《楝亭诗

钞别集》内"辛卯三月闻珍儿殇，书此忍恸，兼示四侄寄东轩诸友"。

〔37〕《四松堂集》卷1，诗题和正文的小字注均为敦诚原注。《四松堂集》为刻本，有文学古籍刊行社1955年影印本、上海古籍出版社1984年重印本。

〔38〕《怀卜宅三》见《四松堂集》卷1。《吊宅三卜孝廉》见《懋斋诗钞》。《懋斋诗钞》为抄本，有文学古籍刊行社1955年影印本、上海古籍出版社1984年重印本。

〔39〕见《懋斋诗钞》。

〔40〕《鹪鹩庵杂记》中诗。《鹪鹩庵杂记》是敦诚诗的一个抄本，近人张次溪曾收藏，"文革"中不幸失落。周绍良早年录有副本，刊于山西人民出版社1983年版《艺文志》第1集（有多处误排）。又吴恩裕《四松堂集外诗辑》辑有《鹪鹩庵杂记》的部分诗，见《有关曹雪芹十种》《曹雪芹丛考》。《四松堂诗钞》（抄本，中国社会科学院文学研究所藏）、《四松堂集》付刻底本（北京大学图书馆藏）收此诗，第七句作"阿谁买与猪肝食"。《四松堂集》付刻底本题作《赠曹芹圃》，注云"即雪芹"。

〔41〕见《春柳堂诗稿》。题下小字为张宜泉自注。

〔42〕《红楼梦》第四十七回。本书引用《红楼梦》原文，除特别说明外，均据中国艺术研究院红楼梦研究所校注本，人民文学出版社1996年第二版。

〔43〕《清代北京竹枝词》第19、32、51、52页。北京古籍出版社1982年版。

〔44〕《清世宗实录》卷112。"辛者库"为包衣管领

下人，包衣中最贱者。

［45］《八旗通志》（初集）卷 67 引雍正二年二月初二口谕八旗文武官员等。

［46］《清高宗实录》卷 17。

［47］《懋斋诗钞·小诗代简寄曹雪芹》。

［48］敦诚：《佩刀质酒歌》，《四松堂集》卷 1。

［49］《挽曹雪芹》见《鹪鹩庵杂记》《四松堂诗钞》《四松堂集》付刻底本。敦诚与荇庄联句见《四松堂诗钞》和《四松堂集》付刻底本，题为《荇庄过草堂命酒联句即检案头闻笛集为题，是集乃余追念故人录辑其遗笔而作也》。

［50］《四松堂集》卷 5，蛮素，指白居易姬樊素、小蛮。

［51］别林斯基：《一八四七年俄国文学一瞥》，《别林斯基论文学》第 200 页，新文艺出版社 1958 年版。

［52］这两则批语甲戌本亦有，但无署名系年。

［53］晋昌：《壬戌冬余还都小泉以上下平韵作诗赠行因次之》，《戎旃遣兴草》卷上，道光年间刊本（藏辽宁图书馆）。

［54］《清代朱卷集成》第四册高鹗履历，台湾成文出版有限公司 1992 年出版。

［55］《月小山房遗稿》，嘉庆刻本（藏国家图书馆）。

［56］《船山诗草》卷 16 辛酉年诗，中华书局 1986 年版。题中"鹗"字为张问陶原注。

［57］《枣窗闲笔·后红楼梦书后》，有文学古籍刊行社 1955 年影印本，上海古籍出版社 1984 年重印本。

［58］《绿烟琐窗集》抄本，有文学古籍刊印社 1955

年影印本，上海古籍出版社 1984 年重印本。

［59］永忠：《延芬室集》第 778 页，上海古籍出版社 1990 年影印本。

［60］［美］伯恩斯·拉尔夫著《世界文明史》第 2 卷第 14 章，罗经国等译，商务印书馆 1987 年版。

［61］《红楼梦》第四十八回。

［62］《红楼梦》第五十三回。

［63］见庚辰本第七十七回、七十八回。程高本删去第七十八回写贾政欣赏宝玉诗才、不再强逼宝玉习举业一段文字，以便同后四十回中再写贾政强逼宝玉"习学八股文章"不抵触。

［64］《红楼梦》第三十九回。

［65］《红楼梦》第五十六回。

［66］［英］阿·尼柯尔：《西欧戏剧理论》第二章第三节，中国戏剧出版社 1985 年版。

［67］恩格斯：《俄国沙皇政府的对外政策》，汉译本《马克思恩格斯全集》第二十二卷第 24 页，人民出版社 1965 年版。

［68］《藏书·世纪列传总目前论》，中华书局 1974 年版。

［69］《焚书》卷 3《童心说》，中华书局 1975 年版。

［70］《焚书》卷 1《答耿司寇》。

［71］《焚书》卷 1《耿中丞》。

［72］以上所引戴震语，见《孟子字义疏证》的《理》《才》《权》诸篇，中华书局 1982 年版。

［73］戴震：《与某书》，《戴东原集》卷 9，《四部备要》本。

［74］《红楼梦》第七十一回。

［75］《红楼梦》第二回、第二十回。

［76］《红楼梦》第六十回。

［77］［瑞士］雅各布·布克哈特：《意大利文艺复兴时期的文化》汉译本第302页，商务印书馆1996年版。

［78］庚辰本第十七、十八回回前批语："宝玉系诸艳之冠。"（"冠"原误作"贯"）

［79］斯捷普尼亚克·克拉夫钦斯基：《作家与社会改革家托尔斯泰伯爵》，《俄国作家批评家论列夫·托尔斯泰》第161页，中国社会科学出版社1982年版。

［80］文震亨：《长物志》卷2第9页，《丛书集成初编》1508册，商务印书馆1936年版。

［81］王国维：《人间词话》。

［82］王国维：《宋元戏曲考》第十二章，见《海宁王静安先生遗书》，商务印书馆1940年版。

［83］郝懿行和尤凤真的记述，转引自中华书局1963年出版的《古典文学研究资料汇编·红楼梦卷》第355页和59—60页。

［84］转引自《古典文学研究资料汇编·红楼梦卷》第56—57页。

［85］《八旗画录》，民国初年印本。

［86］《慈竹居零墨》和徐兆玮《游戏报馆杂咏》的记述，转引自《古典文学研究资料汇编·红楼梦卷》第415页、404页。《红楼梦卷》引《慈竹居零墨》作"系少主曲者"，当为"系少一横三曲者"。"經"为经的繁体。

［87］《清稗类钞》第1792页，中华书局1984年版。

卷 二

曹雪芹的祖籍、家世和《红楼梦》的关系

——对一个争论了半个多世纪的问题的梳理和透视

近几十年来，关于曹雪芹的祖籍是丰润还是辽阳，一直在争论中，近来又有了铁岭说。他们认为曹雪芹的祖籍与曹雪芹的家世、与曹雪芹的《红楼梦》是没有什么内在的关系的，因而可以任意摆布的。然而，事实正好相反，曹雪芹的祖籍、家世和他的《红楼梦》是有着密切的互为因果的内在联系的，并不是可以任意摆布的。本文就想说一说这三者之间的关系。

一、曹雪芹的祖籍

上世纪的 30 年代，李玄伯提出了曹雪芹的祖籍丰润说。50 年代，周汝昌的《红楼梦新证》问世，亦主此说。70 年代中，《红楼梦新证》修订重版，仍持此说。从 30 年代到 50 年代，丰润说基本上为大多数人所接受，但当时也有少数的反对者，胡适就是一个，他说："曹雪芹的家世，倒数上去六代，都不能算丰润人。"[1]为什么大多数人会接受丰润说？因为当时还未见到曹家的直接的历史文献资料。从 60 年代的曹雪芹文物展览开始，有关曹家的资料就陆续出现。

［一］关于《五庆堂曹氏宗谱》

曹展时，展出了《赐序辽东曹氏宗谱》，也即是《五庆堂重修曹氏宗谱》，该谱明载曹锡远、曹振彦是辽阳人。大约是与此同时，朱南铣先生对此谱有考。但此文当时只在内部传观，未曾发表，我根本不知道，因我那时还未涉足红学，只是在故宫奉先殿参观展览时，隔着玻璃柜看到了陈列在展柜里的此谱。

1975年，我开始校注《红楼梦》的工作，要觅此谱，无奈此谱据说已在文革中迷失，可是意外地有位友人告诉我曹仪策先生家尚有此谱的更原始的抄本，并且愿为我去商借，果然经他介绍后，我即与曹仪策先生见面。曹先生是五庆堂曹氏三房的后人，他非常热情地愿意将此谱借我研究，但当时此谱不在他手边，他说过几天即给我送去。果然，没有几天曹先生即将此谱送到我家。我将此谱研究了一个月左右，抄录了副本，准备作进一步的研究，后来通过北京市文化局，又将迷失的那部找了回来，借给了我一并研究。经过比较，才知道迷失的那部是清抄本，曹仪策先生手里的是原始底本，内容完全一样。不久，我即将原始底本还给曹仪策先生。归还曹先生时，我告诉他我认为此谱是可靠的，由此可知曹雪芹的祖籍，确是辽阳。曹先生非常高兴，要我为此谱写一跋，由此我又为此谱写了一跋，书于谱后。此跋共写八条意见，现转录如下：

五庆堂重修曹氏宗谱跋

一九七五年冬，余识曹仪策先生，获睹此谱，检读数月，决其为五庆堂旧物，了无可疑。今试释如次：

一、此谱封面为乾隆宫用库瓷青纸，外间绝少流传，今故宫尚存，内鸿文斋红格纸，亦为乾隆时物。

二、此谱首有顺治十八年曹士琦叙，后有同治十三年衍圣公孔祥珂题记，可证此谱首次重修为顺治十八年，末次重修为同治十三年左右，此谱盖即同治五庆堂重修时用乾隆旧红格本缮录者。

三、此谱凡"玄""弘""宁"等字均缺末笔，盖避清诸帝之讳，其"颙"字未避，"宁"字亦有三处未避，乃抄手疏忽。此种避讳为历史产物，非作伪者所能梦想也。

四、此谱为三房所修，故三房各世均全，其余数房上世均断而不连，盖如谱所云："因际播迁，谱失莫记"也。此种断缺，适足证其非伪。

五、余查《清实录》，得三、四、五各房几三十人，其叙述与谱中所记大略均同，此尤足证此谱之绝无可疑。

六、曹寅《楝亭诗集》载《过甘园诗》自叙与甘文焜，国基为表亲，周汝昌《红楼梦新证》考之甚详确，并云："这个沈阳指挥使曹全忠，可能是和雪芹家同宗的，该和曹振彦同辈数"云云。周氏所论，确鉴无疑。今此曹全忠（谱作"权中"）为沈阳指挥使及其女嫁甘体垣（谱误抄作"恒"）有子甘国圻等等，均载之谱中三房之下，则尤足证四房曹锡远一系，确系原谱所有，决非他谱窜入者。

七、余又得读康熙抄本《甘氏家谱》，及嘉庆九年刻《沈阳甘氏家谱》，道光二十六年刻《沈阳甘氏家谱》三种。康熙抄本于甘体垣下云："元配曹氏，沈阳卫指挥全忠曹公之女，生一子如柏。"嘉庆本云："配曹氏，沈阳指挥使曹公全忠女，生万历庚戌年八月初五日，敕赠孺人，生子一如柏，国璋系体仁公次子过继。"道光本同（文字有小异）。据此又实证辽东曹（五庆堂之上祖）与甘氏确系亲家，从而确证四房曹智以下锡远至楝亭一支确与三房曹礼以下为同宗，无可怀疑者。

八、此谱所谓曹良臣、曹泰、曹义者，虽史有其人，而各有所渊源，余已另为文详考之，以良臣书入此谱为始祖者，盖攀附也。

以上数端，其荦荦大者，余无论矣。余以为即此可证此谱决为五庆堂上世遗物而重修者，无可动摇。抑又进者，此谱既坚实可靠，则曹氏真正之始祖实为曹俊，于明初移居沈阳者，明矣。夫然则曹氏籍贯非河北丰润无可疑矣。

世之治红学者，于曹氏上世籍贯，皆宗丰润说。此谱出，数十年之争论可息，而曹氏上世之籍贯昭然明于世矣！故余以为此谱实为有关曹雪芹上世之至宝至贵之文献也。

一九七六年五月廿五日

冯其庸识于宽堂

此跋后来放在我写的《〈五庆堂曹氏宗谱〉的重见和曹氏祖墓的发现》一文里，收入《梦边集》。之后不久，我又看到了朱南铣先生的《关于辽东曹氏宗谱》的打印稿，朱先生对此谱作了详细的考证，结论是："若就曹雪芹上代来说，远至明初，祖籍仍是东北。"[2]

［二］关于两篇《曹玺传》

也是在 1975 年的下半年，可能还比我借到《五庆堂谱》早一点，我与李华同志一起发现了两篇康熙年间的《曹玺传》。李华是清代经济史研究的专家，我人大的同事。他每天都到图书馆查抄清代的经济史料，而我每天都要上班，所以有一次我与他说，你在查阅史料时，如遇到曹家的资料，请告诉我。过了几天他来看我，闲谈间，他说看到一篇《曹玺传》，估计这类材料你们早看过了，所以没有抄。这立刻引起我的注意，我说下次你还是抄一段回来，看看是否看过。果然第二天，他就抄回来一段，我一看，这篇《曹玺传》以前从未见过，所以第二天，我就与他同到科学院图书馆查看了原书。这是康熙二十三年的未刊稿本《江宁府志》，是抄本，宋体。初一看，几乎当作是刻本，我们随即请图书馆拍了照片。接着他又在北京图书馆（今国家图书馆）看到了另一篇《曹玺传》，他又约我去看，这是一个胶卷，是康熙六十年刊的《上元县志》。后一篇《曹玺传》刚好是接上一篇的，合起来恰好是从康熙二十三年到六十年曹家全盛时期的实录，至为可贵。康熙二十三年的一篇关于曹家的籍贯问题，提到"曹玺，字完璧，宋枢密武惠王裔也。及王父宝宦沈阳，遂家焉"。后一篇则说："曹玺，字完璧，其先

红楼梦概论

出自宋枢密武惠王彬后，著籍襄平，大父世选，令沈阳有声。世选生振彦，初，扈从入关。"这两篇《曹玺传》的发现，应该说是治红学的重大收获。

[三]《清实录》里的重要记载

在这之前，我因研究《五庆堂谱》，查阅《清实录》，于《清太宗实录》卷十八，天聪八年甲戌，查出："墨尔根戴青贝勒多尔衮属下，旗鼓牛录章京曹振彦，因有功，加半个前程"一条。这是现知曹家清代官史中最早的一条文献资料，其意义十分重大。我结合新发现的两篇《曹玺传》，于1975年12月，写成了《曹雪芹家世史料的新发现》，于1976年第一期《文艺研究》和《文物》杂志同时发表，将这些最新的重要资料提供给红学界和学术界。

我在这篇文章里，再次提出曹雪芹的祖籍辽阳说，这是继我在《五庆堂谱》跋文里的意见。另外，我在此文里对曹家上世的一些有关的历史问题也作了考论。

［四］关于辽阳三碑

　　此文发表后，很快得到辽阳文物部门的反映，他们来信告诉我辽阳现存《大金喇嘛法师宝记碑》，碑阴题名有曹振彦的名字，并将照片寄我。我立即到了辽阳，在辽阳文管所验看了此碑，并拍了照片。此碑署年为"大金天聪四年岁次庚午孟夏吉旦，同门法弟白喇嘛建。钦差督理工程驸马总镇佟养性。"碑阴署名为"喇嘛门徒……，侍奉香火看莲僧……，西会广佑大宁慈航寺僧……，总镇副参游备等官……，教官高应科、朱□□、郑文炳、冉启倧、王之哲、冯志祥、曹振彦、蔡一品……，千总房可成……。"这块《大金喇嘛法师宝记碑》最初著录于日本稻叶君山著《清朝全史》，民国四年（1915）中华书局版。但著者只注意喇嘛教传入后金的时代，并未注意碑阴的题名。所以这次曹振彦题名的发现，仍是一次新的发现。特别是发现了他当时是属佟养性的部下，这对我们研究曹雪芹上祖入关之前，也即是明末时的情况是至关重要的。此后不久，又发现了天聪四年九月的《玉皇庙碑》，碑阴题名于"致政"下有曹振彦的名字，碑文曰："重建玉皇庙碑记。昔襄平西关西门外，不越数趾，有玉皇庙焉，其来云旧，（下略）念我皇上贝勒驸马总镇佟养性，匪惟敬神立祠（下略），又勒之碑以垂不朽焉，是为记。"末署："天聪四年岁次庚午秋九月上浣之

红楼梦概论

吉立"。为此，我又到辽阳，验看此碑，此碑已残，幸有关曹振彦的文字，完整无损。而他的职衔已改为"致政"。按"致政"的意思略同"致仕"，也即是退休。当时曹振彦正当壮年，不是退休的年龄，则可能是工作变动后尚未定新职，故暂用此称。验看了此碑以后，他们又告诉我在红光小学门外，还有一块直立的大碑，是否与曹家有关，希望我去看看。这样我又去验看了此碑。此碑尚存原址，碑名《东京新建弥陀禅寺碑》。此碑很高，我借了小学的课桌，站在课桌上，才能仔细查看碑文。碑文中有云"按孔王讳有德，恭顺其封号也。……叨宠荣于北阙，作藩翰于东京，东京□（乃？）太祖定鼎之区，人臣何幸，获守兹土！……铭曰：神祖创基，于辽之阳，千峰岩岩，岱水汤汤。……"碑文末署"大清崇德陆年岁在辛巳仲秋吉旦，功德主信恭顺王孔有德，怀顺王耿仲明，智顺王尚可喜，秘书院大学士乐郊范文程。"碑阴题名中有副将曹得先、曹得选，参游曹世爵，三人都是《五庆堂谱》上三房的人。另外，题名中有28人是孔有德降后金时"东来各官名单"里的人，内含曹得先、曹得选，可见此二人亦是孔有德的旧部。

此碑的发现，证明了辽东曹氏是一大族，曹俊后人三房四房（即雪芹上祖曹锡远、曹振彦的一支）均在辽阳。《五庆堂谱》是三房一支后人所修的族谱（也即是其上世是跟随孔有德的一支），故此谱于三房一系的人特全。同时也谱入了四房的一支，今三、四房的碑记都在辽阳发现，证明《五庆堂谱》的记载是可信的，也证明曹雪芹祖籍确是辽阳。

以上就是辽阳三碑的情况，其时代都在清入关以前。

［五］地方志的记载

　　除了以上这些新发现的历史资料外，地方志里也保留了不少曹振彦任职和祖籍的资料，如：

　　1.《八旗满洲氏族通谱》卷七十四：附载满洲分内之尼堪姓氏：

　　　　曹锡远，正白旗包衣人，世居沈阳地方，来归年分无考。

　　2.康熙二十一年（1682）刻本《山西通志》卷十七《职官志》：

　　　　平阳府吉州知州，曹振彦，奉天辽阳人，贡士，顺治七年任。

　　3.吴葵之《吉州全志》卷三《职官》：

　　　　曹振彦，奉天辽东人[3]，七年任。

　　4.嘉庆《山西通志》卷八十二《职官》：吉州知州：

　　　　曹振彦，奉天辽阳人，贡士，顺治七年任。

红楼梦概论

5. 康熙二十一年（1682）刻本《山西通志》卷十七《职官志》：

> 大同府知府，曹振彦，辽东辽阳人，贡士，顺治九年任。

6. 乾隆《大同府志》卷二十一《职官》：大同府知府：

> 曹振彦，辽东人，贡士，顺治九年任。

7. 康熙二十三年（1684）刻本《浙江通志》卷二十二《职官志》：

> 两浙都转运盐使司盐运使，曹振彦，辽东辽阳人，由贡士顺治十三年任。

8. 乾隆《敕修浙江通志》卷一百二十二《职官》十二：都转运盐使司盐法道：

> 曹振彦，奉天辽阳人，顺治十二年任。

9. 《重修两浙盐法志》卷二十二《职官》：

> 曹振彦，奉天辽阳生员，顺治十三年任。

以上是官修氏族志和地方志对曹锡远的旗籍居住地及曹振彦任职年份和籍贯的记载。

［六］小议

从上世纪 30 年代到 50 年代末、60 年代初，有关曹家的历史资料还没有多少发现，根据尤侗《艮斋倦稿》的一段并不准确的记载，误以为曹雪芹的祖籍是丰润，那是可以理解的。自从 1963 年曹展展出了《五庆堂重修曹氏宗谱》，朱南铣先生又写了考证文章，指出曹雪芹的祖籍是辽阳而不是丰润，虽然这篇文章当时没有发表，但红学界内部不少人是看到的。所以我认为从上世纪的 60 年代初开始及以后，曹家的家谱、传记、碑刻、履历的不断发现，而且一次次地证明曹家自叙的祖籍是辽阳，而不是什么丰润。在这样的情况下，上世纪 90 年代初，主张丰润说者竟然还利用丰润发现《曹鼎望墓志铭》的机会，再次发动宣传丰润说的攻势，报纸上竟然说由于《曹鼎望墓志铭》的发现，"为曹雪芹祖籍研究又增添了新材料"[4]，"为考证、研究曹雪芹家世提供珍贵实物资料"[5]，"曹雪芹祖籍考证有重要进展"[6]，甚至说"曹雪芹祖籍丰润已成定论"[7]，等等等等。其实《曹鼎望墓志铭》根本未涉及曹雪芹及其家族一字，因此他们不公布碑文，想不到竟被河北大学的一位大学生揭了底，他认真地抄录了墓志铭的全文，寄《红楼梦学刊》发表，并且自己写了一篇文章，认为《曹鼎望墓志铭》与曹雪芹祖籍毫无关系。这样，这一次规模空前

红楼梦概论

的宣传才算结束。

最近，有些人又换了一种说法，提出了曹雪芹祖籍"铁岭说"，甚至说，古代的襄平不是指辽阳而是指铁岭，也有人说《红楼梦》里的潢海铁纲山就是指铁岭。面对着这样的奇闻，而又面对着上述这许多史证，我真不能理解这种思维方式。

但是我还想讲两句话，一是：我希望人们记住：历史永远是历史，历史是由史实组成的，而不是由谎言组成的，谎言是永远变不成历史的。二是请大家读读现今尚存在辽阳的《重建玉皇庙碑》的碑文，这篇碑文的开头就说："昔襄平西关西门外不越数趾，有玉皇庙焉，其来云旧……"。他们说襄平不是辽阳的古称而是铁岭的古称，但是这块天聪四年，明崇祯三年，公元1630年立在辽阳西关西门外的玉皇庙碑却称辽阳为"襄平"。应该说明，当时的辽阳已通称"辽阳"而不称"襄平"了，在官书里称辽阳一律是"辽阳"，如《大清三朝事略》天命六年说："六年。春三月，上统大军水陆并进，征明，取沈阳，攻辽阳，合城官民薙发归顺"。"七年。春正月，上征明广宁城，城中迎谒上入城，大兵向山海关。三月，上还辽阳，筑城于辽阳东，创建宫室，迁居之，名曰东京。"特别是在《清实录》里，一律都是称辽阳。可见当时称"襄平"，已经是用辽阳的古称了。如果襄平是指铁岭，那末这块碑怎么立到辽阳来了呢？所以我的第二句话是：历史也不是可以用诡辩术加以扭曲的，也不是可以用化装术加以改扮的！

因此，曹雪芹的祖籍，宗谱、家传、碑刻、文献，记载得清清楚楚，都是辽阳，根本用不着那么多烦琐的考证。实质上，那些"考证"，不过是要把原本十分清楚、十分明白的事情故意弄模糊，以便于妄说通行而已！我曾说过，除非能证明曹雪芹的老祖宗自己把自己的籍贯搞错了，否则是无法否定曹雪芹祖籍辽阳的历史事实的，可惜至今没有人出来考证曹雪芹的祖宗弄错了自己的籍贯，却在拼命"考证"曹雪芹的祖籍是丰润、是铁岭。可是人们不禁要问，曹雪芹的上祖既然没有弄错自己的籍贯，那末还要考个什么呢？如果说，他们确实是搞错了自己的籍贯了，那又为什么不首先来证实这个错误呢？因为这是论证"丰润说"和"铁岭说"的前提，前提尚且不能确立，则遑论其他。

红楼梦概论

二、辽阳是曹雪芹上祖的发祥之地

［一］坚持实事求是的史学传统

我们支持曹雪芹祖籍辽阳，一是为了坚持历史的真实性和客观性。历史是由真实的史实构成的，中国历史传统秉笔直书之可贵，就是它坚持历史的真实性和客观性，而反对用主观来歪曲、曲解、涂改历史。曹雪芹祖籍辽阳是曹雪芹上祖自己留下来的历史记录和官史的实录（包括地方志），是第一性的史证，作为一个认真的学术工作者，是不应该无视这些史证的存在，而随意地另作新说的。

[二] 辽阳是曹雪芹上祖发迹的契机之地

　　二是因为曹家的百年望族，是从辽阳始发的，曹家发迹的历史机遇是在辽阳构成的，如果曹家不在辽阳，也就没有以后的许多事实。那末，辽阳究竟是怎样一个地方呢？

　　1. 襄平就是辽阳，辽阳是全辽的政治、军事、经济、文化中心。

明正统八年（1443）《辽东志》卷一，地理：郡名："辽阳"下说：

> **襄平：**
> 　　汉城名，即今辽阳。汉初有襄平侯统（纪）[8]通，矫制纳周勃于北军，讨平诸吕。

> **辽阳：**
> 　　元魏名，水北曰阳，辽地东西其南皆海，城在其北，故曰辽阳。今独于都司治所称辽阳者，盖自其总会之处而言耳。

这是说，襄平就是辽阳。在汉代称襄平，元魏开始称辽

红楼梦概论

阳[9]。辽阳是明代辽东的首府，是辽东都司治所的所在地，是东北政治、经济、军事和文化的中心。1989年在辽阳白塔塔顶发现的明隆庆五年（1571）《重修辽阳城西广佑寺宝塔记》开头就说："吾襄平为全辽都会"。这是当时的历史记实。明末熊廷弼、袁应泰经略辽东时，都驻节辽阳，当时的辽阳城比沈阳城大一倍，熊廷弼说："况辽城之大，两倍于沈阳有奇"[10]。努尔哈赤于天命六年（1621）三月十三日攻下沈阳后，于三月十九日包围辽阳，二十一日即攻陷辽阳，袁应泰佩剑印自缢死。沈、辽陷落后，"数日间，金、复、海、盖州卫，悉传檄而陷"[11]。《清太祖高皇帝实录》说：

> 辽阳既下，其辽东之三河、东胜、长静、长宁、长定、长安、长胜、长勇、长营、静远、上榆林、十方寺、丁家泊、宋家泊、曾迟、镇西、殷家庄、平定、定远、庆云、古城、永宁、镇彝、清阳、镇北堡、威远、静安、孤山、洒马吉、瑷阳、新安、新奠、宽奠、大奠、永奠、长奠、镇江、汤站、凤凰、镇东、镇彝、甜水站、草河、威宁营、奉集堡、穆家堡、武靖营、平鲁堡、虎皮驿、蒲河、懿路、汛河、中固城、鞍山、海州、东昌、耀州、盖州、熊岳、五十寨、复州、永宁监、栾古、石河、金州、盐场、望海埚、红嘴、归服、黄骨岛、岫岩、青台峪、西麦城等河东大小七十余城，官民俱薙发降[12]。

辽阳被攻陷后，整个辽东地区，一下连降七十三城，可见辽阳在政治、军事和地理上的重要性。努尔哈赤于

1621 年（天命六年）三月攻下辽阳后，四月就决定迁都辽阳，他对诸贝勒大臣说：

> 天既眷我哉！尔等诸贝勒大臣却不欲居此辽东城，劝尔等毋存疑虑。……自辽河至此，各路皆降，何故舍此而还耶？昔日，我处境困窘，犹如出水之鱼，呼气艰难，困于沙石之上，苟延残喘。遂蒙天佑，授以大业。……为父我为诸子创业而兴兵，尔等诸子岂有不能之理？乃定居辽东城[13]。

同样的内容，在《清实录》里也有记载，可以参证。《清太祖实录》卷七：

> 上集贝勒诸臣议曰："天既眷我，授以辽阳，今将移居此城耶，抑仍还我国耶？"贝勒诸臣俱以还国对。上曰："国之所重，在土地、人民，今还师，则辽阳一城，敌且复至，据而固守，周遭百姓，必将逃匿山谷，不复为我有矣。舍已得之疆土而还，后必复烦征讨，非计之得也。且此地，乃明及朝鲜、蒙古接壤要害之区，天既与我，即宜居之。"贝勒诸臣皆曰："善"。遂定议迁都。迎后妃诸皇子。……移辽阳官民居于北城关厢，其南大城，则上与贝勒诸臣及将士居之。
> 丙子。后妃诸皇子至辽阳及诸臣眷属皆迁至[14]。

努尔哈赤迁都辽阳并另筑新城，名曰："东京城"，据乾隆《盛京通志》记载：

红楼梦概论

> 东京城在太子河东，离辽阳州城八里，天命六年建。周围六里零十步，高三丈五尺，东西广二百八十丈，南北衰二百六十二丈五尺。城门八：东向者左曰迎阳、右曰韵阳，南向者左曰龙源、右曰大顺，西向者左曰大辽、右曰显德，北向者左曰怀远、右曰安远。

按东京城现在仍在，离辽阳市很近，我曾多次去考察，并拍有照片。自从努尔哈赤迁都辽阳后，原来是明朝在全辽的政治、军事、经济中心，其作用是扼制并镇慑后金，现在则转过来成为后金的政治、军事中心，成为后金用来进攻明朝的一个军事基地了。现在我们要关心的是后金迁都辽阳以后，努尔哈赤本人与"贝勒诸臣及将士"，"后妃、诸皇子""诸臣眷属皆迁至"辽阳这一事实。

我认为正是这一事实，造成了曹雪芹的上祖曹振彦开始发迹的契机。

我们知道，曹雪芹上祖的祖籍是辽阳，上引曹振彦的历任职官表，都写明是"奉天辽阳人"，曹玺的传记写明"著籍襄平"，曹寅自署"千山曹寅"。千山就在辽阳南60里，是专指辽阳南的千山，不是长白山的泛称或别称，这一点不能混淆，现有明正统八年（1443）的《辽东志》，既有"襄平即今辽阳"的记载，又有《辽东都司治卫山川地理图》《辽东河东地方总图》，两图都标明辽阳和千山的地理位置[15]，于"地理"栏载"千山"云：

> 城南十五里[16]，世传唐征高丽驻跸于此。峰

峦秀丽，独盛辽左，骚人墨客，题咏尤多，中有大
安、龙泉、祖越、中会、香岩诸寺。

顺便提及就在此"千山"条后，即有程启光的《游
千山记》说："千山去襄平（注意：这里又是称辽阳为
'襄平'）六十许里，秀峰叠嶂，绵亘数百千重"。我曾
多次游千山，并登其顶。所以曹雪芹的祖籍是辽阳，千
山也就是指辽阳，这是绝无问题的。

正因如此，所以努尔哈赤于天命六年攻取辽阳时，
原驻辽的明军下级军官曹振彦即归附后金。由驸马总镇
佟养性管辖。

2. 曹振彦归附后金后，先属佟养性的"旧汉军"

按佟养性任汉军总理，事在天聪五年（1631），晚
于努尔哈赤取辽阳十年，则曹振彦归附后，是否即属佟
养性？这一点，恰好是现在仍保存在辽阳的天聪四年
《大金喇嘛法师宝记碑》说明了问题，此碑早于佟养性
任汉军总理一年，碑上曹振彦已属佟养性，则可见佟养
性管理当时归附的汉军，是早有的事实。天聪五年，是
正式任命他当汉军总理。《清太宗实录》卷八说：

　　乙未，敕谕额驸佟养性曰：凡汉人军民一切事
务，付尔总理，各官悉听尔节制。如属员有不遵尔
言者，勿徇情面，分别贤否以闻，尔亦当殚厥忠忱，
简善绌恶，恤兵抚民，竭力供职。（中略）又谕诸
汉官曰：凡汉人军民一切事务，悉命额驸佟养性总

理，尔众官不得违其节制，如有势豪嫉妒，藐视不遵者，非仅藐视养性，是轻国体而违法令也。似此媚嫉之流，必罹祸谴。如能恪遵约束，不违节制，非仅敬养性，是重国体而钦法令也[17]。

恰好就是这一年的春天，佟养性督造红衣大炮成，《清太宗实录》卷八说：

造红衣大将军炮成，镌曰：天佑助威大将军，天聪五年孟春吉旦造，督造官总兵官额驸佟养性，监造官游击丁启明，备御祝世荫，铸匠王天相、窦守位，铁匠刘计平。先是我国未备火器，造炮自此始[18]。

天聪五年孟春即二月，是后金自己研制的红衣大炮造成之时，至其研制过程，当然在此之前的相当一段时间，那末这段时间，曹振彦正是在佟养性的汉军中。所以天聪四年曹振彦的署名碑，是关于曹家上世历史的至关重要的碑记。

那末，后金军中有"汉军"是何时开始的呢？《满汉名臣传·佟养正列传》说：

天命初，佟养正有从弟佟养性输诚太祖高皇帝，于是大军征明，克抚顺，佟养正遂挈家并族属来归，隶汉军[19]。

从这条史料，可知后金军中有"汉军"，是天命初就开始的，努尔哈赤克抚顺，是天命三年，当时佟养正因他的从弟佟养性早已归附努尔哈赤（天命元年），并且一直从征，所以抚顺被攻陷，佟养正即归附，并即让他"隶汉军"。所以后金军中实际上从努尔哈赤伐明，取抚顺，就开始有被俘的和归附的明军和汉人老百姓了，这样后金军中自然就会有这批降兵降民，当时就统称为"汉军"。到天聪五年，就正式统一归佟养性"总理"，到天聪八年，才正式成立汉军旗。所以，天命六年，努尔哈赤攻下辽阳后，曹振彦即归附后金，同时也就自然地与佟养正一样"隶汉军"而归佟养性属下了。

所以，曹振彦归附后金而隶属佟养性，佟养性是"额驸"，又是督造红衣大炮的督造官，他的部队又是一支"乌真超哈"（即炮兵部队），曹振彦又在军中任"教官"。我认为这是曹雪芹上祖发迹的第一个契机，而这一切，都是在辽阳发生的。因为努尔哈赤夺取辽阳后，随即迁都辽阳，诸后妃、贝勒、大臣、将领，都随驻辽阳，额驸佟养性自然也随驻辽阳。由于这一历史的特殊性，才形成了曹振彦与佟养性的这重特殊关系，如果曹家的祖籍不在辽阳而在丰润，而在铁岭，试想，如何能构成曹振彦与佟养性的这一重关系呢？

3. 曹振彦改属多尔衮并升为"旗鼓佐领"

曹雪芹上祖发迹的第二个契机是曹振彦后来又成为多尔衮的属下。按曹振彦自天命六年归佟养性后直到天聪四年，这前后共 10 年都在佟养性部下，驻地当即在辽阳。《清太宗实录》卷八说：

太祖时建玉皇庙于辽阳城南教场，香火不绝，后为贝勒阿济格、多尔衮、多铎属下庄屯人拆毁，造棺椁市卖。上闻之怒，追讯毁者，偿值重建，至是落成。上以庙貌重新，给办香火牲祭银百两[20]。

现今这个《重建玉皇庙碑》尚存，碑文中说："念我皇上贝勒驸马总镇佟养性，匪惟敬神立祠"，碑末署年是"天聪四年岁次庚午秋九月上浣之吉立"[21]。天聪四年，佟养性尚在辽阳"敬神立祠"，重建玉皇庙，且是皇太极亲自过问之事，可见佟养性尚驻辽阳。

但此碑上曹振彦的署名前，已不是"教官"而换了"致政"，在"致政"下列名的人有23人，其中"冯志祥"在《大金喇嘛法师宝记碑》上同是列名在"教官"之下的。按"致政"一词，与"致仕"同义，意即退休。曹振彦此时尚在壮年，不当退休，且"致政"下共有23人，不可能都是退休，所以我窃以为是工作变动，尚未确实，故暂用"致政"这个词，而人仍在佟养性部下，这样理解，是否有当，还待高明指正。佟养性是天聪六年死的，《清太宗实录》卷十八天聪八年甲戌说：

墨尔根戴青贝勒多尔衮属下，旗鼓牛录章京曹振彦，因有功，加半个前程。

这里已经明确记载，曹振彦已是多尔衮属下，并且已提升到"旗鼓牛录章京"即"旗鼓佐领"。所谓"旗鼓"，就是作战部队[22]。福格《听雨丛谈》卷一说：

佐领一官，极为尊重，由此而历显官者最多^[23]。

按所谓"牛录章京"就是"佐领"，"佐领"之称是后来改的。清太祖努尔哈赤于明万历二十九年规定每三百人中设一牛录额真（即牛录章京），这就是说曹振彦此时已是带领三百人的军官了，特别是上引福格的话，则可见曹振彦此时已获得可以升至显官的资历。对曹振彦来说，这是更为关键的一次，曹振彦此时已跨过此坎，成为前途无量的人物了，后来的事实也确是如此。

这个"佐领"的职位，显然不是在佟养性部下获得的，在佟养性部下，天聪四年他已"致政"了，而佟养性也于天聪六年死了，曹振彦是什么时候转到多尔衮属下的呢？其时限总在天聪四年末到天聪七年之间，实际上总在天聪五、六、七三年之内。什么机缘转多尔衮部下的呢？一种可能是天聪六年佟养性死后，但也不一定，因为天聪四年秋曹振彦已"致政"了，那末也可能不久就转到多尔衮属下了。特别要重视的是他一下就跃居"佐领"，我想不可能调过去就升此高位的罢，总是在过去之前，更可能是在过去之后屡次立功才能得此升迁的。那时明、金之间战事频繁，特别是大凌河之战，多尔衮也是参加的，而佟养性的红衣大炮部队不仅是参加，而且是在攻克于子章台时立大功的，上引天聪八年《清太宗实录》就是说曹振彦"因有功，加半个前程"，这是当了"旗鼓牛录章京"以后又因功升级了。可见曹振彦前此之当"旗鼓牛录章京"，肯定是因功升迁的。

红楼梦概论

4. 曹振彦随多尔衮之后的战斗历程

曹振彦之归多尔衮，我认为这是曹家发迹的第二个重要契机。之后，他就跟着多尔衮参加山海关的战斗，入北京后又跟着多尔衮去山西大同平姜瓖之乱。特别要注意的是康熙二十三年的《曹玺传》说：

> 父振彦，从入关。……公承其家学，读书洞彻古今，负经济才，兼艺能，射必贯札。补侍卫之秩，随王师征山右建绩，世祖章皇帝拔入内廷二等侍卫。管銮仪事，升内工部。康熙二年，特简督理江宁织造[24]。

康熙六十年的《曹玺传》说：

> 世选生振彦，初，扈从入关。……遂生玺。玺少好学，沉深有大志，及壮补侍卫，随王师征山右有功。康熙二年，特简督理江宁织造[25]。

这两段材料值得重视的地方是，不仅仅是曹振彦"扈从入关"，而且是他的儿子曹玺也已"补侍卫之秩，随王师征山右建绩，世祖章皇帝拔入内廷二等侍卫，管銮仪事，升内工部，康熙二年，特简督理江宁织造"了。这样从曹振彦又到了曹玺，从多尔衮又上靠到了顺治，由顺治又上靠到了康熙，于是曹家就走上了飞黄腾达，一帆风顺的康庄大道，但是，追本溯源，还是曹振彦到了多尔衮属下这个契机。

　　然而，曹振彦得以接近多尔衮，我认为其地点还是在辽阳。因为当时多尔衮等都随其父汗努尔哈赤驻在辽阳，那时佟养性也驻辽阳，连后来归顺的孔有德也驻辽阳。《满汉名臣传》《孔有德传》说：

　　天聪七年四月，命诸贝勒统兵驻岸受降。（中略）有德偕仲明携人众辎重来归，给田宅于辽阳。六月，召赴盛京，上帅诸贝勒出德盛门十里至浑河岸，行抱见礼，亲酌金卮劳之，赐敕印，授都元帅。寻随贝勒岳托征明旅顺，破其城，黄龙自刎死。有德收辽人数百自属。及还，有德坠马伤手，留辽阳。（中略）又传谕曰："卿所携红衣大炮，已运至通远堡矣，即付卿，令军士时时演习"。八年正月（中略），遣官为营第宅，有德疏辞曰，（中略），奉旨：（中略）"今为营第宅，聊示优异，其勿辞！（中略）因有德于朝臣往来辽阳者，悉躬迎款宴，谕止之；并令礼部，凡有德遣使诣盛京，给馆饩[26]。

以上材料，明确记载孔有德即驻辽阳[27]，文中提到运红衣大炮的"通远堡"，即在辽阳东南不远。孔有德驻在辽阳，那末跟随孔有德并为孔有德送"降金书"的曹绍中等曹家五庆堂上祖三房诸人，当然也随在辽阳（他们与曹振彦的共同祖籍本来就在辽阳）。

　　由于以上的原因，所以曹振彦才有机会接近多尔衮，或为多尔衮所知，或者由别人推荐给多尔衮。

　　天命十年，努尔哈赤又果断地迁都沈阳，其最主要的原因，我认为是努尔哈赤已认识到明朝的腐败已到了不可挽救的地步，他已捕捉到了夺取中原的最好时机。沈阳的地理位置可以直叩山海关，加上《清实录》里努尔哈赤分析的其他种种有利条件，所以终于迁都到沈阳。那末在辽阳的诸贝勒大臣将士等各部重要人员，自然随同再迁沈阳，因此曹振彦在沈阳得遇多尔衮的可能性也是存在的，不过，比较起来，我觉得在辽阳的可能性较大。因为从天命六年到天聪四年，曹振彦有整整十年在辽阳，到天聪八年属多尔衮时，他已跃升至"佐领"了，中间只隔三年的时间，所以我认为他得以接近多尔衮，在辽阳的可能性比较大。

不管是何种机遇得以转多尔衮属下的，转到多尔衮属下这是一个事实，是曹家发迹的更为关键的契机。如果曹振彦的籍贯在丰润或者在铁岭，他如何能获此机遇呢？

5. 附论"世居沈阳地方"

这里，还要附论一下"世居沈阳地方"的问题。依年代排列，顺治年间的山西地方志都载曹振彦是辽阳人，只有乾隆《大同府志》说曹振彦是辽东人，但前文已论及，辽东就是指辽阳，不多赘。

康熙二十三年的《曹玺传》则说：

> 及王父宝宦沈阳，遂家焉。

康熙六十年的《曹玺传》则说：

> 其先出自宋枢密武惠王彬后。著籍襄平。大父
> 世选，令沈阳有声。

康熙年间的曹寅则自署"千山曹寅"。论证曹家的籍贯，当然首先要看曹家自己的记载，则曹振彦、曹玺、曹寅留下的文献资料都是一致的，曹振彦职官志里所记，当然来自他本人，曹玺的两篇传，都是曹家盛时的资料，且于成龙、唐开陶都是先后在江宁和上元任知府和县令的，于成龙与曹寅是同时，唐开陶与曹頫同时，都是同在一地做官。由于曹家这种显赫的地位，无论是于成龙和唐开陶，为曹玺作传，都不可能臆造的。

但是，《八旗满洲氏族通谱》的记载，却是：

> 曹锡远。正白旗包衣人，世居沈阳地方，来归
> 年分无考。

以上这些史料之间唯一的差异是"世居沈阳地方"，"宦沈阳，遂家焉"和"著籍襄平""奉天辽阳人"的差异。如何来解决这个问题呢？

先说"世居沈阳地方"的问题。

《八旗满洲氏族通谱》成书于乾隆九年（1744），上距努尔哈赤攻陷沈阳、辽阳的天命六年（1621）已经123年，从时代来说，远比以上曹家自留的材料其可靠程度不可同日而语，两者相比，当然首先要以事主本人所书或所留的史料为依据。另外，《通谱》的"凡例"说："满洲内始立姓、始归顺之人，其所居地名可考者，俱逐一开载，以昭族望"。如按"所居地名"来说，康熙

红楼梦概论

二十三年《曹玺传》说："及王父宝宦沈阳，遂家焉"。康熙六十年的《曹玺传》则说："著籍襄平。大父世选，令沈阳有声。"这两条合起来看。恰好是说曹雪芹的上祖曹锡远、曹振彦是"著籍襄平"，即户籍在辽阳，而曹锡远是在沈阳做官，居住在沈阳。天命六年沈阳被努尔哈赤攻下时，他是在沈阳被俘或归附的。按照《通谱》的"凡例"，"其所居地名可考者，俱逐一开载。"经过123年以后的《通谱》的编撰者"考"出了曹锡远是在沈阳归附的，其当时的居住地也是在沈阳，所以就"开载""世居沈阳地方"了。按事实来说，两篇《曹玺传》是不矛盾的。于传说曹宝（锡远）在沈阳做官，家在沈阳。唐传则说，曹玺的先辈是曹彬的后人，户籍在襄平（辽阳）。曹玺的祖父曹世选（曹锡远），在沈阳做官，声誉很好。这两段史料简合一下，就是曹锡远的籍贯在辽阳，他自己是在沈阳做官。这样看来，这几方面的材料并不矛盾，且都能合榫。

所以，归根到底，曹雪芹的祖籍在辽阳，从顺治到乾隆年间的所有的公私记载，都是一致的。在这样丰富的第一手史料面前，考据家们不管有多大的本领，实在是已经无用武之地了！

三、《红楼梦》里隐含的曹家史事

［一］重要的"作者自云"

大家知道，曹雪芹的《红楼梦》是以他自己的家庭历史、舅祖李煦家的家庭历史以及他本人的身世经历为主要创作素材的，因此在《红楼梦》里，就隐含着曹、李两家的家庭史迹。《红楼梦》开头第一回说：

此开卷第一回也。作者自云：因曾历过一番梦幻之后，故将真事隐去，而借"通灵"之说，撰此《石头记》一书也。故曰"甄士隐"云云。但书中所记何事何人？自又云："今风尘碌碌，一事无成，忽念及当日所有之女子，一一细考较去，觉其行止见识，皆出于我之上。何我堂堂须眉，诚不若彼裙钗哉？实愧则有馀，悔又无益之大无可如何之日

红楼梦概论

也！当此，则自欲将已往所赖天恩祖德，锦衣纨绔之时，饫甘餍肥之日，背父兄教育之恩，负师友规训之德，以至今日一技无成、半生潦倒之罪，编述一集，以告天下人：我之罪固不免，然闺阁中本自历历有人，万不可因我之不肖，自护己短，一并使其泯灭也。虽今日之茅椽蓬牖，瓦灶绳床，其晨夕风露，阶柳庭花，亦未有妨我之襟怀笔墨者。虽我未学，下笔无文，又何妨用假语村言，敷演出一段故事来，亦可使闺阁昭传，复可悦世之目，破人愁闷，不亦宜乎？"故曰"贾雨村"云云。

此回中凡用"梦"用"幻"等字，是提醒阅者眼目，亦是此书立意本旨。

这段文字，是脂砚斋所作《石头记》第一回的回前评，但内容却是作者曹雪芹自己的话，即"作者自云"。这段"作者自云"，实际上是极为重要的话，第一，他提出了"因曾历过一番梦幻之后，故将真事隐去。"这句话，单从字面上看，是解释不通的，既然是"梦幻"，则何来"真事"，世人谁没有做过梦，哪有做梦做出真事来的？所以这"梦幻"两字作者是别有所指的，实际上就是说他曾经历过从富贵荣华到败落凄凉的一段经历，仿佛是黄粱一梦一样。所以这里的"梦幻"是指他的身世经历而不是指睡觉时做的梦。所谓"将真事隐去"，也就是说不将他身世经历的真事照原样写出来，而是借"通灵"之说，编撰成《石头记》这个故事。这里的关键是说他所说的"梦幻"，不是真的空无所有的梦幻，只不过是将真事隐蔽起来而已。第二，是说自己要将自己的一生经历，编成一集，以告天下之人。这前后两条看上去矛盾，实际上不矛盾，而是在特殊环境下说的隐晦曲折的话。也就是提醒读者，不要把《红楼梦》真当作一场梦来看，而要注意它隐含的从富贵繁华到贫穷凄凉的一段真事。所谓"凡用'梦'用'幻'等字，是提醒阅者眼目"，就是提醒读者，要注意"梦幻"背后的事实。所谓"亦是此书立意本旨"，也就是说自己要把自己所经历的一场"黄粱梦"般的真实事实写出来。

所以，上述这段"作者自云"，在全书具有画龙点睛，金针度人的作用！

以下，从"列位看官"起到"出则既明"止。这是全书的一段"引子"，带有"楔子"的性质。这段文字里有几处值得注意的地方：一是文中说："那红尘中有却有些乐事，但不能永远依恃；况又有'美中不足，好事多魔'八个字紧相连属，瞬息间则又乐极悲生，人非物换，究竟是到头一梦，万境归空"。这段文字，实际上就是开头"梦幻"两字的注释，进一步说明所谓"梦幻"，实际就是人生。二是"原来就是无材补天，幻形入世……历尽离合悲欢炎凉世态的一段故事。后面又有一首偈云：'无材可去补苍天，枉入红尘若许年。此系身前身后事，倩谁记去作奇传？'诗后便是此石坠落之乡，投胎之处，亲自经历的一段陈迹故事"。这一段文字，分明是再次告诉人们，这是一段真实的故事，是他的"身前身后事"。"身前"是指他的家庭历史，也即是他出生以前的家庭史；"身后"是指他出生以后所经历的"离合悲欢，炎凉世态"。三是接下去说："至若离合悲欢，兴衰际遇，则又追踪蹑迹，不敢稍加穿凿，徒为供人之目而反失其真传者"。"虽其中大旨谈情，亦不过实录其事。"这就更进一步强调故事的真实性，甚至到"实录其事"的程度。最后还题了一绝，说："满纸荒唐言，一把辛酸泪。都云作者痴，谁解其中味！""满纸荒唐言"当然是指借"通灵"之说的神话故事和后来的"假语村言"；"一把辛酸泪"，是指他所经历的"离合悲欢、炎凉世态"；"都云作者痴"，是说自己怀着一片真情、痴情；"谁解其中味"，是深怕读者被作者的"假语村言""梦幻通灵"等等的表象所迷惑、所掩盖，而不能解其真意。

所以，《红楼梦》开头一片迷离惝恍的梦幻境界，实际上要说的就是"假语村言"是表象，"身前身后事"才是《红楼梦》的真实内涵。

我们既然明白了《红楼梦》里确实包含着作者的家史和他自身所经的"黄粱梦"一样的身世经历，那末我们就可以来作一番探索了。

[二]《红楼梦》里隐含的曹家上世的史事

《红楼梦》第 5 回警幻仙姑说：

> 今日原欲往荣府去接绛珠，适从宁府所过，偶遇宁荣二公之灵，嘱吾云："吾家自国朝定鼎以来，功名奕世，富贵传流，虽历百年，奈运终数尽，不

可挽回者。"

《红楼梦》第十三回王熙凤梦中听秦可卿说：

常言"月满则亏，水满则溢"；又道是"登高必跌重"。如今我们家赫赫扬扬，已将百载，一日倘或乐极悲生，若应了那句"树倒猢狲散"的俗语，岂不虚称了一世的诗书旧族了！

这里两次提到"富贵传流，虽历百年"，"我们家赫赫扬扬，已将百载"。按自曹锡远、曹振彦于天命六年（1621）归附后金到雍正六年（1728）曹家被抄籍没，前后共108年，如从"国朝定鼎"，即顺治元年（1644）到雍正六年曹𬱟被抄家，则前后共85年，刚好都符合宁荣二公之灵及秦可卿托梦所说，这显然是作者有意将自己的家史暗寓其中。

《红楼梦》第七回焦大醉骂说：

蓉哥儿，你别在焦大跟前使主子性儿。别说你这样儿的，就是你爹、你爷爷，也不敢和焦大挺腰子！不是焦大一个人，你们就做官儿享荣华受富贵？你祖宗九死一生挣下这家业，到如今了，不报我的恩，反和我充起主子来了。

焦大凭什么敢这样醉骂，尤氏有一段说明：

只因他从小儿跟着太爷们出过三四回兵，从死人堆里把太爷背了出来，得了命；自己挨着饿，却偷了东西来给主子吃，两日没得水，得了半碗水给主子喝，他自己喝马溺。

这里又涉及曹家上世的一段历史。按曹锡远、曹振彦于天命六年归附后金，曹锡远当时在沈阳当官，其归附地即在沈阳，曹振彦则在辽阳军中，被俘归附后，即编入额驸佟养性的"旧汉军"，佟养性的部队是"乌真超哈"，即炮兵部队。佟养性于天聪五年试制成红衣大炮，这是后金军中拥有自制红衣大炮的开始。但在此之前，我认为佟养性部队也是有红衣大炮的，这是从明朝军中夺得，数量当然不会多，天聪五年帮助佟养性试制成红衣大炮的丁启明，就是从明军中俘获的造炮专家。据天聪四年《大金喇嘛法师宝记碑》碑阴所记，曹振彦在佟养性军中任"教官"，后来大凌河之战，佟养性的红衣大炮起了重大作用，这时曹振彦是否仍在佟养性军中，目前尚未考明，但到天聪八年，曹振彦已升到"旗鼓牛录章京"，即"旗鼓佐领"，并且已归多尔衮属下，多尔衮也是参加这次大凌河之战的。所以曹振彦如仍在佟养性军中，则肯定参加这次战斗的。这次战斗中，佟养性的大炮攻克了于子章台，明军最坚固难攻的阵地，立了大功，《清实录》说曹振彦"因有功，加半个前程"，说不定就是参加攻克于子章台立的功。曹振彦如果已到了多尔衮属下，则也肯定参加这次战斗的，因为多尔衮是参加这次战斗的。所以，无论如何，曹振彦是参加大凌河之战的。

曹振彦转到多尔衮属下当"旗鼓佐领"后，就一直跟随多尔衮，多尔衮入关时，曹振彦参加了山海关战役，之后又参加了山西大同平姜瓖的战役，而且这次是与儿子曹玺一起参加战斗的。焦大"跟着太爷们出过三四回兵"，则也可能是指从关外到关内直到大同的战斗都参加了，有的研究者还认为曹家有可能也参加攻取江南的战斗的，但这实在缺乏史证，只好存疑。不过，仅就以上这些史实来看，《红楼梦》里确实是隐含了曹家上世以军功起家的事实的。宁、荣二公之灵的托付，秦可卿对王熙凤的提醒，焦大的醉骂，都是作者故露的一点端倪，也是作者所说的"梦幻"内容之一。

［三］《红楼梦》里有关曹寅、李煦两家的史事

1.《红楼梦》第十六回说：

赵嬷嬷道："阿弥陀佛！原来如此。这样说，咱们家也要预备接咱们大小姐了？"贾琏道："这何用说呢！不然，这会子忙的是什么？"凤姐笑道："若果如此，我可也见个大世面了。可恨我小几岁年纪，若早生二三十年，如今这些老人家也不薄我没见世面了。说起当年太祖皇帝仿舜巡的故事，比一部书还热闹，我偏没造化赶上。"赵嬷嬷道："嗳哟哟，那可是千载希逢的！那时候我才记事儿，咱们贾府正在姑苏扬州一带监造海舫，修理海塘，只预备接

红楼梦概论

驾一次，把银子都花的淌海水似的！说起来……"
凤姐忙接道："我们王府也预备过一次。那时我爷爷
单管各国进贡朝贺的事，凡有的外国人来，都是我
们家养活。粤、闽、滇、浙所有的洋船货物都是我
们家的。"

赵嬷嬷道："那是谁不知道的？如今还有个口
号儿呢，说'东海少了白玉床，龙王来请江南王'，
这说的就是奶奶府上了。还有如今现在江南的甄家，
嗳哟哟，好势派！独他家接驾四次，若不是我们亲
眼看见，告诉谁谁也不信的。别讲银子成了土泥，
凭是世上所有的，没有不是堆山塞海的，'罪过可
惜'四个字竟顾不得了。"

庚辰本在此段文字之前，"凤姐忙问道，省亲的事竟准
了不成"上眉批云：

　　大观园用省亲事出题，是大关键事，方见大手
笔行文之立意。畸笏。

上面这段文字，在甲戌本里，已成为甲戌本第十六回的
回前评，并在紧接这段文字之后，有一段重要文字。

　　借省亲事写南巡，出脱心中多少忆惜（昔）感今。

按康熙六次南巡，后四次（康熙38、42、44、46年）
都由曹寅、李煦承办接驾大典并奉康熙先后驻跸于江宁
织造署和苏州织造署。曹寅、李煦为此而落下巨额亏空，

为后来两家的抄家败落埋下了祸根。《红楼梦》借用省亲的排场，来写当年南巡的豪华靡费，挥金如土。连"贾妃在轿内看此园内外如此豪华，因默默叹息奢华过费。"临别时还嘱咐"倘明岁天恩仍许归省，万不可如此奢华靡费了！"这些文字，虽然是小说，实际上也是史笔。当时的诗人张符骧在《竹西词》里就批评康熙南巡，曹寅的豪华接驾说："想到繁华无尽处，宫灯巧衬梵灯红"（指曹寅、李煦捐资修建的三汊河高旻寺行宫），"三汊河干筑帝家，金钱滥用比泥沙"。李斗《扬州画舫录》卷七《城南录》云："三汊河在江都县西南十五里，……寺名高旻寺，……圣祖南巡，赐名茱萸湾，行宫建于此，谓之塔湾行宫"。《圣驾五幸江南恭录》一书说：三汊河"行宫宝塔上灯如龙，五色彩子铺陈古董、诗画无纪其数，月夜如昼。"张诗还说："欲奉宸游未乏人，两淮办事一盐臣"。"用尽泥沙全不恨"，这是对康熙南巡，曹寅、李煦挥金如土地豪华接待以邀圣宠的尖锐讽刺，也是当时的实录。雪芹巧妙地借用元妃自己的话来批评省亲——实际上是批评南巡的豪华靡费。甲戌本脂评说："借省亲事写南巡，出脱心中多少忆昔感今。"康熙的南巡，曹、李两家的豪华接驾，是曹、李两家败落的根本，40多年以后的曹雪芹，回忆当年的这一场"黄粱梦"，写到了"南巡"这件令人惨伤的往事，怎么能不"忆昔感今"呢？怎么能不追念往日的繁华和感伤今天的凄凉呢？所以元妃省亲这回文字，确实隐括着曹家和李家的一桩"兴衰际遇"的泼天大事。

但是在上引这一大段文字里，还隐括着李煦家的另外一段往事，这就是王熙凤说的"那时我爷爷单管各国进贡朝贺的事，凡有的外国人来，都是我们家养活。粤、闽、滇、浙所有的洋船货物都是我们家的"这段话。

原来康熙二十三年，李煦曾任宁波府知府，这是向外商开放的口岸，当然会与外国商人接触。康熙二十四年，开放海禁，设置粤海关、闽海关、浙海关、江海关四处机构。李煦之父李士桢于康熙二十一年任广东巡抚，此时正在广东巡抚任上，当时的对外通商口岸，以广州为第一，许多外国货物，大都经粤海关入，所以李士桢、李煦父子两人，与外商接触较多[28]。上引王熙凤的这段话，实际就是以李家父子的事实为素材的。

2.《红楼梦》第十七至十八回说：

> 原来贾蔷已从姑苏买了十二个女孩子并聘了教习，以及行头等事来了。那时薛姨妈另迁于东北上一所幽静房舍居住，将梨香院早已腾挪出来，另行修理了，就令教习在此教演女戏。又另派家中旧有曾演学过歌唱的女人们——如今皆已皤然老妪了，着他们带领管理。

这段文字里，涉及曹、李两家旧有的戏班子和为接驾而新组的戏班子这两件事情。曹、李两家原本都是有家庭戏班子的。尤侗《艮斋倦稿》题曹寅《北红拂记》说：

> 荔轩越游五日，倚舟脱稿，归授家伶演之，予从曲宴得寓目焉。

传说雪芹少年时常在舅祖李煦家观剧，乾隆时人有纪：雪芹"不得志，遂放浪形骸，杂优伶中，时演剧以为乐"[29]。特别是庚辰本第十七、十八回"龄官执意要演'相约相骂'"二出下，有一段脂批云：

> 按近之俗语云：能养千军不养一戏，盖甚言优伶之不可养之意也。大抵一班之中，此一人技业稍优出众，此一人则拿腔作势，辖众恃能，种种可恶，使主人逐之不舍，责之不可，虽欲不怜而实不能不怜，虽欲不爱而实不能不爱。予历梨园子弟广矣，各各（个个）皆然，亦曾与惯养梨园诸世家兄弟谈议及此，众皆知其事而皆不能言，今阅《石头记》至"原非本角之戏，执意不作"二语，便见其恃能压众，乔酸姣妒，淋漓满纸矣。复至"情悟梨香院"一回，更将和盘托出，与予三十年前目睹身亲之人，现形于纸上，使言《石头记》之为书，情之至极，言之至恰，然非领略过乃事，迷陷过乃情，即观此茫然嚼蜡，亦不知其神妙也。

脂砚斋究竟是谁，目前尚无确论，但他是最亲近雪芹的曹家人这是共同的认识，这一长段批语，反映了他对伶角生活的熟悉之深，若非自蓄优伶，"领略过乃事，迷陷过乃情"，哪能说得出来？

这里再引一段《红楼梦》第五十四回的文字：

> 因有媳妇回说开戏，贾母笑道："我们娘儿们正说的兴头，又要吵起来。况且那孩子们熬夜怪冷的，

也罢，叫他们且歇歇，把咱们的女孩子们叫了来，就在这台上唱两出给他们瞧瞧。"媳妇听了，答应了出来，忙的一面着人往大观园去传人，一面二门口去传小厮们伺候。小厮们忙至戏房将班中所有的大人一概带出，只留下小孩子们。

一时，梨香院的教习带了文官等十二个人，从游廊角门出来。婆子们抱着几个软包，因不及抬箱，估料着贾母爱听的三五出戏的彩衣包了来。婆子们带了文官等进去见过，只垂手站着。贾母笑道："大正月里，你师父也不放你们出来逛逛。你等唱什么？刚才八出《八义》闹得我头疼，咱们清淡些好。你瞧瞧，薛姨太太、这李亲家太太都是有戏的人家，不知听过多少好戏的。这些姑娘都比咱们家姑娘见过好戏，听过好曲子。如今这小戏子又是那有名玩戏家的班子，虽是小孩子们，却比大班还强。咱们好歹别落了褒贬，少不得弄个新样儿的。叫芳官唱一出《寻梦》，只提琴至管箫合，笙笛一概不用。"

……

文官等听了出来，忙去扮演上台，先是《寻梦》，次是《下书》。众人都鸦雀无闻，薛姨妈因笑道："实在亏他，戏也看过几百班，从没见用箫管的。"贾母道："也有，只是像方才《西楼·楚江晴》一支，多有小生吹箫和的。这大套的实在少，这也在主人讲究不讲究罢了。这算什么出奇？"指湘云道："我像他这么大的时节，他爷爷有一班小戏，偏有一个弹琴的凑了来，即如《西厢记》的《听琴》，《玉簪记》的《琴挑》，《续琵琶》的《胡笳十八拍》，竟成了真的了，比这个更如何？"众人都道："这更难得了。"贾母便命个媳妇来，吩咐文官等叫他们吹一套《灯月圆》。媳妇领命而去。

在这一大段的叙述里，就提到有两个戏班，一个是从外面请来的戏班，刚刚演过《八义》，另一个是贾府为迎接元妃而从姑苏买来十二个女孩子新组的戏班，住在梨香院里。另外，贾母还说到"薛姨太太、这李亲家太太都是有戏的人家。"这说明当时的大官僚家庭里大都是有戏班子的，所以曹、李两家家里也是有戏班子的，《关于江宁织造曹家档案史料》第54号《八贝勒等奏查报讯问曹寅、李煦家人等取付款项情形折》说：

> 据讯问曹寅之家人黑子，回称：四十四年，由我主人曹寅那里，取银二万两，四十六年，取银二万两，……又每月给戏子、工匠等银两，自四十四年三月起，至四十七年九月止，共银二千九百零四两，都交给他们本人了。
>
> ……
>
> 又讯问李煦之家人蒋德，回称：……每月给戏子、工匠等银两，自四十五年三月起，至四十七年九月止，共银二千八百五十六两，都交给他们本人了。……由两家总共取银八万五千七百六十两中，除给戏子、工匠之五千七百六十两，既皆照给本人，可以不查外，……[30]

从这件档案史料里，看得清清楚楚，两家每月都有一笔付戏子的钱，则可证两家都有家庭戏班。《红楼梦》第十七、十八回在安顿从苏州买来的十二个女孩子住梨香院后说："又另派家中旧有曾演学过歌唱的女人们——如今皆已皤然老妪了，着他们带领管理"。这就是贾府家中原有的戏班子的人员"皆已皤然老妪了"，说明贾府的戏班子已成立有几十年了，从上引曹、李两家付戏班子的费用可知家庭戏班子已是他们的日常开支，又清顾公燮的《顾丹午笔记》说：李煦的"公子（按李鼎）性奢华、好串戏，延名师以教习，梨园演《长生殿》传奇，衣装费至数万。"李鼎这样喜欢演戏，可知他家里有戏班子就更为可信了。所以《红楼梦》里多处提到演戏，也是曹、李两家家史的鳞爪之现。

3."树倒猢狲散"这句话的内涵

前引《红楼梦》第十三回凤姐梦中听秦可卿说："……若应了那句'树倒猢狲散'的俗语"。在此句之上，脂砚斋有眉批云：

> "树倒猢狲散"之语，今犹在耳，屈指三十五年矣，哀哉伤哉，宁不痛杀！

"树倒猢狲散"这句话，据施瑮《隋村先生遗集》卷六《病中杂赋》云：

> 楝子花开满院香。幽魂夜夜楝亭旁。廿年树倒西堂闭，不待西州泪万行。曹楝亭公时拈佛语对坐

> 客云："树倒猢狲散"，今忆斯言，车轮腹转，以璪受公知最深也。楝亭、西堂皆署中斋名。

可见这句话是曹寅常说的，也可见曹寅对这潜伏着的家庭危机早有预见，而且估计到康熙这棵大树一倒，他们这一群"猢狲"（包括李煦）也都要"散"了！这句预言非常准确，果然在康熙死后，雍正一上台，雍正元年就从李煦开刀，以亏空国帑的"罪名"，流放到东北极边，不久冻饿而死。而曹家也在雍正五年底，雍正六年初抄家败落，罪名也是亏空国帑。曹雪芹把这句话写进书里，无异是把自己家庭伤心史曲的一个音符暗藏在书里了。

4."寅"字的避讳

《红楼梦》第五十二回，庚辰本在"一时只听自鸣钟已敲了四下"句下有双行夹批云：

> 按四下乃寅正初刻，"寅"此样（写）法，避讳也。

脂批特意指出，作者不写"寅正初刻"而写"一时只听自鸣钟已敲了四下"，是为了避"寅"字的讳。脂砚的这个提示是很重要的，要不是他的提示，后世的读者很难觉察。这无异又是在书里藏下了一个曹家和雪芹自己的特殊标记。

5.曹寅的《续琵琶》

《红楼梦》第五十四回，贾母在听戏时，还提到《续琵琶》的《胡笳十八拍》（见前引）。这个《续琵琶》，就是曹寅的作品，至今尚有抄本流传，《胡笳十八拍》就是此剧第二十七出《制拍》。这无异又是一处曹家的暗记。

［四］《红楼梦》里曹頫时代的史事

1.脂批有关抄家的文字

曹頫时代曹家的史事，其最重要的，当然就是雍正五年底到六年初的抄家败落，但是《红楼梦》只有八十回流传，据脂批及故事情节的发展，抄家当在八十回以后。庚辰本第二十七回有畸批云：

> 此系未见抄没、狱神庙诸事，故有是批。
>
> 丁亥夏畸笏

此批明确提出贾家后来"抄没"的事。关于"狱神庙"，也是与抄家紧密相连的事，而且是极为重要的情节，故多次见于畸笏批语，如庚辰本第二十回写李嬷嬷因赌输了钱，迁怒于人，有一段眉批云：

茜雪至狱神庙方呈正文，袭人正文标昌（按应是"目曰"两字），花袭人有始有终，予只见有一次誊清时与狱神庙慰宝玉等五六稿被借阅者迷失，叹叹！

　　　　　　　　　　　　　丁亥夏畸笏叟

又四十二回刘姥姥为巧姐取名，靖本有一段批语：

应了这话固好，批书人焉能不心伤！狱庙相逢之日，始知遇难成祥，逢凶化吉，实伏线于千里。哀哉伤哉！此后文字，不忍卒读。

　　　　　　　　　　　　　　辛卯冬日

另外，庚辰本、甲戌本第二十六回，写红玉与佳蕙一段对话时，也有一段眉批：

《狱神庙》回有茜雪、红玉一大回文字，惜迷失无稿，叹叹！

　　　　　　　　　　　　　丁亥夏畸笏叟

甲戌本上还有数处有关"狱神庙"和红玉的批，不再引录。

　　按以上这些批语来看，曹雪芹已经写出了抄家、"狱神庙"等文字，非常可惜的是这些极为重要的文字竟已失落了，真是令人叹息。但曹雪芹的文章有如一张巨网，首尾照应，脉络贯通，虽然后部正面写抄家的文字已见不到了，但前面雪芹早有暗示：

红楼梦概论

2. 第十七、十八回元妃省亲演戏，元妃点戏的预示

第一出：《豪宴》:《一捧雪》中，伏贾家之败。
第二出：《乞巧》:《长生殿》中，伏元妃之死。
第三出：《仙缘》:《邯郸梦》中，伏甄宝玉送玉。
第四出：《离魂》:《牡丹亭》中，伏黛玉死。所点之戏剧伏四事，乃通部书之大过节、大关键。

3. 第七十四回抄拣大观园，探春说：

你们别忙，往后自然连你们一齐抄的日子还有呢！你们今日早起不曾议论甄家，自己家里好好的抄家，果然今日真抄了。咱们家也渐渐的来了。可知这样大族人家，若从外头杀来，一时是杀不死的，这是古人曾说的，"百足之虫，死而不僵"，必须先从家里自杀自灭起来，才能一败涂地！

4. 第七十五回，尤氏说：

昨日听见你爷说，看邸报甄家犯了罪，现今抄没家私，调取进京治罪。
……
贾母歪在榻上，王夫人说甄家因何获罪，如今抄没了家产，回京治罪等语。

从演戏的剧目到探春的牢骚到江南甄家的被抄，都暗示着后部的贾家是被抄家籍没的。特别是剧目《一捧雪》

下脂批说："伏贾家之败"。这句话，给了一些后部贾府被抄家的线索。按曹頫本身是于雍正五年底到六年初被抄家籍没的，全家数人，包括雪芹在内被遣回北京崇文门外蒜市口居住。这是史实，当然到小说里只能"假语村言"，脂批说："《一捧雪》中，伏贾家之败"，这是《红楼梦》里贾家败落的形式。按《一捧雪》是李玉的传奇，今存，京剧"审头刺汤"，就是这个故事的主要片段。剧情是说：莫怀古的门客汤勤，善鉴书画和裱褙，莫荐汤于严世蕃。汤告世蕃莫家有玉杯一捧雪，极珍贵，世蕃即向莫索此杯，莫以赝品相送，世蕃不识。后汤知其为赝品后，即揭诸世蕃，莫遂遭抄没[31]。从上述情节中，似可推测贾雨村或似汤勤之角色，贾府之败，除此一层外，当然还有探春所说的"自杀自灭"等种种原因，不可能像《一捧雪》那样单纯是一个原因，但贾府有奸人背主忘恩构陷主人，可能是其败落的主要原因之一。

总之，曹家败落的事实，在《红楼梦》里是有所反映的，通过八十回中的暗示和脂批对后部抄家的批语，尚能仿佛知其大概。

以上，梳理了一下《红楼梦》里所隐含的曹、李两家的史事，内容还颇不少。

[五]《红楼梦》里曹雪芹自身生活的痕迹

那末，曹雪芹本人的生活经历有没有在《红楼梦》

里留下踪迹呢？这个问题，是不言而喻的，古往今来
的作家，在创作小说时，总会或多或少把自己的生活
和经验写进去的，曹雪芹的《红楼梦》，曾经一度被人
看作是作者的"自传"，这当然是一种误解，不足为据
的，但《红楼梦》里确实有曹雪芹的生活和若干家庭身
世，这是不能否认的，特别是书一开头的一段"作者自
云"，反反复复交待"此系身前身后事"，则可见此书取
材于曹雪芹本人及其家庭的往事是很多的，例如庚辰本
第四十三回脂批云：

> 看书者已忘，批书者亦已忘了，作者竟未忘，
> 忽写此事，真忙中愈忙，紧处愈紧也。

庚辰本七十四回脂批云：

> 盖此等事作者曾经，批者曾经，实系一写往事，
> 非特造出，故弄新笔。

庚辰本七十七回脂批云：

> （前略）况此亦此（是）予旧日目睹亲问（闻），
> 作者身历之现成文字，非搜造而成者，故迥不与小
> 说之离合悲欢窠旧（白）相对。（下略）。

庚辰本第二十八回脂批云："有是语"。"真有是事"等
等，以上这些批语，略略透露了一点本书故事情节的生
活依据。有人说，贾宝玉的思想实际上就是曹雪芹的思

想。从文学创作的角度看，这句话是有道理的。任何一个作家所创造的正面形象，都应该是作者自己思想的反映，所以贾宝玉的许多主要的思想，如要求走自由人生的道路，反对走读书做官的仕途经济之路；要求婚姻自择自主，反对封建包办的"金玉良缘"；要求重视妇女，提出了女子地位高于男子的主张，实际上就是矫枉过正的男女平等思想的反映；要求人与人之间的仁爱、平等，不赞成贵贱等级的限制，特别是反对孔孟之道、反对程朱理学，认为这些都是"杜撰"，他把"四书"以外的书都烧了。他还反对忠君思想，认为"文死谏""武死战"都是愚蠢等等，这些主要思想，当然是作者自己的思想。所以《红楼梦》这部书，它所表达的反传统的社会政治理想，是继欧洲资产阶级民主革命和在国内的资本主义萌芽经济的蓬勃发展的基础上产生的，这一思想，并不是孤立的，它与自明后期到清前期一直在国内思想界存在发展的启蒙思潮有着密切的联系，这是这一时期历史的自然产物。而且曹雪芹通过贾宝玉所表达的思想，是一种大大超前的思想，我曾说过，曹雪芹的批判是属于他自己时代的，而他的理想却是属于未来社会的。

由此可知，《红楼梦》这部书里，隐含着曹、李两家的某些史事是客观事实，这是这部书的独特的地方，对于这些，我们只能客观地、历史地去认识它，而不能抹煞它、曲解它。

红楼梦概论

四、结论

　　所以，曹雪芹祖籍之争，并不是简单的曹雪芹的祖籍在哪里的争论，而是涉及到曹家发迹史和《红楼梦》一书的诞生、《红楼梦》一书的内涵等等重要的问题。

　　曹雪芹的祖籍如果不在辽阳，那末，他们就没有了这种特殊的发迹机遇，也就没有了后来飞黄腾达的曹家，也就没有了最后"落了片白茫茫大地真干净"的结局，那末，也就没有了这部伟大的奇书《红楼梦》！

　　　　　　2002 年 3 月 27 日病中写毕
　　　　　　于京东且住草堂之解蔽轩，
　　　　　　时年 80

注释：

[1] 胡适《曹雪芹家的籍贯》。见《红楼梦研究参考资料选辑》第三辑。人民文学出版社 1976 年版。

[2] 原文见拙著《曹雪芹家世新考》附录三，上海古籍出版社 1980 年版。

[3] 按这里所说的"辽东人"，也就是"辽阳人"，因为明代的辽东都司设在辽阳，辽阳又是全辽的"首府"，所以也用"辽东"来代指"辽阳"，例子甚多，这里不再列举。

[4]《曹雪芹祖籍在丰润》，天津人民出版社 1994 年版。

[5]《中国文物报》，1993 年 8 月 15 日。

[6]《人民日报》，1993 年 7 月 5 日。

[7]《文汇报》，1993 年 11 月 1 日。

[8] 按："统"误，当作"纪"，见《史记》:《高祖功臣侯者年表》第六。

[9] 据近代考古，知汉以前即称襄平，远在公元前290 年，即有燕国古城，为燕辽东首府。

[10]《明经世文编》第 6 册，第 5315 页。

[11] 王在晋《三朝辽事实录》，第四卷十二页。

[12]《清太祖高皇帝实录》卷七，104—105 页。中华书局 1986 年版。

[13]《满文老档·太祖》第 21 册，天命六年四月初十一日。中华书局 1990 年版。

[14]《清太祖实录》卷七，105、107 页，中华书局1986 年版。

[15] 请参见附图。

［16］此处记载有误，应是60里，下引程启光文就说60里。

［17］《清太宗实录》卷八，109页。中华书局1986年版。

［18］《清太宗实录》卷八，109页。中华书局1986年版。

［19］《满汉名臣传》卷五，130页。黑龙江人民出版社1991年版。

［20］《清太宗实录》卷八，112页。中华书局1985年版。

［21］按此庙重建成于天聪四年九月，《实录》载于天聪五年。碑文说玉皇庙在"襄平西关西门外"，《实录》说在"辽阳城南"，《实录》后修，当是《实录》之误差。

［22］请详见拙著《曹雪芹家世史料的新发现》。载拙著《曹雪芹家世新考》。上海古籍出版社1980年初版，文化艺术出版社1997年增订再版。

［23］福格《听雨丛谈》卷一，页23。中华书局1959年版。

［24］见拙著《曹雪芹家世史料的新发现》，载拙著《曹雪芹家世新考》。1980年上海古籍出版社出版。1997年北京文化艺术出版社增订再版。

［25］见拙著《曹雪芹家世史料的新发现》，载拙著《曹雪芹家世新考》。1980年上海古籍出版社出版。1997年北京文化艺术出版社增订再版。

［26］《满汉名臣传》卷四，4416页《孔有德传》。1991年黑龙江人民出版社出版。

［27］按孔有德的原籍，就是辽阳，《满汉名臣传》

说"孔有德，辽东人"。昭梿《啸亭杂录》卷九载履端亲王永珹《孔王祠》诗说："支分辽水东"这里的"辽东""辽水东"都是指辽阳。因辽阳是"辽东都司治所"的所在地。

［28］参见王利器《李士桢李煦父子年谱》。北京出版社 1983 年版。

［29］见周绍良先生藏善因楼版《批评新大奇书红楼梦》上乾隆间人批语，此书现归杜春耕先生收藏。此批语在"满纸荒唐言"诗的眉端。

［30］见《关于江宁织造曹家档案史料》第 60 页。中华书局 1975 年版。

［31］按此剧情节曲折，以上只是述其最主要之点。

附图二：辽东都司治卫山川地理图

载《辽海丛书·辽东志》辽沈书社一九八四年影印明正统八年本

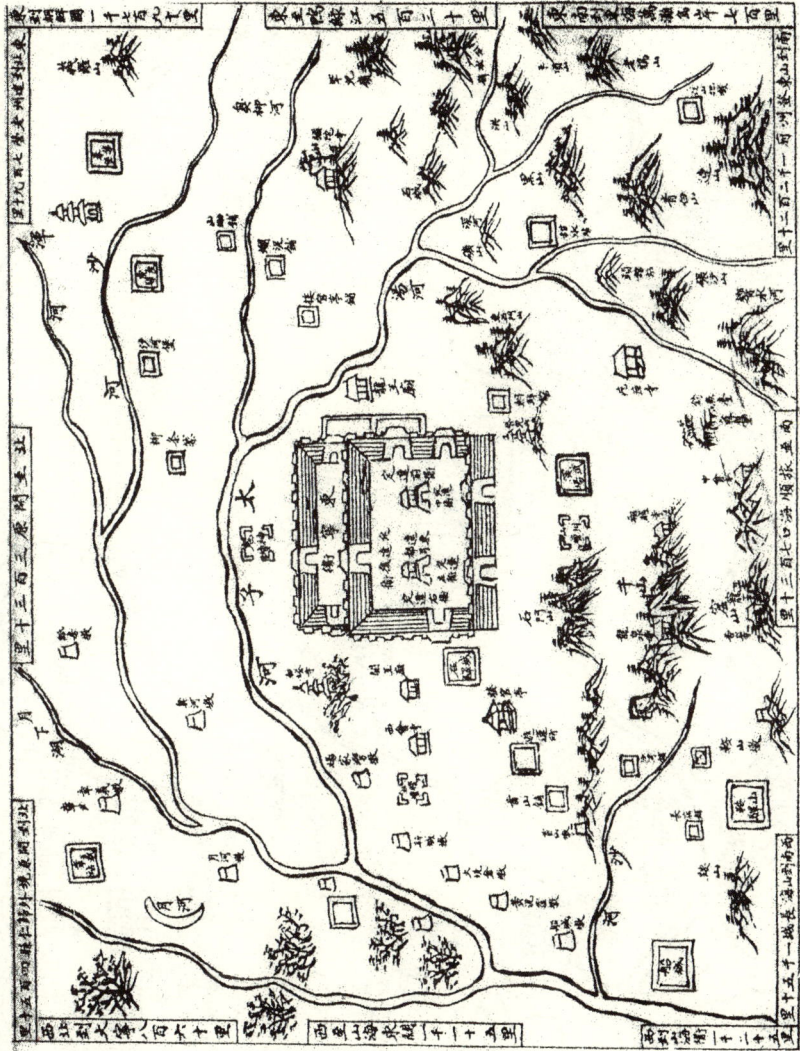

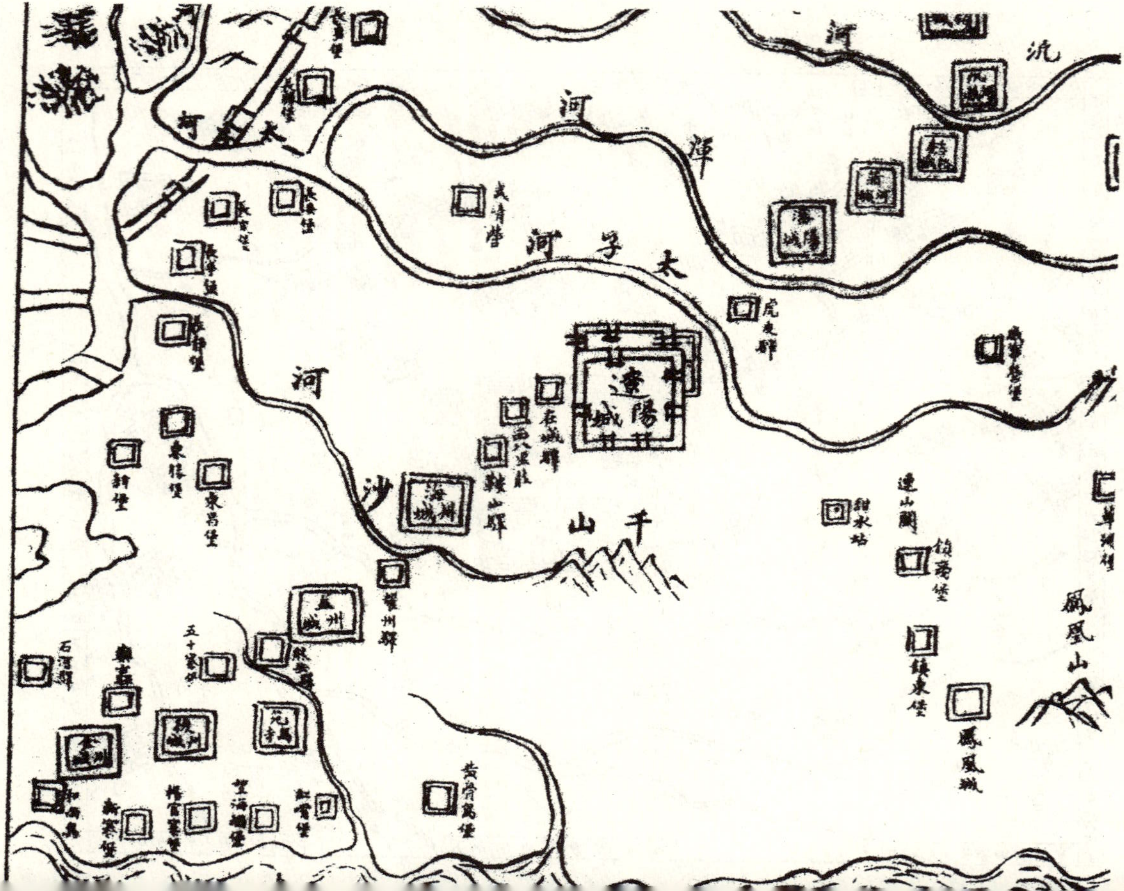

附图二：辽东河东地方总图局部，载同上

曹雪芹墓石目见记

　　1992 年 7 月 23 日，邓庆佑同志通知我：端木老的夫人钟耀群同志打电话找我，说在北京通县发现了曹雪芹的坟墓和墓碑，希望我能去看看，看是否可靠。

　　我闻讯之后，当然十分重视，立即与钟耀群同志通了电话，果是如上所述。关键问题是要去实地调查，目验实物，经过多次与通县联系，确定 25 日去通县张家湾。

　　25 日清晨，我与庆佑一起先进城接了钟耀群同志。革命博物馆的周永珍同志是我们的联系人，她又是张家湾人，对情况熟悉，由她领着我们一行四人于九时

红楼梦概论

半出发。

对于张家湾我是比较熟悉的。70年代后期，我因编著《曹雪芹家世·红楼梦文物图录》，曾多次到张家湾调查，拍摄资料。可当时并没有听到一丝一毫关于曹雪芹的坟墓的消息，现在突然冒出来这么一个大消息，当时我确有点震惊。但很快从我脑子里又冒出来另一种思考，觉得张家湾确实与曹家有关，不像是无根之谈。

我们到张家湾镇，已经是十一点了。而且碰巧是个大热天，室外的气温，足有摄氏38度。我们的车子到达张湾村村民委员会门口时，镇政府的书记和有关人员都已经在等候了。随即我们到了镇政府，进了二楼会议室就听发现此墓碑的李景柱同志介绍墓碑挖出来时的情况。李景柱说："这块墓碑是1968年发现的，当时'文革'还在高潮期间，乡里为了平掉张湾镇周围的荒坟，改为庄稼地，才决定把张湾村西北的窦家坟、马家坟、曹家坟平掉。这三座大坟是相连的，面积很大，曹家坟高出地面有一米多。我和另外好几位一起平曹家坟，在平地时发现了这块墓碑。墓碑埋在地下一米多深处，碑上刻有'曹公讳霑墓'五个大字，左下端刻'壬午'两字，'午'字已残。在墓碑下面约离地面一米五左右的深处，挖出来一具尸骨，没有棺材，是裸葬的，尸体骨架很完整，据当时一位稍懂一点的人说，是一具男尸。

当时急于要平坟地，特别正是在'文革'中，破四旧刚过，也没敢多想，但我读过《红楼梦》，知道曹霑就是曹雪芹，并告诉了在场的人。当时有一位一起平地的人听说曹霑就是曹雪芹，以为墓里一定有东西，就去墓坑里播弄尸骨，结果一无所有。到晚上我就与我的堂弟李景泉一起把这块墓碑拉回家来，埋到院子里了。最近镇里规划要发展旅游，建立张家湾人民公园，想把周围的古碑集中起来建碑林，因而想起了这块碑。又把它拿了出来，因为当地没有人研究《红楼梦》，也不清楚是怎么一回事，无法鉴定，所以就找到原籍张家湾，现在革命博物馆工作的周永珍同志。周永珍本人也不研究《红楼梦》，就由她告知了端木蕻良老先生，再由端木老的夫人找到了冯先生。现在墓碑已取回，放在楼下一间房间里。"

我们听完了介绍，就直接到下面存放墓碑的房子里。

只见墓碑平躺在房子里，约一米左右高，40厘米宽，15厘米左右厚，墓碑质地是青石，做工很粗糙，像是一块普通的台阶石，只有粗加工，没有像一般墓碑那样打磨，碑面上粗加工时用凿子凿出来的一道道斜线都还原封未动，证明是根本未打磨过。碑面上凿刻"曹公讳霑墓"五个字，也不像是一般碑文的写刻，就像是用凿子直接凿的，因为字体是笔划一样粗细、方方正正的字体，有点类似八分书，但毫无笔意，所以说可能是未经书写，直接凿刻的。总之给人以十分草草的印象。因为刻得很浅，字迹与石色一样，几乎已看不清楚，但只要仔细看看，还是可以毫不含糊辨认出来的。在碑文的左下端有"壬午"两字，"午"字已剥落左半边，但还能看出确是"午"字。

我们对着这块石碑，反复仔细观察，并拍了照片，觉得石碑和碑上所刻字迹，都是旧的原有的，并非后来新凿的。不过字迹上有少量被新擦过的痕迹，显出与原字迹不是一个颜色，两者新旧区别分明，一看即知。经询问，这是李景柱怕字看不清，用磨石擦了几下的缘故。午饭以后，我们没有休息，就到张家湾码头，这是一个古老的漕运码头，从南方来的漕运，无论粮盐和其他货物，都在此处上岸，那古老的通运桥还在，桥上有两排石狮子，颇有气势。桥的一头是老城，我昔年来调查时，盐场还是原貌，现在已盖了很多房子，看不出盐场的旧貌了。就在盐场的西北方向稍远处，就是曹家坟的坟地，与此毗邻的，是马家坟和窦家坟。我们冒着摄氏三十八、九度的酷暑，到了坟地附近，汽车无法再开，我们只好下车步行，在我们步行的机耕道的两旁，就是当年的三个大坟，约走过二百米，就到了原曹家坟的坟地，现在已是一望无际的玉米地，玉米长得正旺盛。曹家坟在机耕道的左边，右边是马家坟，窦家坟在曹家坟的更远处，现在已经完全是一望无际的庄稼了。我们走上半米高的田埂，由李景柱指示了当年曹霑墓碑的所在地，离我们站立处大约还有 50 米或更远。因为都是玉米地，就没有再进去，加之进去也看不到什么了。

张家湾通运桥底下的那条河，就是当年的运河，也就是萧太后河，那是辽金时代的称呼，老百姓至今还沿用着。在张家湾村的里边，也即是原张家湾老城里面，有曹家当铺的基址，我们也去看了，基址是石砌的，上面已盖了民房。据李景柱说：这里原是张家湾城的南门内，花枝巷的东口，这里原有进京的古道，商店林立，是当年的闹市区。这个当铺遗址，才真正是当年曹家的当铺。至此我才明白，我昔年在镇上看到的那家当铺，年代比较晚，并不是曹頫于康熙五十四年七月十六日《覆奏家务家产折》里所说的"张家湾当铺一所"的那个当铺，那时是搞错了，真正的曹家当铺，就是现在的这个基址。

在我们察看曹霑墓遗址及这个曹家当铺遗址的时候，正是中午一时左右，气温达到三十九度，我有点感到不支，原准备再回去看一下这块墓碑，因为怕暴雨来临，也怕中暑，所以告别张家湾，赶回北京。

一路上，我思考了两个问题。一是在通县张家湾，是否有曹家的土地产业，是否能找到文献根据。二是曹家祖坟坟地究竟在哪里，有无文献提及此事。

关于第一个问题，我查到下列资料：

一、康熙五十四年七月十六日《江宁织造曹頫覆奏家务家产折》：

> （上略）奴才到任以来，亦曾细为查检，所有遗存产业，惟京中住房二所，外城鲜鱼口空房一所，通州典地六百亩，张家湾当铺一所，本银七千两，江南含山县田二百余亩，芜湖县田一百余亩，扬州旧房一所。此外并无买卖积蓄。[1]

这里提到的"通州典地六百亩，张家湾当铺一所"，这两句都直接说明曹家在通县张家湾有地有产。

二、曹寅《东皋草堂记》：

> 东皋在武清、宝坻之间，旧曰崔口，势洼下，去海不百里，非泉石之奇……其土瘠卤，积粪不能腴，其俗鄙悍，诗书不能化。故世禄于此地者，率多以为刍牧之地。……予家受田亦在宝坻之西，与

东皋鸡犬之声相闻。[2]

曹寅在这里明确提到"予家受田亦在宝坻之西,与东皋鸡犬之声相闻"。现在宝坻、武清等地名都未改,地图上可以查到,就是崔口,现在叫崔黄口,地图上也有,这就是曹寅所说的东皋,也就是与曹家的"受田"相邻的地方。这地方离天津较近,离北京则已经很远了。

以上两处,明确记载是曹家的土地,前者是在通县,后者则已是在通县之外了。但以上两处,都未提到曹家的祖坟。

关于第二个问题,即文献上有无提到曹家的祖坟的问题,经查阅,这方面的文献资料也还有一些,可惜都未提具体地点,这些资料是:

一、康熙四十五年八月初四日《江宁织造曹寅奏谢复点巡盐并奉女北上及请假葬亲折》:

> (上略)今年正月太监梁九公传旨,着臣妻于八月上船奉女北上,命臣由陆路九月间接敕印,再行启奏。钦此钦遵。……惟是臣母冬期营葬,须臣料理,伏乞圣恩准假,容臣办完水陆二运及各院司差务,捧接敕印,由陆路暂归,少尽下贱乌哺之私。[3]

按:这里提到的"母",应即是孙氏,而不是曹寅自己的生母顾氏。这里提到的"冬期营葬"及"水陆二运",很显然是回北京,但葬在北京何处,却未及一字。

二、康熙五十四年正月十八日《苏州织造李煦奏安排曹颙后事折》:

（上略）奴才谨拟曹頫于本月内择日将曹颙灵柩出城，暂厝祖茔之侧，事毕即奏请赴江宁任所。盖颙母年近六旬，独自在南奉守夫灵，今又闻子夭亡，恐其过于哀伤。且舟车往返，费用难支。莫若令曹頫前去，朝夕劝慰，俟秋冬之际，再同伊母将曹寅灵柩扶归安葬，使其父子九泉之下得以瞑目。[4]

在这个奏折里，明确提到"择日将曹颙灵柩出城，暂厝祖茔之侧"，还提到"将曹寅灵柩扶归安葬"等等，按曹颙死于北京，则可见曹家祖坟确在北京城外，而且曹颙、曹寅都是安葬在祖茔内，则可见前面提到的曹寅之母孙氏，也一定安葬在祖茔内无疑，问题是不清楚曹家祖茔究在北京城外何处？但玩其语气，当不是在城外几百里的远处，似乎是离城不太远，如果在百里以外的远处，就不会说"灵柩出城，暂厝祖茔之侧"，就会直指其地了，同样的情形，在康熙五十四年三月初十日李煦的奏折里还有，这里就不再重复。

据以上两方面的文献资料综合起来看，可以明确：一、曹家的祖茔在北京城外不算太远处，二、曹寅、曹颙以及曹寅之母孙氏等，都葬在祖坟内，甚至往上推，曹玺、曹振彦也应在内，三、揣度曹家祖茔的地点，可能不至于远到宝坻那边，通县张家湾一带，似还有一定的可能性。四、曹家祖茔，特别是康熙的保姆孙氏在内、曹玺、曹寅在内，当一定有较象样的墓碑，为什么至今片石不存？莫非抄家以后被毁乎？抑另在别处乎？或其他自然原因被毁乎？总之令人不得其解。

现在再来看一看在乾隆年间，从北京到通县张家湾一带的情况。

雪芹的好友宗室敦敏的诗集《懋斋诗钞》一开头就是"东皋集",这个"东皋",并非曹寅集子里的《东皋草堂记》的"东皋",那个"东皋",又叫"崔口",是在宝坻附近。这里的东皋,实际上就是从北京到通县沿潞河一带,也就是北京的东郊,不过范围比现在概念中的东郊要远得多,实际就是指从北京东城外一直到通县这一带,这一带也恰好就是潞河(今称通惠河)的全程。按"皋"字的本义是指沼泽或水田。北京的东郊一带恰好就是如此,至今仍未大变。敦敏《东皋集》的小叙说:

> 自山海归,谢客闭门,唯时时来往于东皋间。盖东皋前临潞河,潞河南去数里许,先茔在也。渔罾钓渚,时绘目前,时或乘轻舸,一篙芦花深处,遇酒帘辄喜,喜或三五杯,随风所之,得柳阴,则维舟吟啸,往往睡去,至月上乃归。……数年得诗若干首,大约烟波渔艇之作居多,遂以东皋名之。夫烟波渔艇,素所志也。他年小筑先茔之侧,一棹沧浪,想笠屐归村,应不至惊犬吠也。

再看看敦诚《四松堂集》里对"东皋"的记载:

> 东皋同子明贻谋作
> 豆花香外买村醪,水落平桥钓岸高。
> 无限新愁兼旧感,小楼倚病听秋涛。
> 子明兄云:忆昔与敬亭、贻谋两弟泛舟潞河,时波光潋滟,烟云浩渺。敬亭小病,倚阑看水;贻谋微

饮，余独狂呼大叫，把酒淋漓，月横西岩，犹与诸仆
作鲜鱼鲙进酒，读此不禁今昔之感云。录诗至此并识。

从以上两段短文，大略可以得知，当年的潞河风光
是颇为迷人的。[5] 而这一带，清代宗室贵族的坟墓就在
潞河之南，至今仍然存在，我昔年编《曹雪芹家世·红
楼梦文物图录》之时，曾出北京朝阳门沿潞河直到张家
湾全部走了一遍，就到英亲王坟上去看了一下，举凡沿
途的八里庄、八里桥、庆丰闸（亦称二闸）、水南庄等
等敦敏、敦诚诗里提到的许多地方，至今仍在，潞河有
些地段的风光也还不错。更值得一提的是曹雪芹的一些
故友的墓，也在潞河边上，如寅圃的墓，《四松堂集·过
寅圃墓感作二首》之一云：

昔共蓬床伴钓筒，江湖旧侣忆龟蒙。
水南庄下无人问，两岸荻花吹晚风。
（昔与寅圃泛舟水南庄，有诗纪事）

如贻谋的墓，《四松堂集·同人往奠贻谋墓上，便泛
舟于东皋》云：

才向西州回瘦马，便从东郭下澄渊。青山松柏
几诗冢（三年来诗友数人相继而殁），秋水乾坤一
酒船。残柳败芦凉雨后，渔庄蟹舍夕阳边。东皋钓
侣今安在，剩我孤蓑破晚烟。

读这些诗，得知雪芹当年的二三好友都葬在潞河边

上。诗的自注文说："三年来诗友数人相继而殁"，很有可能雪芹也是其中的一位。再读敦诚的《寄大兄》文。文中说：

> 孤坐一室，易生感怀，每思及故人，如立翁、复斋、雪芹、寅圃、贻谋、汝猷、益庵、紫树，不数年间，皆荡为寒烟冷雾，曩日欢笑，那可复得，时移事变，生死异途，所谓此中日夕，只以眼泪洗面也。……

现在至少我们可以确知寅圃、贻谋即葬于潞河之畔。尤其是敦诚在《哭复斋文》里说：

> 未知先生与寅圃、雪芹诸子相逢于地下作如何言笑，可话及仆辈念悼亡友之情否？

为什么说"与寅圃、雪芹诸子相逢于地下"？是否是因为他们同葬于此呢？现在这块曹霑墓石的出现，就让你不能不认真思索这个问题了。

特别是我要提醒大家重读一下《懋斋诗钞》里下面的这首诗：

河干集饮题壁兼吊雪芹

花明两岸柳霏微，到眼风光春欲归。
逝水不留诗客杳，登楼空忆酒徒非。
河干万木飘残雪，村落千家带远晖。
凭吊无端频怅望，寒林萧寺暮鸦飞。

"河干"，当然是指潞河之畔，为什么在这里要"吊雪芹"，为什么会"凭吊无端频怅望"？联系"河干"张家湾雪芹的墓地和墓碑，似乎这首诗又给了我们以新的启示？

大家知道，雪芹暮年潦倒，以至于无棺可盛，草草裸埋，碑石也是极端草草，认真地说，这根本不是墓碑，而是随死者埋葬作为标志的墓石，故埋在入土一米深处，而不是立在地面上，墓石下端一点也未留余地，因为它根本就不是用来树立的墓碑，而是作为标志的墓石！雪芹死时已无家人，这可能是他的"新妇"和穷困的朋友勉力办的罢，埋葬得如此草草，墓石也如此不成样子，是否还有更不幸的事，这就无法揣度了！至于刻"壬午"两字，我想也是草草记他的死年罢。甲戌本脂批说：

> 能解者方有辛酸之泪，哭成此书。壬午除夕，书未成，芹为泪尽而逝。余尝哭芹，泪亦待尽，每意觅青埂峰再问石兄，余（奈）不遇癞头和尚何，怅怅！

关于雪芹的卒年，已经争论了几十年了，过去我是主张"癸未"说的，但现在看了这块墓石上的"壬午"纪年，再联系甲戌本脂批，我想不能把写得一清二楚的字，硬是解释为记错或写错的了。

当然，这块墓石刚刚问世，一切有关的问题尚待深入研究，我的这些看法都只是直感式的初步的意见，提出来只是为了引发大家的研究和思考而已！

　　一九九二年七月廿八日，目验雪芹墓石后之
　　　　　　第三天，写于京华瓜饭楼

注释：

[1] 见《关于江宁织造曹家档案史料》第 132 页，中华书局 1975 年出版。

[2] 见曹寅《楝亭集》，上海古籍出版社 1978 年出版。

[3] 见《关于江宁织造曹家档案史料》第 42 页，中华书局 1975 年版。

[4] 见《关于江宁织造曹家档案史料》第 127 页，中华书局 1975 年版。

[5] 关于当年北京东郊至通县一带的情况，在敦诚《四松堂集》里还有不少记载，特别是他的《潞河游记》和《东皋小纪》两文，是专门写这一带风光的。《潞河游记》里还记到了他们在庆丰闸酒楼喝酒，又到了"先相国白公潢之别墅"，同去的"凯亭有樽前泉下之思"等等，限于篇幅，不能一一征引。

卷 三

清代的评点派红学

一、红学史上的评点派及其他

《红楼梦》从它诞生至今，已经有二百多年的历史了。大家知道，对《红楼梦》的评论差不多是与《红楼梦》的创作同时进行的，这就是众所周知的脂砚斋评。现存十二种《红楼梦》早期抄本中[1]，只有郑振铎藏本（只存二回）和舒元炜叙本不带评语，其余的十种抄本都是有脂评的。还有一种一度出而复失的南京靖氏藏本，也是一个有大量脂评的本子。由此可见，早期流传的《红楼梦》（当时大都称《石头记》）抄本，它一开始就是有着较多的评批的本子。

如果这许多评批也是属于研究性质的话，那末可以说，"红学"的历史，是以评批的形式开始的。

乾隆五十六年辛亥（1791），程伟元、高鹗用木活字排印了这部巨著，同时删去了它前八十回原有的评批文字，又对正文作了删改并续刻了后四十回，成为一种只存正文的百廿回的本子。但是，这个删去批语，只存正文，又续上后四十回的《红楼梦》摆字本，却意想不到地招来了大量的评批本。现在可以查得出来的脂砚斋以外最早的一种带有批评的本子，是嘉庆十六年（1811）东观阁重刊的《新增批评绣像红楼梦》。它"有圈点、重点、重圈及行间评"。[2]这时，距离程、高的摆字本正好是二十年。从这个本子来看，已经不仅有评，而且有圈和点了，这就成为地地道道的评点的本子。[3]自此以后，各种评点本就如雨后春笋，争先出土了。

嘉庆十六年的东观阁重刊本《红楼梦》，是否就是真正最早的脂评以外带评点的本子，还很难说。因为目前没有可能在这方面作彻底的查实。但大体来说，从乾隆辛亥到嘉庆初年的这段时间，是脂评以外新的评点《红楼梦》的开始阶段。到嘉、道之际及其后，这种评点本就层出不穷了。我们据一粟的《红楼梦书录》，就可列举以下各种：

《新增批评红楼梦》	嘉庆十六年东观阁重刊本
《批评新大奇书红楼梦》	善因楼刊本
《批评新奇绣像红楼梦》	善因楼刊本
《绣像批点红楼梦》	三让堂刊本
《新增批点绣像红楼梦》	同文堂刊本
《绣像批点红楼梦》	纬文堂刊本
《新增批评绣像红楼梦》	三元堂刊本
《新增批点绣像红楼梦》	佛山连元阁刊本

其他如"翰选楼刊本""五云楼刊本""文元堂刊本""忠信堂刊本""经纶堂刊本""务本堂刊本""经元

升记刊本""登秀堂刊本"等等等等，也统统都是属于评点本。

在当时的许多评点本中，影响最大的是道光十二年刊的王雪香评点《新评绣像红楼梦全传》和道光三十年张新之评点的《妙复轩评石头记》、王雪香、姚燮合评的《增评补图石头记》（上海广百宋斋本、古越诵芬阁刊本、光绪十二年、十四年上海石印本等），以及王雪香、张新之、姚燮合评的《增评补像全图金玉缘》（铸记书局铅印本、同文书局石印本、上海书局石印本、求不负斋石印本、上海江东书局石印本、上海桐荫轩石印本，等等）。只要看一看当时评本名目之多和出版书局之多，就可以明白这种评批圈点的本子如何受到当时读者的欢迎了。

以上这些本子，都是将评批和圈点附着在正文上的，其评批圈点的形式，实际上就是脂评的继续和发展，也是明清以来评点小说、戏曲、古文、诗词的一种共同形式。

除了这种附丽于正文的评批圈点的本子外，从乾隆后期开始，还有一种脱离了正文而独立的评《红》专著。如乾隆五十九年（1794）周春写的《阅红楼梦笔记》，嘉庆十九年（1814）至二十五年间（1820）成书的思元斋主人裕瑞写的《枣窗闲笔》，嘉庆十七年（1812）成书的二知道人写的《红楼梦说梦》，道光元年（1821）刊青浦明斋主人诸联撰的《红楼评梦》，道光六年（1826）成书，光绪二年刊行（1876）的"晶三芦月草舍原本，箕覆山房编次"的《红楼梦偶说》，道光二十二年（1842）养馀精舍刊的涂瀛著的《红楼梦论赞》，同治八年（1869）刊江顺怡撰的《读红楼梦杂记》，光绪十三年（1887）刊解盦居士撰的《悟石轩石头记集评》，光绪十三年（1887）刊梦痴学人撰的《梦痴说梦》，光绪三年刊话石主人撰的《红楼梦精义》，光绪十七年（1891）以前成书，民国二年（1913）刊行的武林洪秋蕃著的《红楼梦抉隐》，光绪二十八年（1902）刊青山山农撰的《红楼梦广义》，等等等等。这类书数量甚巨，不能也不必一一列举。

以上这一类评《红》书，习惯并不把它们算在评点派之内，其区别就是一不附着于正文，二没有圈点。但它是属于真正的评《红》专著，这是毫无问题的，并且解放以来，同样对这一大批评《红》专著未能加以重视。所以从广义的角度出发，我仍把它与评点派一起提出来探讨。

除了以上两类评《红》的方式外，另有一类，是用诗歌来对《红楼梦》作评论的。究其始，则与脂评一样，也是与《红楼梦》的创作几乎是同时产生的。现存甲戌本凡例后的那首七律："浮生着甚苦奔忙。盛席华筵终散场。悲喜千般同幻渺，古今一梦尽荒唐。谩言红袖啼痕重，更有情痴抱恨长。字字看来皆是血，十年辛苦不寻常。"这首诗，明显的是对《红楼梦》的一个总评（我认为这不是寻常人的手笔，这应该是脂砚斋的文字）。又如庚辰本第二十一回回前"有客题《红楼梦》一律，失其姓氏，惟见其诗意骇警，故录于斯"云："自执金矛又执戈。自相戕戮自张罗。茜纱公子情无限，脂砚先生恨几多。是幻是真空历遍，闲风闲月枉吟哦。情机转得情天破，情不情兮奈我何。"诗后还有一段文字："凡是书题者，不可（不以）此（诗）为绝调，诗句警拔，且深知拟书底里，惜乎失石（名）矣！……"这首诗，当然毫无疑问也是评《红》诗。庚辰本第三十二回前题云："前明显祖汤先生有怀人诗一截，读之堪合此回，故录之以待知音：无情无尽却情多。情到无多得尽么？解到多情情尽处，月中无树影无波。"这是借汤显祖的诗来题《红楼梦》的，虽然诗是前人的，但用在此处意在题《红》是毫无疑问的。尤其是戚蓼生序本，在回前回后题有不少诗、词、曲、散，很显然是对《红楼梦》的评论。如第三回"我为你持戒"一首，"宝玉通灵可爱"一首，"天地循环秋复春。生生死死旧重新。君家着笔描风月，宝玉鞏鞏解爱人"一首，第四回"阴阳交接变无伦"一首，"请君着眼护官符"一首，第五回"万种豪华原是幻"一首，第六回"风流真假一般看。借贷亲疏触眼酸。总是幻情无了处，银灯挑尽泪漫漫"一首，等等等等。戚本上的题评特别多，这里不再一一列举。这许多诗、词、曲、散的题评，毫无疑问，也应是属于当时评《红》的一种形式。同样情形，还有己酉本上舒元炳的《沁园春》词，也是一首题《红》之作。

以上都是附在早期抄本上的评《红》诗。

另外，还有不是附在抄本上的评《红》诗，其中最早是永忠的《因墨香得观红楼梦小说吊曹雪芹》三首和明义的《题红楼梦》诗二十首，周春的《题红楼梦》和《再题红楼梦》七律八首，与周春同时的沈赤然，也有七律《曹雪芹红楼梦题词四首》，大约写于乾隆六十年（1795）。以上诸作，以永忠和明义的诗为最早，大约作于乾隆二十至三十年前后，这以后，题《红楼梦》的诗就愈来愈多，直到晚清一直不衰，俨然形成了一大流派，我们姑且称它作"题红派"。

二百年来，旧时代的评《红》主要是以上三种方式，而其中影响最大的是以王雪香、张新之、姚燮所代表的评点派。其次就是周春、诸联、涂瀛、解盦居士、洪秋蕃等人所代表的评《红》笔记专著。到了民国初年，又兴起了以王梦阮、沈瓶庵、蔡元培为代表的"索隐派"。虽然当时影响很大，但毕竟为时较短，所留作品不多，再经胡适的批判，也就渐次消歇了。

以上，就是二百年来红学史上评《红》情况的一个综述。

二、评点派红学述要

　　评点派红学由于解放以来一直未受重视，甚至无形中还处于一种被全盘否定的地位，因此，人们对于这一派的红学的观点和它的主要著作，已经十分陌生了。但实际上近几十年来红学界争论或探索的问题，有不少是他们早已探索或争论过的，为了便于大家了解，这里我分成若干问题，撮述其要点或撮录其有代表性的文字如下：

[一] 关于《红楼梦》作者的探索

　　1921 年胡适发表《红楼梦考证》(改定稿)，他根据袁枚《随园诗话》等材料，考证出《红楼梦》的作者是曹雪芹。其祖父是曹寅，字栋亭，曾任江宁织造等职。

《红楼梦》是曹雪芹的自叙传。胡适还在这篇文章里排列出了曹家自曹锡远以下至曹颙、曹天祐（原作"祐"）等人的世系表。胡适当时的这一发现确是惊人的，其材料之丰富和考证的用力也确是很突出的。这篇文章中的不少重要结论如《红楼梦》的作者是曹雪芹，其祖父为曹寅，此书是在作者家庭败落后所作的等等，至今仍是正确的。

但是关于这个问题，周春在《阅红楼梦随笔》里就曾说过：

> 其曰林如海者，即曹雪芹之父楝亭也，楝亭名寅，字子清，号荔轩，满洲人，官江宁织造，四任巡盐。…甲寅中元日泰谷居士记。

甲寅为乾隆五十九年（1794），距雪芹之死仅三十来年，周春所说，当然有错误，但他指出曹雪芹是曹寅之子（应是孙，错了一点），指出曹寅的字号和官职，这些大体还是正确的。后来的二知道人也说：

> 曩阅曹雪芹先生《红楼梦》一书，心口间汩汩然，欲有所吐。曹雪芹之孤愤，假儿女以发之。雪芹之书，虚事传神也。
>
> ——嘉庆十七年刊《红楼梦说梦》

这里也十分明确地确认《红楼梦》的作者是曹雪芹。与周春同时的裕瑞则说：

《红楼梦》一书，曹雪芹虽有志于作百二十回，书未告成即逝矣。诸家所藏抄本八十回书及八十回书后之目录，率大同小异者，盖因雪芹改《风月宝鑑》数次，始成此书，抄家各于其所改前后第几次者，分得不同，故今所藏诸稿本未能画一耳。此书由来非世间完物也。……

曾见抄本卷额，本本有其叔脂砚斋之批语，引当年事甚确，易其名曰《红楼梦》。……

雪芹二字，想系其字与号耳，其名不得知，曹姓，汉军人，亦不知其隶何旗。闻前辈姻戚有与之交好者，其人身胖头广而色黑，善谈吐，风雅游戏，触境生春。闻其奇谈娓娓然，令人终日不倦，是以其书绝妙尽致。……

其先人曾为江宁织造，颇裕，又与平郡王府姻戚往来。

——《枣窗闲笔》

裕瑞的这段记述，早为红学家们所注意了，很显然，他在这里提出的有关曹雪芹本人、家世、官职、姻戚、八十回抄本、抄本的歧异，抄本的不全（由来非世间完物，只有八十回）、抄本的脂批等等问题，长期以来，也是我们一直讨论和探索的问题。梦痴学人则说：

《红楼梦》一书，作自曹雪芹先生。先生系内务府汉军（此点误）正白旗人，江宁织造曹练（楝）亭公子（此点亦误）。嘉庆初年，此书始盛行。
——光绪十三年（1887）管可寿斋刊《梦痴说梦》

梦痴学人对曹雪芹的了解，除个别问题有误外，大体说来，已经相当准确了。

以上这些材料，都在胡适发表考证文章之前。这些材料有的虽然并不讲得都对，但基本上都是正误参半，有对有错的。把其中各家正确的部分集合起来，可以知道当时他们对曹雪芹的了解也已有一定的广度和深度了。当然，胡适的考证并不因为这些材料的陆续发现而降低其重大价值，但这些材料的客观存在，它表明了前人已经对这些问题进行过探索，并且记下了自己的看法，我们当然也不能无视这些见解的学术价值。如果要撰写《红楼梦》作者研究史的话，那末，以上这些人无疑都是先驱者。他们都是二百年间曹雪芹这个伟大名字的探索者，如果再对照一下近年来台湾杜世杰完全否定曹雪芹其人的真实存在的这一事实，那末就会感到以上的这些探索者们就更为可贵了。[5]

［二］关于《红楼梦》是一部"别开生面"的书的问题

鲁迅曾经指出："自有《红楼梦》出来以后，传统的思想和写法都打破了。"这当然是十分精辟的话。但类似的意思，在评点派红学中，也是早就有过的。如王雪香说：

> 从来传奇小说，多托言于梦。如《西厢》之草

桥惊梦,《水浒》之英雄恶梦，则一梦而止，全部俱归梦境。《还魂》之因梦而死，死而复生，《紫钗》仿佛似之，而情事迥别。《南柯》《邯郸》，功名事业，俱在梦中，各有不同，各有妙处。《红楼梦》也是说梦，而立意作法，另开生面。

———《红楼梦总评》

刘铨福说：

《红楼梦》非但为小说别开生面，直是另一种笔墨。……如《红楼梦》实出四大奇书之外，李贽、金圣叹皆未曾见也。戊辰秋记。

———甲戌本《石头记》题记

戊辰是同治七年（1868），刘铨福是甲戌本和妙复轩评本（即张新之评本）的收藏者，不能列入评点派内，但他对《红楼梦》的这几句题记，却实在是独具只眼，是对《红楼梦》最贴切最正确的评价，所以我们这里不能不提它。

洪秋蕃说：

《红楼梦》是天下古今有一无二之书。立意新，布局巧，词藻美，头绪清，起结奇，穿插妙，……斯诚空前绝后，戛戛独造之书也。

《红楼梦》妙处不可枚举，尤妙者莫如立意之新。

———《红楼梦抉隐》

以上诸人对《红楼梦》的创新精神的认识和赞扬，不是也很突出的吗？鲁迅的见解确实很高的，应当重视的；那么，在鲁迅以前的同样的看法，岂不是更应该重视吗？

[三] 关于"总纲"问题的讨论

前些年，在评《红》的过程中，不少文章提出了第四回是《红楼梦》的总纲的问题。大家知道，第四回是总纲的说法，是来自毛泽东同志。然而对于这个问题，评点派也早就注意到了。王雪香说：

> 五回为四段，是一部《红楼梦》的纲领。
>
> ——《红楼梦总评》

> 第五回自为一段，是宝玉初次幻梦。将正册十二金钗及副册、又副册，二三妾婢点明，全部事情俱已笼罩在内，而宝玉之情窦，亦从此而开。是一部书之大纲领。
>
> ——第五回回后评

大某山民则说：

> 秦，情也。情可轻而不可倾，此为全书纲领。
>
> ——大某山民总评

张新之则说：

> 《红楼梦》三字出于第五回，实即十二钗之曲
> 名，是《十二钗》为梦之目，《情僧录》"情"字为
> 梦之纲。故闲人于前十二回分作三大段：第一段结
> 《石头记》，第二段结《红楼梦》，第三段结《风月
> 宝鑑》，而《情僧录》《十二钗》一纲一目，在其中矣。
> ——《红楼梦读法》

话石主人则又说：

> 开场演说，笼起全部大纲，以下逐段出题，至
> 游幻起一波，总摄全书，筋节了如指掌。
> ——《红楼梦精义》

姚燮是把秦可卿的"秦"字谐读为"情"，然后再臆解
为"情可轻而不可倾"，寓有劝鉴的意味，然后以此为
"全书纲领"。张新之则单拈出一个"情"字来，把《情
僧录》的"情"字作为全书之"纲"，话石主人则认为
第二回是"全书大纲"，第五回游幻境是"总摄全书"，
换句话说，第二回加第五回，是全书的总纲。而王雪
香则开门见山，明确指出第五回是"一部《红楼梦》
的纲领"。

总之，关于第几回是"纲"的问题，评点派也早已
探索过了，并且众说纷纭，各抒己见，未有定论，更不
是近几年才提出这个问题的。从全书的结构来看，第五
回显然是关键性的一回，王雪香的见解自有其独到之

处，而其余诸人所论，也不可偏废。这说明《红楼梦》一书情节结构严整而又复杂，要以局部来概括整体，往往不能周全圆满。

[四] 关于全书的结构层次问题

近几年来，红学界正在讨论《红楼梦》的结构层次问题。《红楼梦》犹如一座宏伟庄丽的宫殿，其结构确实是崇殿深院，千门万户，十分富于结构美的。而《红楼梦》的全部情节，又是由这个精致深邃的结构加以波澜壮阔地展开的。正是由于这样，所以评点派早就注意到了这个问题。例如王雪香说：

> 《红楼梦》一百二十回，分作二十段看，方知结构层次。第一回为一段，说作书之缘起，如制艺之起讲，传奇之楔子。第二回为第二段，叙宁、荣二府家世及林、甄、王、史各亲戚，如制艺中起股，点清题目眉眼，才可发挥意义。（文长，以下略）
>
> ——护花主人总评

张新之也说：

> 百二十（回）大书，若观海然，茫无畔岸矣，而要自有段落可寻。或四回为一段，至一二回为一

段，无不界划分明，囫囵吞枣者不得。闲人为指出之，省却多少心目。

——《红楼梦读法》

话石主人则说：

> 自开卷至演说，如牡丹初吐，香艳未足，颜色鲜明。至游幻，如花初开，秾艳温香，精彩夺目。至归省，则楼上起楼，直是国色天香，锦帷初卷。至寿怡红，则重楼大开，碧白红黄，一时秀发，锦天绣地，繁华极盛。至贾母生辰，则花已开乏，香色虽酣，丰韵已减。至黛玉生辰，则红干香老，光艳已销，独花心一点，生红不死。以后如花之老衰，渐次摇落，不堪入目矣。不难叙前半之盛，难叙后半之衰。

——《红楼梦精义》

以上三家，对《红楼梦》的结构，都作了具体的分析。他们的看法未必一定都对，但他们早就注意到对这样一部巨著要作结构上的分析，要避免囫囵吞枣，他们的这种见解，无疑是正确的。他们对《红楼梦》所作的结构上的分析，就是对今天的红学研究，也仍然是有参考价值的。

［五］关于《红楼梦》的人物论

　　对于《红楼梦》里所描写的人物的分析和评论，是各个时代的红学的共同课题，评点派红学在这方面尤为突出。他们的评论，当然是瑕瑜互见的，并非全都正确，但这毕竟是一份有价值的遗产，值得我们借鉴。由于这方面的文字特多，这里只略举一二。

贾宝玉赞　　　　　　　　涂瀛

　　宝玉之情，人情也，为天地古今男女共有之情，为天地古今男女所不能尽之情。天地古今男女所不能尽之情，而适宝玉为林黛玉心中目中、意中念中、谈笑中、哭泣中、幽思梦魂中、生生死死中俳恻缠绵固结莫解之情，此为天地古今男女之至情，惟圣人为能尽性，惟宝玉为能尽情。负情者多矣，微宝玉其谁与归！孟子曰："伯夷，圣之清者也；伊尹，圣之任者也；柳下惠，圣之和者也。"读花人曰："宝玉，圣之情者也。"

林黛玉赞　　　　　　　　涂瀛

　　人而不为时辈所推，其人可知矣。林黛玉人品才情，为《红楼梦》最，物色有在矣。乃不得于姊妹，不得于舅母，并不得于外祖母，所谓曲高和寡者，是耶非耶？语云："木秀于林，风必摧之；堆出于岸，流必湍之；行高于人；众必非之，其势然也。"于是乎黛玉死矣。

林黛玉论　　　　　西园主人

古未有儿女之情而终日以眼泪洗面者，古亦未有儿女之情而终身竟不着一字者；古未有儿女之情而知心小婢言不与私者，古亦未有儿女之情而白圭无玷痴至于死者。熟读《红楼》，吾得之于林颦卿矣。林颦卿者，外家寄食，茕茕孑身，园居潇湘馆内，花处姊妹丛中，宝钗有其艳而不能得其娇，探春有其香而不能得其清，湘云有其俊而不能得其韵，宝琴有其美而不能得其幽，可卿著其媚而不能得其秀，香菱有其逸而不能得其文，凤姐有其丽而不能得其雅，洵仙草为前身，群芳所低首者也。神瑛旧侍，一见惊心，灌溉之恩，报于今日，故凡茜窗私语，一事一物，无不继之以泪。泪岂无因而下哉？泪盖有无言之隐矣。迹其两小无猜，一身默许，疑早有以计之矣。何以偶入邪言，即行变色，终身以礼自守，卒未闻半语私及同心，其爱之也愈深，其拒之也愈厉，虽知心鹃婢，非特不敢作寄简红娘，而侍疾回馆，镜留菱花之夕，不过明言其事，代为熟筹，且有面斥其疯，欲将其人仍归贾母之言，严以绝之者也。盖以为儿女之私，此情只堪自知，不可以告人，并不可以告爱我之人，凭天付予，合则生，不合则死也。故闻侍书之传言则绝粒，听傻大姐之哭诉则焚稿，私愿不遂，死而后已。此身干净，抱璞自完，又古今名媛所仅有，情史丽姝所罕见者也。……

宝玉   二知道人

宝玉之痴情于黛玉，刻刻求黛玉知其痴情，是其痴到极处，是其情到极处。

宝玉，人皆笑其痴，吾独爱其专一。昔病偻丈人承蜩，用志不纷，乃凝于神，是专而痴者也；商邱开入火不焦，入水不溺，心一而已，是一而痴者也，皆不得为真痴。即云痴，其痴可及也。宝玉之钟情黛玉，相依十载，其心不渝，情固是其真痴，痴即出于本性。假使黛玉永年，宝玉必白头相守，吾深信之，吾于其痴而信之。今之士女，特患其不痴耳。

上面选引了对宝玉和黛玉的评论各二节。这些评论，当然不同于我们时代的评论，但是不能不承认，在那个时代而能对这两个典型形象作出这样的评论，实在是难能可贵的了。涂瀛称宝黛的爱情是"天地古今男女之至情"，称宝玉是"圣之情者也"。他称林黛玉"人品才情为《红楼梦》最"，她的不得于人是因为"木秀于林""行高于人"。西园主人则用比较法对林黛玉进行了评价，从而显出了林黛玉的特立独出。特别是他指出封建时代的闺中少女认为"儿女之私，此情只堪自知，不可以告人……"等等，我认为这是很准确很深刻的分析。他称赞宝玉对爱情的专一是"用志不纷"，这也是独具只眼的见解，比起那些把《红楼梦》及宝黛的爱情视同洪水猛兽，非欲烧之绝之而后快者，真不可同日而语了。总之，处在封建时代而能大胆歌颂宝黛爱情及其行为，称之为"天地古今男女之至情"，这种见解，确实是很难得的。这样的人物评论，对我们今天来重评这两个典型形象，我认为未必没有参考价值。

我觉得在评点派的人物论中，有不少精到的见解。我们不能对它忽视。

[六] 关于《红楼梦》的艺术描写

对于《红楼梦》的艺术描写成就，历来的红学家无不对此作认真的研究，近年来对这方面的研究也在日益加深。评点派在这方面也留下了不少极为有用的资料，例如二知道人说：

> 《红楼》情事，雪芹记所见也。锦绣丛中打盹，珮环声里酣眠，一切靡丽纷华，虽非天上，亦异人间，深山穷谷中人未之见亦未之闻也。设为之说雪芹之书，其人必摇首而谢曰："子其愚我也！子其聋我也！子其盲我也！人间世何能作如是观哉！"

> 《红楼梦》有四时气象：前数卷铺叙王谢门庭，安常处顺，梦之春也。省亲一事，备极奢华，如树之秀而繁荫葱茏可悦，梦之夏也。及通灵玉失，王

府查抄，如一夜严霜，万木摧落，秋之为梦，岂不悲哉！贾媪终养，宝玉逃禅，其家之瑟缩愁惨，直如冬暮光景，是《红楼》之残梦耳。

雅爱左氏叙鄢陵之战：晋之军容，从楚子目中望之，楚之军制，从楚人苗贲皇口中叙之，如两镜对照，实处皆虚，所以为文章鼻祖也。雪芹先生得其金针，写荣国府之世系，从冷子兴闲话时叙之，写荣国府之门庭，从黛玉初来时见之，写大观园之亭台山水，从贾政省功时见之。不然，则叙其世系适成贾氏族谱，叙其房廊，不过此房出卖帖子耳。雪芹锦心绣口，断不肯为此笨伯也。

雪芹写元妃归省之礼仪，椒房入宫之体制，气象何等严肃，笔墨何其清华。使其步影花砖，泚毫朵殿，未必无鸿篇巨制也，则儿女喁喁之语，不及写矣。

晴雯之死，宝玉于芙蓉花前诔之；金钏之死，宝玉于荒郊井上祭之。一则长歌当哭，一则不言神伤。悼亡者无可奈何，旁观者谁不笑其茫昧哉？噫！

————《红楼梦说梦》

洪秋蕃说：

《红楼》妙处，又莫如描摹之肖。性情各以其人殊，声吻若自其口出，至隐揭奸诈胸藏，曲绘媟衰情状，尤为传神阿堵。佛家谓菩萨现身说法，欲说何法，即现何身，作者其如菩萨乎？

《红楼》妙处，又莫如铺序之工。挥写富贵之象易，欲无斧凿之痕难，《红楼》铺张扬厉，独免此弊。

《红楼》妙处，又莫如见事之真。深人无浅语，以见事理真也。若见之不真，则下笔多隔靴搔痒之病。《红楼》序一人，序一事，无不深透膜里，入木三分，总由见得真，斯言之切耳。

——《红楼梦抉隐》

王雪香说：

甄士隐、贾雨村为是书传述之人，然与茫茫大士、空空道人、警幻仙子等俱是平空撰出，并非实有其人，不过借以叙述盛衰，警醒痴迷。刘老老为归结巧姐之人，其人在若有若无之间，盖全书既假托村言，必须有村妪贯串其中，故发端结局皆用此人，所以名刘老老者，若云家运衰落，平日之爱子娇妻，美婢歌童，以及亲朋族党，幕宾门客，豪奴健仆，无不云散风流，惟剩者老妪收拾残棋败局，沧海桑田，言之酸鼻，闻者寒心。

书中多有说话冲口而出，或几句说话止说一二句，或一句说话止说两三字，便咽住不说。其中或有忌讳，不忍出口；或有隐情，不便明说，故用缩句法咽住，最是描神之笔。

——《红楼梦总评》

清代的评点派红学

红楼梦概论

解盦居士说:

> (《红楼梦》)文心极曲，文义极明，细读之如
> 释氏浮图，八面玲珑，层层透彻；如天女散花，缤
> 纷乱坠，五色迷离；贯读之，则又如一片光明锦，
> 一座琉璃屏，玄之又玄，无上妙品，不可思议，通
> 矣哉！灵矣哉！文妙至此，蔑以加矣。文妙真人之
> 号，作者诚当之而无忝也。
>
> ——《石头臆说》

上引这几节对于《红楼梦》的艺术描写的论述，就是现
在来看，也并不觉得陈旧过时。更重要的是评点派类似
以上这种见解，并不是极少，而是有相当的数量的，所
以，我们决不能忽视这部份遗产。

[七] 关于发愤著书说和自叙说

关于曹雪芹的发愤著书和《红楼梦》是曹雪芹的
自叙，这两个问题是紧密联系的，也是近几年来研究
《红楼梦》时经常遇到的问题。关于自叙说，胡适在
一九二一年提出了这个问题，当时确实具有振聋发聩的
作用。但类似这种见解，在评点派中也是有记录的。例
如潘德舆说:

　　余始读《红楼梦》而泣，继而疑，终而叹。夫谓《红楼梦》之恃铺写盛衰兴替以感人，并或爱其诗歌词采者，皆浅者也。吾谓作是书者，殆实有奇苦极郁在于文字之外者，而假是书以明之，故吾读其书之所以言情者，必泪涔涔下，而心怦怦三日不定也。

——《读红楼梦题后》

二知道人说：

　　蒲聊斋之孤愤，假鬼狐以发之；施耐庵之孤愤，假盗贼以发之；曹雪芹之孤愤，假儿女以发之，同是一把辛酸泪也。

——《红楼评梦》

诸联说：

　　凡值宝、黛相逢之际，其万种柔肠，千端苦绪，一一剖心呕血以出之，细等缕尘，明如通犀。若云空中楼阁，吾不信也；即云为人纪事，吾亦不信也。

——《红楼评梦》

解盦居士说：

　　《红楼梦》一书得《国风》《小雅》《离骚》遗意，参以《庄》《列》寓言，奇想天开，戞戞独造。从女娲氏炼石补天说起，开卷大书特书曰："作者自云

红楼梦概论

曾历一番梦幻，借通灵说此《石头记》一书"，是石上历历编述之字迹尽属通灵所说者矣。通灵宝玉兼体用讲，论体为作者之心，论用为作者之文。夫从胎里带来，口中吐出，非即作者之心与文乎?

——《石头臆说》

以上诸人的说法，虽然没有后来胡适说得那么明确并且有确切的史料依据，但《红楼梦》是作者发愤所著，其人"实有奇苦极郁"。《红楼梦》不是"空中楼阁"，不是"为人纪事"，是作者自己"口中吐出"。这许多重要的基本观点，不是上面这几位也已经说得够清楚的了吗?

[八] 关于后四十回是否是前八十回一人手笔 的问题

关于后四十回是否是续作还是原作的问题，这是红学家们数十年来争论不息的问题，并且至今也没有完全统一。可是这个问题，评点派也早就探讨过了。例如潘德舆说:

末十数卷，他人续之耳。……
续之者非佳手，富贵俗人耳。

——《读红楼梦题后》

裕瑞说：

> 此书由来非世间完物也。而伟元臆见，谓世间当必有全本者在，无处不留心搜求，遂有闻故生心思谋利者，伪续四十回，同原八十回抄成一部，用以给人。伟元遂获赝鼎于鼓担，竟是百二十回全装者，不能鉴别燕石之假，谬称连城之珍，高鹗又从而刻之，致令《红楼梦》如《庄子》内外篇，真伪永难辨矣。不然即是明明伪续本，程、高汇而刻之，作序声明原委，故意捏造以欺人者，斯二端无处可考，但细审后四十回，断非与前一色笔墨者，其为补著无疑。
> ……
> 此四十回，全以前八十回中人名事务苟且敷衍，若草草看去，颇似一色笔墨。细考其用意不佳，多杀风景之处，故知雪芹万不出此下下也。（以下列举后四十回之弊，文长，略）四十回中似此恶劣者，多不胜指，余偶摘一二则论之而已。且其中又无若前八十回中佳趣，令人爱不释手处，诚所谓一善俱无、诸恶备具之物。乃用之滥竽于雪芹原书，苦哉！苦哉！

——《枣窗闲笔》

以上两家，是明确指出后四十回是伪续，绝非雪芹原著者。

到了晚清，俞樾在其《小浮梅闲话》一书中则说：

《船山诗草》有《赠高兰墅鹗同年》一首云："艳情人自说红楼"。注云："传奇《红楼梦》八十回以后俱兰墅所补。"然则此书非出一手。按乡会试增五言八韵诗，始乾隆朝，而书中叙科场事已有诗，则其为高君所补，可证矣。

这样，后四十回不仅是续补，而且连续补的人都被指出来了。按后四十回是续补，虽然还有不同的看法，但我认为它是续补是不成问题的，至于是否高鹗所续，及续补了多少，其中有无雪芹的原稿等等，这些问题，则尚待进一步论证。

然而，在清代，大多数的评点派都是把一百二十回看作是一个人的笔墨，如王雪香、姚燮、洪秋蕃等，他们虽然未明说一百二十回是一手之作，但他们将此书作了整体的评论和结构上的分析，绝无一点涉及后四十回是否一人之笔的问题，这说明他们是根本没有发现这个问题，而不是别的原因。惟独太平闲人张新之则明确说：

一部《石头记》，计百二十回，洒洒洋洋，可谓繁矣，而实无一句闲文。

有谓此书止八十回，其余四十回乃出另手，吾不能知，但观其中结构，如常山蛇，首尾相应，安根伏线，有牵一发浑身动摇之妙，且词句笔气，前后略无差别，则所谓增之四十回，从中后增入耶？抑参差夹杂入耶？觉其难有甚于作书百倍者。虽重以父兄命，万金赐，使闲人增半回，不能也。何以耳为目，随声附和者之多！

张新之是明确说出来后四十回不是伪续的看法的，实际上他的观点，也代表了王雪香等人的观点。

由此可见，这个后四十回是否续作和是谁续作的问题，从嘉庆中叶至今，一直是争论的问题，其中裕瑞的见解，则尤为突出。

［九］关于《红楼梦》的抄本问题

研究《红楼梦》的抄本，大家知道胡适在 1927 年写的《重印乾隆壬子本〈红楼梦〉序》和 1928 年写的《考证〈红楼梦〉的新材料》以及 1933 年写的《跋乾隆庚辰本脂砚斋重评〈石头记〉抄本》，是本世纪二、三十年代最早研究《红楼梦》抄本的文章，这些文章对《红楼梦》研究的促进作用无疑是具有历史意义的。但我们从历史的角度来看，早在胡适之前，就已经有人注意到《红楼梦》的抄本与木活字本（即程、高摆字本）的差异等等问题了。例如裕瑞在《枣窗闲笔》里就提到了：

曾见抄本卷额，本本有其叔脂砚斋之批语，引其当年事甚确，易其名曰《红楼梦》。此书自抄本起至刻续成部，前后三十余年，恒纸贵京都，雅俗共赏。

红楼梦概论

　　余曾于程、高二人未刻《红楼梦》板之前，见抄本一部，其措辞命意与刻本前八十回多有不同。抄本中增处、减处、直截处、委婉处，较刻本总当，亦不知其为删改至第几次之本。八十回书后，惟有目录，未有书文，目录有大观园抄家诸条，与刻本后四十回四美钓鱼等目录迥然不同。盖雪芹于后四十回虽久蓄志全成，甫立纲领，尚未行文，时不待人矣。

　　观刻本前八十回，虽系其真笔，粗具规模，其细腻处不及抄本多多矣，或为初删之稿乎？

比裕瑞略早一点的周春在他的《阅红楼梦随笔》里也说：

　　乾隆庚戌秋，杨畹耕语余云："雁隅以重价购抄本两部：一为《石头记》，八十回；一为《红楼梦》，一百廿回，微有异同。爱不释手。……"壬子冬，知吴门坊间已开雕矣。

按乾隆庚戌为乾隆五十五年（1790），即程、高摆印《红楼梦》的前一年，时距雪芹之死才二十六年。

　　如果以上诸说还只是对《红楼梦》抄本的记述和初步注意到它与摆字本之间的区别的话，那末，嘉庆二十二年（1817）悺红楼刊本苕溪渔隐的《痴人说梦·镌石订疑》中关于刻本与抄本的对校，就很值得注意了。下面摘引几条：

　　（1）"苦茗成新赏，孤松订久要。泥鸿从印迹，

林斧或闻樵。"（五十回芦雪亭即景联句）

案：此四句，旧抄本作："煮芋成新赏，撒盐是旧谣。苇蓑犹怕钓，林斧不闻樵。"

（2）"大约是要与他求配"。（五十回）

案：旧抄本"他"作"宝玉"。

（3）"铜柱金城振纪纲"。（五十一回，交趾怀古）

案：旧本"柱"作"铸"，"城"作"墉"。

（4）"名利何曾伴女身"。（五十一回，钟山怀古）

案：旧抄本"女"作"汝"。

（5）"分头派四个有年纪跟车的"。（五十一回）

案：旧抄本"分"作"外"。

（6）"这三件衣裳都是老太太的"。（五十一回）

案：旧抄本无"老"字。

以上苕溪渔隐所举出的六条，我将他在案语里摘出来的旧抄本异文与庚辰本对校，这六条旧抄本异文，全是庚辰本的文字，只有第三条庚辰本是"金"旁的"镛"。苕溪渔隐共记录了四十多条异文，其中最长的一条异文是六十三回记芳官取名耶律雄奴的一段，共有四百余字，这段异文与庚辰本有同有异，看来又不全同庚辰本，则可知苕溪渔隐当时手中可能不止一种旧抄本，也可能他手中的旧抄本既有与庚辰本相同的部分（如上所举），也有与庚辰本不同的部分。而他用来与旧抄本对校的本子，则是程、高本，这是没有疑问的。

上述这一情况，说明当时在评点派的红学家中，也已经有人注意到摆字本与抄本的不同，并且进行了部分对校，记录了异文。由此可知《红楼梦》抄本问题的研究，也不是始于胡适，比胡适早一个世纪的苕溪渔隐，就已经用旧抄本（按即是脂评本）校摆字本了。

［十］关于《红楼梦》八十回以后的情节的问题

因为曹雪芹所著的《红楼梦》是一部未完成的杰作，八十回以后的原著就没有流传，连究竟是否写出来了，至今也仍然是个谜。又因为曹雪芹在前八十回里埋下了许多伏笔，而且还留下了不少关于后部情节的线索和提示，特别是脂砚斋等人的批语，又不止一次地提及后部情节，甚至还引出后部的文句。因此，《红楼梦》八十回以后的情节就常常引起人们的揣测和研究，近年来大家公认把这方面的研究叫做"探佚学"。

但实际上这种探佚的工作，早在清代就有人进行了。例如赵之谦《章安杂说》稿本说：

世所传《红楼梦》，小说家第一品也，余昔闻涤甫师言，本尚有四十回，至贾宝玉作看街兵，史湘云再醮与宝玉，方完卷，想为人删去……。

平步青《霞外捃屑》卷九说：

《红楼梦》原名《石头记》，……初仅抄本，八十回以后佚去，高兰墅侍读（鹗）读之，大加删易，原本史湘云嫁宝玉，故有"因麒麟伏白首双星"
章目；宝钗早寡，故有"恩爱夫妻不到冬"谜语。
兰墅互易，而章目及谜未改，以致前后文矛盾，此
其增改痕迹之显然者也。

甫塘逸士《续阅微草堂笔记》云：

> 《红楼梦》一书，脍炙人口，吾辈尤喜阅之。
> 然自百回以后，脱枝失节，终非一人手笔。戴君诚
> 甫曾见一旧时真本，八十回之后皆不与今同。荣宁
> 籍没后，均极萧条，宝钗亦早卒，宝玉无以作家，
> 至沦于击柝之流，史湘云则为乞丐，后乃与宝玉仍
> 成夫妇，故书中回目有"因麒麟伏白首双星"之言
> 也。闻吴润生中丞家尚藏有其本……

以上各条都涉及《红楼梦》后部情节，类此者还有一些，
不一一罗列。从以上这些材料看，当时人们对后部情节
都是十分关心的，其所作猜测，都托之于"旧时真本"，
究竟有无这个"真本"，实在难说。但这些探索和猜测，
则可看作是当时评点派的探佚学的记录。当然我们现在
的探佚已经有了很大的发展，而且我们主要是依据脂批
所示和《红楼梦》本身的许多暗示、伏线以及情节发展
的逻辑结果，所以我们现在的探佚学已经远不是评点派
的探佚那样简陋和带有浓厚的猜测的意味了，但追本溯
源，我们还不能不看到前人在这方面所作的探索。

[十一] 关于《红楼梦》的索引问题

我们现时代的研究工作，十分重视索引，现在出版的不少书，都附有索引。《红楼梦》一书的索引工作，不少同志做出了成绩，发展到现在，已经进入了电脑检索的时代，但是这样一个比较现代化的工作，居然评点派的红学家们也早就开始了。其成果就是姚燮的《读〈红楼梦〉纲领》，又名《红楼梦类索》。此书分《人索》《事索》《余索》三种。《人索》中统计叙录了《红楼梦》里的人物共五百一十九人，另录警幻仙姑、空空道人等十三人。《事索》中记器物、艺文、俗谚等。《余索》中又分《丛说》《纠疑》《诸家撰述提要》等。在《丛说》中，凡小说中人物之生日，贾府姊妹的服侍人数，月例，两府上下内外出纳之钱财数等等，皆作了统计，可资查索。所以姚燮的《红楼梦类索》，可以说是一个世纪以前红学史上第一部有关《红楼梦》的带有索引性质的著作。尽管现在看来还是简陋得很，但它却是红学索引工作的第一块里程碑。

评点派红学的内容当然远不止上面这十一个项目，他们实际涉及的方面比这要宽广得多，这里只是撮要举例而已。但是，就据上面这些情况来看，评点派红学的成果也确实不应再加忽视了，我们没有任何理由可以抛弃这一份遗产。

三、重议评点派

应该重议评点派红学，这是当前摆在我们面前的一个实际问题。回顾解放以来，对文学史上的评点派，几乎一直是采取全盘否定的态度的，但要追溯历史，实际上在三十年代就开其端倪了。不过解放以后，尤其是在1954年批评胡适、俞平伯先生所代表的"新红学派"以后，因为批评胡适对《水浒》的研究，就连同对金圣叹也作了批判，因而他的评点文字自然也全部被批判否定了。金圣叹是评点派中具有权威性的代表人物，对金圣叹的评点全盘否定，自然其他的评点也就遭到池鱼之殃了。

时隔三十多年，许多问题都在重新认识和评价，对文学史上的评点派以及红学史上的评点派，也该是重新认识和评价的时候了。

红学史上的评点派，从时间上来说，它们延续了将近二百年。从数量上来说，它们留下了大量的作品，可以说，有清一代的红学，是评点派的红学[6]。索隐派的

红楼梦概论

观点虽然在乾、嘉及以后也时有所见，但都只是随感式的，并未形成专著和流派。形成专著，是到王梦阮、沈瓶庵、蔡元培的时期了。

重新评价评点派的红学，首先当然要注意它产生的时代和作者的立场观点。毫无疑问，评点派的作家都产生在封建时代，其中有的还是封建官吏，所以不可能要求他们与我们有同样的立场和观点。相反，他们都离不开他们自身的封建地主阶级的立场。但是，问题的关键是在于他们的评论有无可采之处，如果他们讲得对，讲得精彩，我们有什么理由不承认。红学史上有许多争论的问题，评点派们也早已争论过或评议过了，发表过各种各样的见解，那末我们有什么理由不去理睬。

所以我们现在重新评价评点派红学，一是要注意他们的时代和立场，这可以使我们不要离开了他们的时代去要求他们，也可以注意到他们的时代的局限，对他们的错误的方面可以认真批判和剔除。例如：张新之把一部《红楼梦》解释为是"演性理之书"，是"祖《大学》而宗《中庸》"，并由此而生出种种牵强附会的索隐式、猜谜式的解释，这些东西，我们当然不能再加以肯定。二是要注意到他们所留给我们的有用的东西，要注意到他们早已说过的、提醒的甚至解决的问题。学术有自己的发展史，红学也有自己的发展史。我们不能掠今人之美，我们同样也不能掠古人之美。

评点派的特点：一是他们读书认真，心细如发。他们一字一句地推敲，要探究作者的用意和文章的妙处，加以阐发和评论。所以往往一般读者不注意处，他们却能注意到，并加以评述。当然，他们的有些评述并不一定可取，但却可以给我们起提醒和启示的作用；另外，他们也还有不少精到的见解，是值得我们吸取和借鉴的。总之，他们认真细心读书的这个特点，他们的许多精到的见解，是值得我们吸取的，对我们是有用的。

二是他们懂得把《红楼梦》这部书作为一部文艺作品来读了。例如诸联说：《红楼梦》"全部一百二十回书，吾以三字概之，曰真，曰新，曰文。"诸联概括的这三个字的评，我认为到现在也仍然是正确的。从这个三字的评里，可以看得出来，他是从文艺的角度来评的。再如张新之说："今日小说，闲人止取其二：一《聊斋志异》，一《红楼梦》。《聊斋》以简见长，《红楼》以繁见长。《聊斋》是散段，百学之或可肖其一；《红楼》是整章，则无从学步。千百年后人或有能学之者，然已为千百年后人之书，非今日之《红楼》矣。或两不相掩未可知，而在此书，自足千古。"张新之的《妙复轩评石头记》，从其总体来说，他把《红楼梦》看作是一部"演性理之书"，是"祖《大学》而宗《中庸》"，"以《周易》演消长，以《国风》正贞淫，以《春秋》示予夺，《礼经》《乐记》融会其中。"[7]张新之的这种见解，是把《红楼梦》这部书看作是儒家经典著作《大学》《中庸》等书的观念的演绎，这当然是错误的。这种观点，也已经不是把《红楼梦》作为一部文艺作品来看待了。但是，张新之并不是一个真正的理论家，他根本没有一套真正自成体系的、逻辑严密的理论，所以在他的书里，常常是自相矛盾的，往往有许多精到的见解和许多陈腐的和穿凿附会的见解混杂在一起，杂然并陈，如我们前面引录的那一段话，应该承认是讲得精辟的。所以从他的这一类观点看，还应该承认，他又是把《红楼梦》当作文艺作品来看的。再如二知道人说：

> 太史公纪三十世家，曹雪芹只纪一世家。太史公之书高文典册，曹雪芹之书假语村言，不逮古人远矣。然雪芹纪一世家，能包括百千世家，假语村言不啻晨钟暮鼓，虽稗官者流，宁无裨于名教乎？况马、曹同一穷愁著书，雪芹未受宫刑，此又差胜牛马走者。
>
> ——《红楼梦说梦》

很明显这段话也是正确和错误杂陈在一起的，然而他把《红楼梦》的"假语村言"与《史记》的"高文典册"区别开来，他指出"雪芹纪一世家，能包括百千世家"，这是何等的卓识，何等的大胆，这不是一种文艺观点又是什么观点？

　　三是他们留下来了不少值得我们吸收和继承借鉴的文艺见解和艺术赏析的经验，留下来了他们评《红》的历史过程，留下来了他们关于"红学"的各种各样的见闻，如关于抄本的见闻，关于作者的见闻，关于后四十回的见闻。这一切，对于我们的研究都将是有意义的。历史是不能割断的，"红学"的研究史也是不能割断的，割断历史，打倒一切，并不是有力量的表现，也不是理论权威的威力，而只能证明不文明不科学而已。所以尽管我们现在的评《红》与评点派的评《红》已经大不相同了，已经有着时代的距离了，但是我们仍然不能割断历史和抛弃一切。

　　当然，评点派的情况也很不相同，例如《妙复轩评本》即张新之的评批如前所述就有许多陈腐的封建性的东西，我们必须把它批判扬弃。但是我们要扬弃的仍然只能是他的错误的东西而不是不分青红皂白整个的扬弃。另外，我们也还必须把他的评批作为一种历史现象来加以考察。《红楼梦》这样一部经天纬地的巨著诞生了，各个不同阶级、阶层的人，不同文化素养的人都希望来了解它、认识它、分析它、解释它，张新之评本的产生和社会上一大批张新之评本的狂热崇拜者的存在，这是互相联系，互为前提，互为因果的。应该把它看作是一种历史现象，是一个时期的社会思潮的反映[8]。仅从这一点来说，即使是妙复轩的评本，也是我们今天值得重议的，何况它还有一部分比较好的见解可供我们借鉴。

　　四是有关评点的这种形式。我认为在我国明清之际的文学史上，产生了一种新的文艺批评的形式，它既不是《文心雕龙》式的，也不是《诗品》式的，也不是诗话、文话式的，而是一种把文艺作品和评批的文字紧紧结合在一起的方式，而且在这一方式里，它既可以有较长的议论甚至专论，即如总论、回前评、回后评等等，也可以针对某一情节，某一段描写来进行具体的分析和评论，如眉评，正文下双行小字评，行间评等等。它既可以针对一个完整的情节、人物来评论，也可以针对某几句话甚至某一个词或字来进行评论。特别是它还创造了一套表示感情色彩的符号，如圈、点、密圈、密点等等，来表示对某部分文字的赞许褒扬或平淡的感情。应该承认这一套符号是文艺批评中最具有群众性的最简便易用的一种方式。现在不少工具书不是都习惯使用某种或某几种符号吗？我认为我国历史上创造的评点派的这种方式并加上一套符号配合使用，这实在是文艺批评的方法上的一个创造性的发展。这种方式灵活便利，生动活泼，它既不排斥长篇大论，又发展了单刀直入，一针见血的短论，若再辅之以圈点，对读者和作者，更能起到一种鼓舞、提醒的作用，当然同时也可以起到批评的作用。特别应该注意到，这种短小精捍的评批方式，是容不得空话连篇的，它必定要求评批者的鞭辟入里，如画龙点睛，能给人启发或引人入胜。

中国的语言是很美的，表现力是很强的，文化水平不高的读者，往往看不出来或领略不到作家语言的妙处，评点的方式，可以非常灵活地指出这些美妙之处，导人领略欣赏，引人入门。所以读评点派的好的评本以后，就可以懂得语言文字之美，懂得作者的文心，懂得一段文字精华所在，精警所在，懂得中国文字的表现力和巨大容量。

应该认识到，有一些评点派的本子不好，不是因为评点的形式不好，而是因为评点者本身的见解不好。就说以八股文的章法来品评作品罢，这是评点派的一大罪状，但这也仍然是评者的思想观点的问题，而不是评点的这种方式的问题。

我敢断言，现在如果有哪一位红学大家，他确实具有很高的鉴赏力和很高的文字功夫，他对《红楼梦》具备了评批的条件，如果能由他来评批一部《红楼梦》，那末，这部《红楼梦》肯定会受到人们的极大欢迎。

我也敢断言，现在如果有哪一位大批评家，能选取近代或当代的小说的精品，加以评点，那末，这部评点新著，也必将受到读者的热烈欢迎。

应该给评点派红学以应有的历史地位，应该重新评议评点派的红学，应该让我们的先人们创造的非常有效的评点派的文学批评方式得到继承和发扬！

一九八六年八月九日夜一时
于京华瓜饭楼。八月三十一日改定

红楼梦概论

注释：

[1] 现存十二种《红楼梦》(《石头记》)早期抄本是：1. 脂砚斋重评石头记（甲戌本）；2. 脂砚斋重评石头记（己卯本）；3. 脂砚斋重评石头记（庚辰本）；4. 戚蓼生序本《石头记》；5. 清蒙古王府藏抄本《石头记》；6. 南京图书馆藏抄本《石头记》；7. 乾隆抄本百二十回《红楼梦》；8. 梦觉主人序本《红楼梦》；9. 舒元炜序本《红楼梦》；10. 郑振铎藏残抄本《红楼梦》；11. 列宁格勒藏抄本《石头记》；12. 约嘉道间抄本。

[2] 见一粟《红楼梦书录》。

[3] 脂砚斋评本的基本形式是回前回后评、眉评、行间评、正文下双行小字评这几种方式。概括点说，就是有评而无圈点。我们习惯所说的评点派，是有评又有圈和点的。

[4] 在胡适的文章之后，尚有寿鹏飞的《红楼梦本事辨证》(1927)，景梅九的《石头记真谛》(1934)，湛庐的《红楼梦发微》(1948)，相继发表，近年来国内外索隐派的论、著亦时有所见，但从总的趋势来说，已经是余音了。

[5] 按最早确认《红楼梦》的作者是曹雪芹的当然是永忠和明义，他们是曹雪芹同时代或稍后一些的人，他们在题《红楼梦》的诗题和小序里都明确指出《红楼梦》的作者是曹雪芹。

[6] 这是从广义的角度讲的，即包括：1. 从周春到洪秋蕃等的评《红》笔记、专著。2. 王雪香、张新之、姚燮等评点派的专著。

[7] 张新之《红楼梦读法》。

［8］参阅《妙复轩评石头记自记》及《铭东屏书》，五桂山人《妙复轩评石头记叙》，鸳湖月痴子《妙复轩评石头记序》，紫琅山人《妙复轩评石头记序》，见一粟《红楼梦卷》卷二 34—38 页。

卷　四

怎样读《红楼梦》

怎样读红楼梦

我想，这个题目的答案，并不是绝对的只有一种答案，它可以有几种不同的答案而且都是正确的、可行的，因为读书的方法完全可以因人因条件而异，不必拘于一途。抗战时，我有一位同乡，背熟了一部英语大辞典，从此就较好地掌握了英语，而有的朋友却是从外语系毕业学好外语的，这可以说是殊途而同归。读《红楼梦》也是如此，很难给读者定一个框框，要读《红楼梦》，必先进框框，这恐怕不行。

不要框框，可以因人因条件而异，这是我想首先提出的一个基本思想，目的是为了使有志于读《红楼梦》者不受拘束，可以充分发挥自己的主动性，可以因地制宜。但这不等于说，读书没有一点基本的规律可循。多年来前人和今人积累的种种读书方法和经验还是有参考价值的，因为这是实践出来的经验。譬如登山，问刚从山上下来的人或游过此山的人，他的指点切实可靠得多。

红楼梦概论

对于读《红楼梦》，我自己不是从山上下来的人，而是一大群游山队伍中的一个，而且不是走在前头的一个，而是走在队伍中间或靠后的一个。我读《红楼梦》的经验，虽然有自己的实践，但得之于前人和同时代人的启示是很多的，因此所谈的只能说是登山的一种途径，而不是惟一的途径，读者完全可以另辟蹊径，独造奥区。

从通常的经验来说，论世而后可以知人，这是一条很有用的经验，我觉得读《红楼梦》这也是不可省略的重要一步，或者说是一个必经的里程。

曹雪芹生活在什么样的时代里，这个时代有些什么重大的足以影响人的事件，这个时代的政治、经济、文化、思想、生活、习俗如何？在这个时代之前，在思想领域里，又有些什么重大的变革、或重大的思想观念的提出，足以给后世以深刻的影响？上述这些问题，对于了解一个作家，是十分重要的，是不可缺少的，不了解上述这些问题，就不可能深入地去了解作家，从而也就很难深入地了解他的作品。

在曹雪芹时代的思想领域里，一方面是官方哲学——程、朱理学的专制统治，是封建皇帝大力提倡儒家思想；另一方面，是从明代中、后期以来以李卓吾为代表的反程、朱理学思想、反封建传统伦理道德思想的发展。李卓吾在他的《焚书》《续焚书》《藏书》《续藏书》等书里，将这种具有初步资本主义萌芽性质的民主思想表现得极为鲜明激烈，以至于封建统治阶级到处通缉他，终于将他置之于死地。但是李卓吾的反传统思想并没有因此而停止流行，相反却是加深和扩大了他的影响，我们读《红楼梦》只要细心地去辨识曹雪芹通过贾宝玉、林黛玉所表达的思想，就可以辨识出李卓吾思想影响的存在。

从明代后期到清代经顺（治）、康（熙）、雍（正）、乾（隆）各朝，在哲学思想领域里，这种反传统、反儒家思想和反程、朱理学、反封建帝王专制独裁、提倡尊重妇女、提倡平等的思想，一直绵延不断，其中有的哲学家与曹雪芹的时代很接近，如唐甄的卒年离曹雪芹的生年只有十年（按曹雪芹生于康熙五十四年［1715］说），戴震则与曹雪芹是同时，且比雪芹晚死十三年。

除了思想领域里的这种情况外，在明末清初直至雍、乾时代，政治领域里的斗争，更为剧烈，阶级矛盾、民族矛盾和统治阶级内部的斗争一直不断，清代取得统治权后，为了镇压人民的反抗，又迭兴大狱，动不动就是株连、抄家和流放。连曹雪芹自己的封建大家庭，也是在统治阶级内部的斗争中因为失去了康熙这棵"大树"的靠山而最后"树倒猢狲散"，被抄家治罪的。曹雪芹的舅祖李煦，则早在雍正刚上台就被抄家流放了，全家人口被标价发卖，这就是曹雪芹当时目睹耳闻的现实。

所以在了解曹雪芹时代的思想意识领域、政治领域的斗争背景的时候，也必须了解曹雪芹的家世。因为曹雪芹的家世是一个特殊的家世（详见拙著《曹雪芹家世新考》《梦边集》），而《红楼梦》又是一部特殊的小说，它是以作者自身的经历和家庭的兴衰为小说的创作素材的，它的真实性比《西游记》《水浒传》等高。

这就是我要说的读《红楼梦》的第一个必经的历程。当然，了解以上这些情况，你也可以作一般的了解，也

红楼梦概论

可以作深入的了解。作一般的了解，读一些红学家们的研究成果就可以了，如果要深入了解，就必须读有关这方面的原著，如《清史稿》《清实录》和有关专著。

读《红楼梦》的第二必读书，就是《红楼梦》本身。当然你也可以把《红楼梦》作为第一必读书，先读《红楼梦》，然后再读我上举的这些有关著作，这也是一样。反正，这些方面的书，都必须多次反复阅读，因此也不可能分绝对的先后。

读《红楼梦》这部书，也有一个"一般的读"和"研究性的读"的区别。

如果作一般的阅读，那末，1982年人民文学出版社出版的、中国艺术研究院红楼梦研究所校注的《红楼梦》新校注本就是较适用的读本。在此以前出版的《红楼梦》排字本，都是据程乙本，程本对曹雪芹的原著删改甚多，有损于原著。新校注本是以庚辰本为底本，参照其他各种脂评本和程甲、程乙本校定的，被程本删去的文字以及抄本中抄漏的文字，用各本互相比勘，一一加以补足，所以这是一个最为接近曹雪芹原著（指前八十回）的本子。另外，这个本子有较为详细的注释，凡难解的地方，都一一作了注释，颇便于读者。

读这个本子的时候，读者还可参考吕启祥所著《〈红楼梦〉新校本和原通行本正文重要差异四百例》一文（见《红楼梦开卷录》），认真读这篇文章，极有利于认识新旧两种本子的不同和启发读者思考，尤其是作者的按语，言简意赅，对读者具有引导、指点的作用。

此外，我认为旧时的评点本，也可以选择一二种加以研读。过去有商务印书馆的排印本《石头记》，此书有王雪香、姚燮等人的眉评、行间评和回后评，分析细致，也有很多精辟的见解，但它的正文是程本系统的文字，评语中也有不妥之处，需要读者认真鉴别。这个本子，目前已经不大好买了，恰好最近北京中国书店影印了《增评补图石头记》，这就是商务的底本，可以取代商务本，而且商务本排字时有错误，这个本子错误较少。缺点是影印时少数地方印得不大清楚，看起来比较吃力，但这总是次要的问题。

鉴于以上情况，我于1986年开始，前后花了四年时间，编校了一部《八家评批红楼梦》，1991年，由文化艺术出版社出版。此书所收的八家，是清代最有代表性的八家，即：道光十二年双清仙馆刊王雪香评本、光绪七年卧云山馆刊妙复轩评（张新之评）《绣像石头记红楼梦》、光绪间悼红轩原本王希廉、姚燮评《增评补图石头记》、光绪十年上海同文书局王希廉、张新之、姚燮评《增评补像全图金玉缘》、二知道人（蔡家琬号陶门）《红楼梦说梦》、诸联《红楼梦评》、涂瀛《红楼梦论赞》、解盦居士《石头臆说》、洪秋蕃《红楼梦抉隐》共八家（书九种）。此书出版后，不久即脱销，由于初版有若干误校，故我于1994年至1998年又重校了一遍，由江西教育出版社于2000年重出，此书可以作为清代评点派红学的一个集萃。读者要了解清代评点派红学，则于此可以得其大要。

我认为不读评点派的书，就不知道清代评点派红学的成就与不足，也就不可能认识到新旧红学之间的内在联系和区别。

至于《红楼梦》本书，自然应该认真地反复地读，

红楼梦概论

浮光掠影地读一二遍，是不可能对此书有较为深刻的认识的。苏东坡读书有"八面受敌法"，就是说把"书"当作自己进攻的对象，从不同的方向去进攻它。从"书"的一面来说，就是八面受到了敌人的攻击。所谓"八面受敌法"用现在的话来说，也就是从各个不同的角度，带着各种不同的问题去读这部书。例如读《红楼梦》，你如果是为了深入了解这部书所表现的思想，那末读这部书时，重点就可以特别集中于这部书所表达的有关这方面的情节上，并一一梳理出来，然后作系统的全面的分析；如果你想研究这部小说在人物形象、典型创作上的成就和特点，读书时，你就可以把重点放在这方面；再如你如果要研究《红楼梦》的语言艺术，那末自然你在读书时就得把注意力集中到这方面来。这样带着自己的不同问题，一遍又一遍地去读它，一个问题一个问题地去解决，次数多了，看问题也就深入了。读书最忌急躁，最忌表面的理解，这样的读书，只能一知半解，而一知半解的知识是没有多大用处的，有时还往往要误事。而心急，急于求成，就必然流于浅尝即止，甚至自以为是，这是读书的大忌。认真来说，读书是桩苦事情，必须经过"苦"的阶段，才能逐渐有所创获，才能有所"乐"。

以上是说一般的阅读《红楼梦》的问题。

其次是要说研究性阅读《红楼梦》了。这个问题，不是这篇文章的任务，因为《红楼梦》的研究者用不着看这类的文章。不过，也有从初读《红楼梦》进入研究《红楼梦》的，对于这许多同志，我仍不妨略谈一二。

上面已经谈过的几个方面，对做研究工作的同志，我认为也是必经的历程，不过他们应该读得更多、读得更细。这就不重复谈了。

我想谈的，一是家世研究问题，二是版本研究问题，三是理论的、美学的研究问题。

家世研究的问题，近二十年来，取得了较大的进展，例如《五庆堂曹氏宗谱》的发现；辽阳三碑（一，天聪四年四月"大金喇嘛法师宝记碑"；二，天聪四年九月"玉皇庙碑"；三，崇德六年"弥陀寺碑"）的发现；康熙二十三年（1684）和康熙六十年（1721）两篇《曹玺传》的发现；《清太宗实录》卷十八天聪八年（1634），曹振彦为多尔衮属下，任旗鼓牛录章京的记载的发现；五庆堂曹氏墓地的发现；曹頫骚扰驿站案档案文卷的发现，等等、等等，这都是近十多年来极为重要的发现，由于以上这些重大的发现，也就澄清了一些已往的错误观点，如说曹雪芹的祖籍是河北丰润，浭阳曹氏是曹寅的同宗等等。但是，有关曹家后期的情况，特别是抄家以后的情况，仍旧所知甚少。除了曹頫的劫后情景略有显露外，其余尚无所获。尤其是曹雪芹本人的情况，进展不大。而《红楼梦》这部书，写实性特别强，因此家世史料的发现，往往对深入理解《红楼梦》是很有用处的。所以在研究《红楼梦》本身的时候，对于曹雪芹的家世资料要努力搜罗和认真阅读研究，对《红楼梦》里偶然透露的一点家世的线索，也应该认真思考。过去人们往往称这种方法研究"红学"叫"考证派"的"红学"。其实，这是不确切的。在我看来，这些只是做了认真的资料考订工作，而这个工作，恰恰是理论的可靠依据和坚实基础。而且我并不主张"红学"就停止在考证阶段，

红楼梦概论

考证只是"红学"研究的第一步，对于整个"红学"来说，它必须走第二步或第三步，即是做理论性的探讨和综合，这才是"红学"的奥区，是"红学"家们的理想境界，是"红学"的"彼岸"。所以把"红学"停止在考证阶段，并不是"红学"的目标。

关于版本问题的研究，我觉得也是读"红"或研"红"过程中不可跨越的地段。《红楼梦》的早期抄本很多，现在已知见存的就有十二种之多：1.脂砚斋重评石头记（甲戌本）；2.己卯本；3.庚辰本；4.戚蓼生序本；5.南京图书馆藏本；6.蒙古王府本；7.红楼梦稿本；8.梦觉主人序本；9.郑振铎藏本；10.舒元炜序本；11.列宁格勒藏本；12.程甲本（程甲本的原底本也是一个乾隆抄本）。另有南京靖应鹍藏本已失，留有批语抄本。未计入此数。而其中分歧甚大，差异极多，如不做一番对照和仔细阅读的工作，就不能深入地了解曹雪芹原著的面目。可以说，要研究《红楼梦》，就必须认真阅读各种抄本，不读抄本，就难见《红楼梦》的真面目。在这十二种抄本中，如"甲戌本""己卯本""庚辰本"的底本，都是乾隆年间曹雪芹还活着的时候就传抄出来的。特别是脂砚斋加的批语，透露了不少曹家的往事。而这些批语，又往往与这些抄本有特殊的依附关系，它反映着抄本的形成阶段。目前对这些抄本和批语的研究，还只是初级阶段，还有待深入。研究这些抄本，现在情况比过去好多了，因为不少重要抄本都有了影印本，可以反复阅读参究。但是，我要提醒大家，如果专门研究版本，还必须看到原本。因为影印本与原本仍有一间之差，有些东西在原本上有的，到影印本上就出不来了，甚至有的在修版时已被修去了，更有的是原本上根本没有的，是印制时加上去的，如此等等；也有的原抄本已被近代收藏者为集纳其他抄本上的批语，将原本抄得面目全非，非但抄文错误百出，而且严重地破坏了原抄本形成时期的历史面貌，好比考古发掘，几千年前的文化遗址发掘时，忽然被加进了大量复制的假文物，并且把发掘现场扰乱了，对于这种情况，我们必须细心地剔除其假文物，恢复发掘现场的原貌，才能进行真正的研究工作。如"己卯本"原为近人陶洙所藏，陶洙将甲戌、庚辰本上的批语过录在"己卯本"上，并抄配了正文的缺失部分（未抄全），这样使"己卯本"的原貌大大地模糊了，现在新影印的"己卯本"，已将陶抄的部分大体上剔除。所以对于专门研究版本的人来说，查阅原本仍是必要的。当然，我这样说，是进一步要求，丝毫也不是说影印本不重要，相反，影印本是研究原本的惟一媒介，如无影印本，就无从下手研究原本。我只是说在研究影印本时，要尽可能地去核对原本，以免在关键问题上为影印本所误。尤其是原本的纸色、纸质、装订等等，都不是影印本所能呈现出来的，所以要取得对原本的感性知识，还必须看到原本，所以作为一个版本研究者，还必须强调目验。

　　研究《红楼梦》的抄本，可以了解此书的创作和流传过程，可以了解此书的真面目，可以了解此书的词句或段落被删除或改易的原因，可以更准确地评价《红楼梦》的思想艺术成就。

　　关于思想、艺术和美学研究的问题，我认为这是《红楼梦》研究的重要目标，是"红学"研究的目的所在。

红楼梦概论

一部《红楼梦》，是中国传统优秀文化思想和艺术的高度综合和升华，它反映了中国传统的优秀文化，更反映了与当时社会现实密切相关的社会思想的冲突，而作者是站在先进思想的立场上的。

对于《红楼梦》所表达的思想性质，我们必须用历史唯物主义的观点加以研究和总结，从理论上予以充分地阐述，并且探讨这种思想的渊源。我认为我们所作的许多家世、时代的考证和版本的研究，其真正的目的就在于此。否则那些考证就失去了它的更高意义和重要性。

一部《红楼梦》，更是中国传统美学的大综合和完美的体现。从总体方面来说，它高度地体现和反映了我们民族的审美观点和审美心理。书中所描写的一切，它所表达的美丑善恶，都是我们民族的历史的审美观点的继续和发展，它既是美的，又是具有民族的文化特征的；它既是历史的传统的美，又是历史的传统的美的发展，并具有了新的审美思想。

从具体来说，一部《红楼梦》，有意境的美，有风格的美，有人物的美，有结构的美，有园林建筑的美，有饮食的美，有语言的美，有各种各样的生活场景的美，有贯串于全书而构成全书和谐统一的气韵的美；特别是有些描写，就其所描写的生活本身来说是丑的而不是美的，但就其描写的艺术来说，却是美的而不是丑的。所以《红楼梦》确是一部诸美毕备的书，值得我们从美学的角度来加以总结和探讨。

我说了以上许多研究方面，这自然就是读《红楼梦》时应该加以注意的。

为了深入理解和研究《红楼梦》，当然前人和近人所写的研究论文和专著，都必须认真阅读，这是不言而喻的。全国解放以来，在《红楼梦》的研究上，取得了显著的丰硕成果，有不少专著和论文，反映了我们这一代"红学"的新成就和特色，把"红学"的研究推向了"红学史"上的新的高度，这对于当代作"红学"研究的人，当然是必须认真阅读的，也可以说这就是他的研究的起点。关于这方面的论文和专著，我就不再——列举了。

其实，读《红楼梦》并没有什么特别的方法，更没有捷径或窍门，如果一定要找"窍门"的话，那末我只能说认真读《红楼梦》及其有关的资料，就是"窍门"，就是"方法"。古人说：读诗千遍，其义自见。我觉得这两句话的基本精神，也适用于读《红楼梦》，当然不是要你去死抠"一千遍"这个形容性的数字。

总而言之，读书一不可能走捷径，二不能找窍门，就是要脚踏实地地读，只有"读"，而后才能有所"悟"；只有"悟"而后才能有所得，才能生出新意来，才能进入新境界。

2002 年 6 月 30 日改定

读红三要
——胥惠民著《和青年朋友谈〈红楼梦〉》序

　　胥惠民教授研究《红楼梦》已经有很长的时间了，《红楼梦学刊》曾多次发表他的文章，我每次到新疆也总要和他见面，他还陪同我一起到了南疆和田，在和田我还作过一次红学的讲演，记得他还与我一起进入过塔克拉玛干大沙漠，调查过古于阗的遗址。

　　近年来，他除学校教学外，一直致力于撰写《和青年朋友谈〈红楼梦〉》的工作，已经数易其稿了。

　　我认为这是一部很及时的书，红学研究需要青年人来接班，因而须要普及红学的基本知识，可这样的工作，以前很少人注意，惠民同志能自动地把这个任务担当起来，足见他对红学的热心和对青年的关怀。

　　《红楼梦》是一部既深且广的书，它涉及的知识面极广，它自身又有很深的内涵，而它的表达既平易易懂，而又深奥耐解，由于它的平易易懂，所以它很普及，又由于它的深奥，所以又往往会令人想入非非，走上猜谜的误途。所以有一部引导人们正确地去阅读《红楼梦》、索解《红楼梦》的书实在是很必要的。

阅读和研究《红楼梦》，有几方面的工作是必须要做的：

一

一是要了解《红楼梦》诞生的时代和社会，因为任何文学作品，都离不开它诞生的时代。从世界范围来说，曹雪芹的时代，也就是 18 世纪初期到中期，这时，发生于意大利的"文艺复兴运动"，经历 14、15、16 世纪而遍及欧洲，到 17 世纪初结束；而英国的工业革命，于 18 世纪 60 年代因瓦特发明蒸汽机而开始，到 80 年代而得到了进一步的发展。18 世纪到 19 世纪，英、法等国的资产阶级革命也相继完成。这个时代，也正是曹雪芹的时代，瓦特发明蒸汽机而得到推广，促使英国的产业革命加速发展，事在 1760 年，这时曹雪芹 46 岁，岁在庚辰，正是《石头记》庚辰本抄成的一年。17 世纪到 18 世纪这个时代，在中国就是顺治、康熙、雍正、乾隆的时代（曹雪芹死于乾隆二十七年壬午除夕，1763 年 2 月 12 日），这时，中国资本主义萌芽的经济由明中叶发展到乾隆时期，也已经得到了更大的发展，而官方的统治思想却仍是程朱理学。但反程朱理学的反正统思潮，从明末经清初到清乾隆之世，也从未中止。自明末李卓吾以后，在清初有傅山、黄宗羲、顾炎武、王夫之、

红楼梦概论

唐甄、颜元、戴震、袁枚等，他们的思想，虽并不与李卓吾完全一致，但他们的反正统思想，反皇权思想，主张法治，主张个性解放，主张存人欲，主张自由，主张人的自尊等的思想是一致的，黄宗羲在《明夷待访录》里说：

> 后之为人君者不然，以为天下利害之权皆出于我，我以天下之利尽归于己，以天下之害尽归于人，亦无不可。使天下之人不敢自私，不敢自利，以我之大私为天下之大公；……视天下为莫大之产业，传之子孙，受享无穷。……是以其未得之也（尚未夺到天下的时候），屠毒天下之肝脑，离散天下之子女，以博我一人之产业，曾不惨然，曰："我固为子孙创业也。"其既得之也，敲剥天下之骨髓，离散天下之子女，以奉我一人之淫乐，视为当然，曰："此我产业之花息也。"然则为天下之大害者，君而已矣！

又说：

> 今也天下之人，怨恶其君，视之如寇仇，名之为独夫，固其所也。而小儒规规焉以君臣之义无所逃于天地之间，至桀纣之暴，犹谓汤武不当诛之。[1]

唐甄则说：

> 自秦以来，凡为帝王者皆贼也。……

若过里而墟其里，过市而窜其市，入城而屠其城，此何为者！大将杀人，非大将杀之，天子实杀之；偏将杀人，非偏将杀之，天子实杀之；卒伍杀人，非卒伍杀之，天子实杀之；官吏杀人，非官吏杀之，天子实杀之。杀人者众手，实天子为之大手。……若上帝使我治杀人之狱，我则有以处之矣。匹夫无故而杀人，以其一身抵一人之死，斯足矣；有天下者无故而杀人，虽百其身不足以抵其杀一人之罪！[2]

傅山则大声疾呼要扫除"奴性"，要个性解放，要人的自由，他同情方氏女子为爱情而死的追求自由的勇气，作诗赞扬她，末三句说：

黄泉有酒妾当垆，还待郎来作相如，妾得自由好奔汝。[3]

这种用死来争取自由的精神在清初由傅山用诗歌来加以颂扬，联系当时国内外的历史进程，就不能不注意到这种争取自由的呼声的新的历史内涵了。与曹雪芹同时的戴震，则更尖锐地指出：

酷吏以法杀人，后儒以理杀人。[4]

这是对程朱理学最直截、最本质的揭露。

以上是曹雪芹时代思想界的状况。

曹雪芹时代的社会现实和社会风气，也是我们阅读

《红楼梦》所必须注意到的。康、雍、乾时期，由于理学的长期统治，特别是科举考试用八股文，出题都出自朱注的四书五经，这样应考生员只须死记硬背四书五经的条文，更多的是揣摩拟题，甚至还有夹带作弊的，这样造成社会弥漫的恶劣风气，弄虚作假，以假乱真，是非真假颠倒，贪污行贿风行，假道学、假名士等等招摇撞骗，势利小人则见风使舵，一见穷儒则鄙夷不屑，一旦考中，立即就躬身笑脸，奉如神明，以备将来可以依权仗势，而那些生员一旦考中，也就摇身一变，脱旧换新，俨然以权势者自居，对上趋奉，对下欺压。

由于长期的封建礼法的统治，除了造成那些假道学，伪君子，国贼禄蠹之外；还使广大人民群众受害，其中受害最烈的是妇女，不少妇女因为丈夫的死而迫令殉节，甚至有自愿殉节的，还有家人鼓励殉节的，每年要增加不少贞节牌坊。即使不死的，也因为丈夫的死，终身不得再嫁。从此就如同槁木死灰，自身的青春年华，自身的幸福也就随之消逝。与曹雪芹同时开始创作的吴敬梓的《儒林外史》，是一部社会写实讽刺之作，恰好是真实地写出了《红楼梦》时代的社会现实。从了解乾隆时期的社会现实来说，除了有关的史书笔记外，这部书也非常值得一读。《儒林外史》自然是一部杰作，其思想价值和艺术价值，都是非常杰出的，这里只是说它所反映的社会现实，并不是虚构的而是真实的，也可以从社会风俗史的角度来读它。而《红楼梦》的诞生，是离不开它自己的社会现实的，曹雪芹笔下的贾宝玉是一个有真才华，喜欢杂学旁收而不受四书五经的捆缚；喜欢与有真性情的人在一起而反对那些假道学、真禄蠹，也不喜欢功名富贵、仕途经济；更不屑八股时文，只喜欢自由自在，自抒性灵的极力追求自由天地的人。总之贾宝玉是一个绝假纯真的人，没有半点虚伪造作。而这样的人在世人眼里只是"假宝玉"，而另一个循规蹈矩，一切按封建世俗礼法行事，实际上是失去了真性灵的人却叫作"甄（真）宝玉"。[5]这种故意把真假颠倒的写法，实际上是对那个现实社会的揭露和讽刺。曹雪芹对大观园里的女子和大观园以外的尤二姐、尤三姐、鸳鸯、司棋、金钏、晴雯、妙玉等的描写，也包含了对那个时代女子悲惨命运的同情。特别还写了一个守寡的李纨，虽然没有殉夫，一辈子的青春也就付之东流了。这一切，也应该与当时的社会联系起来读，看作是那个时代的一线折射。

二

二是要了解作者曹雪芹自身的家世经历。中国历来主张知人论世，要了解一部作品，必须先了解创作这部作品的人。这简单朴素的道理，其实是真理。

曹雪芹的家世，从他的六世祖曹锡远（世选）起，直到曹雪芹的父叔曹頫、曹頔一辈，都保存有若干可信的资料，根据曹家康熙年间的传记和解放后发现的《五庆堂曹氏宗谱》以及中国第一历史档案馆保存的曹家大量的档案资料等等，曹家的历史是清楚的，并且都是有可信的史料作为依据的。根据这些史料，可知曹家的六世祖籍是在辽宁的辽阳。他们原是明代驻辽阳的军官，后金努尔哈赤于天命六年（明天启元年，1621年）攻克沈阳、辽阳时被俘归附。曹锡远的儿子，曹雪芹的五世祖曹振彦曾隶后金驸马佟养性部下，佟养性死后，归多尔衮属下，任佐领，隶正白旗。崇祯十七年（1644年）曹振彦随多尔衮入关到北京，不久即参加山西大同平姜瓖的叛乱。乱平后，于顺治七年（1650）任山西吉州知州。《吉州全志》卷三《职官》称：

> 国朝顺治：曹振彦，奉天辽阳人，七年任。

顺治九年（1652）又任山西阳和府知府，顺治十二年（1655）又升任"两浙都转运盐使司运使。"[16]曹振彦自任吉州知州起，即开始由武职转为文职，这是曹家历史上十分重要的一个转折点，正是因为有这样一个重大的转折，所以曹振彦的儿子曹玺、孙子曹寅等也都是文职，特别是曹寅，后来成为诗、书、画、戏曲等各方面都精能的大文人，这对后来曹雪芹的成长，是有家庭方面的渊源关系的。

　　不知因为什么原因，曹玺的妻子孙氏，后来被选进宫去当了康熙的保母，曹玺也成为了康熙的奶父，后来康熙南巡到江宁织造府，还称孙氏是"吾家老人"。由于这一重关系，康熙即位后即简任曹玺为江宁织造，这是曹家又一次重大的变化。这一任职，说明曹玺已成为康熙信用的人。与此同时，曹寅又任康熙的御前侍卫，这样曹玺父子两人，都同时成为康熙所信用的人，这就奠定了曹家从此飞黄腾达的基础。康熙二十三年曹玺在江宁织造任上病故，后即由曹寅先任苏州织造，两年后又继任江宁织造，后又任两淮巡盐御使，从此曹家在江南就成为一代名宦，文酒风流，东南名士，都与唱游。康熙六次南巡，有四次都驻跸于江宁织造署，足见曹寅在康熙心目中的地位；但也因此而让曹寅落下巨额亏空，以至于曹家后来终因此而彻底败落。曹寅于康熙五十一年去世，由其子曹颙继任，三年后曹颙又去世，康熙特命曹寅弟曹宣之子曹頫继任。不久康熙死，雍正即位，曹家彻底失去了靠山，雍正五年底，终因骚扰驿站案又引发织造亏空案，至六年初抄家遣返北京，此时曹家已彻底败落。曹家北归时，曹雪芹约十四岁，随祖母住崇文门外蒜市口。后来流落到西郊，过着衣食不继的生活，乾隆二十七年，又因他的爱子病故，终于雪芹也因贫病忧伤，于乾隆二十七年壬午除夕（1763年2月12日）去世，终年48岁，与张宜泉的"年未五旬而卒"符合。雪芹死后，不知所葬，大家一直认为应在西郊香山附近，但1968年通县张家湾镇平坟地作耕田，在平俗称"曹家大坟"时，挖出墓石一块，上刻"曹公讳霑墓"五个大字，在左下角有"壬午"两字，经鉴定，墓石是真的，则可见雪芹是葬在张家湾的，曹家大坟，也许就是他们的祖坟。

曹雪芹的舅祖李煦，任苏州织造，也是康熙所极为信任的。但雍正元年，李煦先被抄家，李煦本人流放东北打牲乌拉，时已73岁，不久冻饿而死，而其家人，则被标价发卖。李煦一家也即家破人亡，烟消火灭。

曹家的发迹，是与后金发迹为大清的历史过程同步的，其间，有几次重要的机遇：首先是佟养性死后曹振

红楼梦概论

彦归属多尔衮，隶正白旗。正白旗后为上三旗，归皇帝亲自掌握，由内务府统辖，所以曹家归属内务府。再加上曹玺的妻子孙氏又被选入宫当了康熙的保母，曹玺和曹寅因此得近康熙。康熙8岁登基后，第二年即简任曹玺为江宁织造，曹家从此开始了飞黄腾达的历程，但溯其渊源，其关键是曹振彦改属多尔衮这一机缘。第二次的机遇是曹玺的妻子孙氏入宫当康熙的保母，而康熙又得继位，曹玺、曹寅父子两人遂同时成为康熙的亲信，因此才得任江宁织造之职。如果没有孙氏的入宫当康熙的保母，曹玺、曹寅得因此而亲近康熙，则以后种种就无从说起。第三次机遇是康熙二十三年曹玺在江宁织造任上病故后，康熙经过几次的转折终于让曹寅继任，之后康熙的四次南巡都得驻跸于江宁织造府，曹寅亦得经办四次接驾大典，曹家才达到烈火烹油之盛。如果曹玺死后曹寅不再继任，则曹家的发达刚刚起步便即终止，也就不可能有后来的飞黄腾达。这三次机遇，是曹家发家史上的关键时刻，在研究曹家历史的时候，这三次曹家的转折点，是不能忽略过去的。

曹家最后的败落，也是历史的必然。曹家因为康熙的宠信，遂得赫赫扬扬，盛极一时；但曹家又因康熙的四次南巡而落下巨额亏空，成为雍正上台后清算亏空时不可幸免的致命要害。所以在曹家盛极一时的时候，就同时埋下了彻底败落的祸根。曹寅当年对这种严重的局势是清醒明白的，但他已处在这种位置上，身不由己，不能不蹈此既荣且危的险境，所以曹寅平时常拈佛语说：树倒猢狲散。果然，康熙这棵树一倒，曹家也就随之败落了。

　　所以研究《红楼梦》是离不开曹家的历史的，因为曹雪芹是以自己家庭的百年历史和亲戚如李煦家的兴衰史作为小说的主要素材的。由此而可以明白，曹雪芹祖籍辽阳是不能随意否定的，它是有充分的史料依据的，一个对历史、对读者负责的学者，是不应该掩盖这些历史证据的。如曹振彦任职的地方志《职官志》：康熙二十一年《山西通志·职官志》、乾隆元年《浙江通志·职官志》、嘉庆《山西通志·职官志》等都写：

　　　　曹振彦，奉天辽阳人。

　　曹家的传记如康熙二十三年（1684）未刊稿本《江宁府志》卷十七《曹玺传》说：

　　　　曹玺，字完璧……及王父宝宦沈阳，遂家焉。

康熙六十年（1721）刊《上元县志》卷十六《曹玺传》说：

　　　　（曹玺）著籍襄平，大父世选，令沈阳有声。

《八旗满州氏族通谱》说：

　　　　曹锡远，正白旗包衣人，世居沈阳地方，来归年分无考。[7]

曹寅自署"千山曹寅"。千山就在辽阳，也是辽阳的别称。所以要否定曹雪芹祖籍辽阳说，必须先否定以上种种历史记载，而这是铁的事实，不可动摇的，何况在辽阳地区还有与曹家三房、四房（曹雪芹上祖的一房）有关的三块明末和清前期的碑：《大金喇嘛法师宝记碑》《玉皇庙碑》《弥陀寺碑》。现实物俱在，如何否定？有人说《大金喇嘛法师宝记碑》碑阴题名"曹振彦"三字上面的两个字不是"教官"两字，而是什么"敖官"，这种不顾事实的强辩，根本不是认真的学术研究的态度。但是退一万步，先不去纠缠这两个字，下面"曹振彦"三个字能改变得了吗？这块碑是树立在喇嘛庙里的，喇嘛庙就在辽阳，原址尚在。俗话说：跑得了和尚跑不了庙，你总不能把喇嘛庙也说成不是辽阳的罢。还有在这块碑的碑阳正文上镌刻着"钦差督理工程驸马总镇佟养性"一行题记。佟养性是后金的驸马，又是旧汉军总理，他就驻在辽阳。不仅仅佟养性在辽阳，当时的定南王孔有德（即《五庆堂谱》四房诸人的最高上级）也驻军在辽阳，他的府第也建在辽阳，这就是说，佟养性、曹家的四房（曹雪芹直系上祖）、孔有德、曹家的三房（五庆堂曹氏的直系上祖），还有其他一些人，都住在辽阳，当时的辽阳是后金政治、军事、文化的一个重镇，所以许多重要人物都在辽阳。这样一种历史事实是不能忽视的。

特别要指出的是《红楼梦》里有多处隐隐提到曹家的历史，如第五回警幻对众仙子说：

今日原欲往荣府去接绛珠，适从宁府所过，偶遇宁、荣二公之灵，嘱吾云：吾家自国朝定鼎以来，功名奕世，富贵传流，虽历百年，奈运终数尽，不可挽回者。

第十三回凤姐在梦中听秦可卿说：

> 你如何连两句俗语也不晓得，常言月满则亏，水满则溢。又道是登高，必跌重。如今我们家赫赫扬扬，已将百载，一日倘或乐极悲生，若应了那句"树倒猢狲散"的俗语，岂不虚称了一世的诗书旧族了！

在此处脂砚斋作眉批云：

> 树倒猢狲散之语，今犹在耳，屈指卅五年矣，哀哉伤哉，宁不痛杀！

那末"树倒猢狲散"这句俗语究竟是谁说的呢？按施瑮《隋村先生遗集》卷六《病中杂赋》云：

> 楝子花开满院香，幽魂夜夜楝亭旁。廿年树倒西堂闭，不待西州泪万行。曹楝亭公时拈佛语对坐客云："树倒猢狲散"，今忆斯言，车轮腹转，以瑮受公知最深也。楝亭、西堂，皆署中斋名。

可见这句俗语，竟是曹寅说的，事实上曹寅对自己家庭的危机早有预知。而这一条两次出现的俗语，也牵连到作者的家世。

特别是上引宁荣二公之灵的嘱咐，说"富贵传流，虽历百年。"可卿的嘱咐则说："赫赫扬扬，已将百载。"按这两句话，实际是曹家家世的实录。我们如从天命六年曹锡远、曹振彦归附后金算起，到雍正六年曹頫抄家败落，则前后共 108 年。如果从顺治元年（"国朝定鼎"）算起，到曹家的败落，则是 85 年，与上面的两种说法，基本相符。那末，这里曹雪芹虽是借"鬼魂"说的话，但却是隐含了曹家的家史。

又《红楼梦》第七回焦大醉骂说：

> 蓉哥儿，你别在焦大跟前使主子性儿。别说你这样儿的，就是你爹你爷爷也不敢和焦大挺腰子，不是焦大一个人，你们就做官儿，享荣华，受富贵，你祖宗九死一生挣下这家业。

焦大为什么敢这样醉骂，尤氏作了一段说明，说：

> 只因他从小儿跟着太爷们出过三四回兵，从死人堆里把太爷背了出来，得了命，自己挨着饿却偷了东西来给主子吃……

这上面二段文字，又隐隐包含着曹家上世的历史，曹家在曹振彦、曹玺的时代是武职，曹振彦在天聪八年（1634）曾因军功"加半个前程"，可见他是参加了战斗的，入关后，曹振彦和儿子曹玺又参加了平大同姜瓖之乱的战斗。焦大立功救主，究竟是哪一次没有明写，但曹家上世确是以军功起家的。所以这一段醉骂，又隐含了曹家早期关外的历史和刚入关时的历史。

《红楼梦》里，还有两处提到曹寅，一处是五十二回庚辰本"一时只听自鸣钟已敲了四下"句下有双行夹批云：

> 按四下乃寅正初刻，寅此样（写）法，避讳也。

这里提到避"寅"字讳，当然是指避曹寅的讳。五十四回提到《续琵琶》的《胡笳十八拍》。这个《续琵琶》，就是曹寅的作品，至今还有抄本流传。[8]但是偏偏是这个曹寅，在他的《楝亭诗钞》上自署"千山曹寅"，而不署"铁岭曹寅"，更不署"丰润曹寅"，可见曹寅也是不愿割断辽阳这个父母之邦的关系的。

《红楼梦》第十六回赵嬷嬷说：

> 如今现在的江南甄家，嗳哟哟，好势派，独他家接驾四次，若不是我们亲眼看见，告诉谁谁也不信的，别讲银子成了土泥，凭是世上所有的，没有不是堆山塞海的，罪过可惜四个字竟顾不得了。

庚辰本第十六回在"省亲的事竟准了不成"一句上畸笏眉批云：

> 大观园用省亲事出题，是大关键事，方见大手笔行文之立意。

甲戌本在十六回回前除上面这段引文外，还有一段文字：

红楼梦概论

借省亲事写南巡，出脱心中多少忆昔感今。

关于省亲这件事，作者先于十六回正文写出"独他家接驾四次"，这是正叙。然后又用批语点明"用省亲事出题，是大关键事"，"借省亲事写南巡，出脱心中多少忆昔感今"。康熙南巡是曹家彻底败落的祸根，也是曹家荣耀到顶峰的盛事，作为已经彻底败落后落魄飘零的曹雪芹和曹家其他后人如脂砚斋、畸笏叟等人，怎能不"心中多少忆昔感今"呢？所以在这段极端辉煌、极端繁华的文字里，又寄托着极端凄凉，这不仅是雪芹的大手笔，同时也是这些当事人的实情。在《红楼梦》里隐含曹家家事的文字，这是一段规模最大，也是作者最痛心的文字。虽然南巡的事实和曹家烈火烹油之盛的盛况，已都是曹寅的事，但这样的辉煌业绩，并非一日之功，而是与他的悠久家世相联系的，如果没有辽阳的开头，岂能有今天的结果，也岂能有后来的败落。这百年的兴衰，都是互为因果，互相紧密联结的。

所以研究曹雪芹的祖籍辽阳，是与研究《红楼梦》密切相关的，并不是单纯地为研究曹雪芹的祖籍。也由此可见，否定了曹雪芹的辽阳祖籍，也等于是切断了曹雪芹的百年发家史，那末作者苦心经营隐含在这部巨著里的曹家辛酸家史也就变为无源之水，无本之木，也就无从索解而变得毫无意义了。

写到这里，我们不妨再回头读读曹雪芹写在第一回开头的两首诗：

无材可去补苍天，枉入红尘若许年。

此系身前身后事，倩谁记去作奇传。

满纸荒唐言，一把辛酸泪。
都云作者痴，谁解其中味。

明明作者提醒我们"此系身前身后事，倩谁记去作奇传。"明明在这"满纸荒唐言"里，隐含着"一把辛酸泪"，如果我们硬是要把他的百年家世弄得支离破碎，忽东忽西，一片迷雾，那末如何能解"其中味"？

虽然书中所寓曹家家史，并不是书的全部，但却是整体的有机部份，是有血有肉的，与其他各部血脉贯通，神经相连的，因而也是决不能割断的！

三

三是要重视《红楼梦》的版本。读《红楼梦》当然要选择好一点的版本。在五十年代，那时新出的只有人民文学出版社的一种本子，那是程乙本。经过半个世纪，情况就大大不同了，《红楼梦》的书，出了很多种，就大有可选择的余地了。我看过的《红楼梦》的新校注本并不全，就我熟悉的来说：一是中国艺术研究院红楼梦研究所校注的《红楼梦》新校注本，人民文学出版社于 1982 年出版。这是集中了国内十多位专家经历 7 年校注完成的，我参加了这项工程。此书是以庚辰本为底本，以己卯、甲戌本为主要参校本，以其他各脂本及程甲本为参校本。此书出版后国务院古籍领导小组的李一氓先生曾写过文章，非常称赞这个校注本，认为校订精审、注释繁简得宜，"可作定本"。二是 1993 年蔡义江校注的《红楼梦》。此书"前八十回回目与正文以《脂砚斋重评石头记汇校》一书中所列十二种版本为主进行互校，择善而从，不固定某一种版本作底本。""择文首重甲戌，次为己卯、庚辰，亦不忽略列藏、梦稿、戚序等各本之存真文字，力求保存曹雪芹原作面目。后四十回则以程甲、程乙本为主互校，亦参以曾通行的经整理过的诸本文字，只着眼于是否合乎情理与文理。"（本书"校注"凡例）"本书的'注释'实含三种内容，即：简明的注解，有资料价值的脂评和有必要说明的校记，为免繁琐，故并作一项。"（同上）此书校注都俱特色，出版后受到好评，也得到红学界的重视。三是 1994 年江苏古籍出版社出版的刘世德校注的《红楼梦》。此书"以甲戌本和庚辰本为底本，并参校了己卯本、杨本"等其他脂本和程甲本，"后四十回，以程甲本为底本，并参校了程乙本。"本书的校注者力求"贡献出一部最接近曹雪芹原稿面貌的、可读的本子"。本书注释的重点之一是"北京的俗语或口语"。这对北京以外的全国读者都是很须要的。"本书还选录了一部分前人的批语，附于每回之后。"本书的校注，前后"花费了将近二十年的时间，积累了二十万张卡片"，（均见本书《前言》）可见此书的校订，是在非常扎实的学术基础上进行的。此书出版后，受到了读者的欢迎，也得到了红学界的较高的评价。四是 1994 年 7 月齐鲁书社出版由黄霖校理的脂评本《红楼梦》，此书校理者"旨在整理一部完整、统一、简便的脂评本，以方便读者阅读、欣赏和研究"。"本书的正文，前八十回除《凡例》及第一回基本依据乾隆甲戌脂砚斋评本外，馀皆以乾隆庚辰秋月脂砚斋评本为底本。"本书集中整理了正文和脂评，可以说是一部经整理的新的脂评本。这对读者也很有用。

我看的新本不是很多，所以只能介绍以上四种，以上四种书的次序，是依出版的先后排列的，没有任何其他意义。总起来说，这四种书各有优长，值得推荐。如果作为一般阅读，那末这四种里挑一两种即可以了，如果要进一步作研究的话，那末还应该认真读甲戌、己卯、庚辰等等十多种现存的脂砚斋评本。尤其是前三种，较多地保存了脂评本的原始面貌，也即是曹雪芹原稿的面貌，除了有过录时抄错抄漏外，没有删和改的问题。

为什么要重视版本问题呢？因为《红楼梦》这部书，从抄本到木活字印本（程甲、程乙本），都不是作者手定本，都只是转辗传抄本，程甲、程乙本，更对传抄本有大量的删改。所以从它的早期本子起，就存在着许多问题。清代的评点本，基本上都是用的程甲本。就是我们现在的新校点本，也不可能做到完美无缺的程度，这是客观事实。

有人说，脂砚斋评本都是假的，是伪本，只有程甲本才是真的曹雪芹的本子，这话更不可信。脂本渊源有自，凭空指说它是伪造是毫无科学根据的。说程甲本是曹雪芹的真本，是最早出现的《红楼梦》的本子，更是凭空臆说，没有丝毫的可信性。相反，连程甲本的前身也是脂本，不过在木活字排印时，被作了大量的删改，至今程甲本里还残存着脂批的文字，可以作为证据。我早在 1993 年写的《论〈红楼梦〉的脂本、程本及其他》

红楼梦概论

一文里指出过，不必再加重复。

重视版本问题的必要性，我可以举几个例子来说明。

有人曾经写文章说，《红楼梦》里没有写过女人的小脚。这是完全不对的。《红楼梦》里，明明白白地写了小脚，庚辰本第六十五回写尤三姐怒责贾珍、贾琏时道：

> 这尤三姐松松挽着头发，大红袄子半掩半开，露着葱绿抹胸，一痕雪脯。底下绿裤红鞋，一对金莲，或敲或并，没半刻斯文。……

这"一对金莲"，不明明白白是写的小脚吗？那末为什么有人会提出这个问题来呢？一种可能是他读书不仔细，对这样重要的文字滑过去了；另一种可能是他读的《红楼梦》是程本系统的本子，前面说过，程本有删改脂本的问题，这就是一例，试看程甲本这一段的文字：

> 这尤三姐索性卸了装饰，脱了大衣服，松松的挽个髻儿，身上只穿着大红袄儿，半掩半开，故意露出葱绿抹胸，一痕雪脯，底下绿裤红鞋，鲜艳夺目，忽起忽坐，忽喜忽嗔，没半刻斯文，……

请看，庚辰本上的"一对金莲"到程甲本上只剩"绿裤红鞋"了，"一对金莲"就完全没有了。庚辰本上这段文字共 47 个字，到程甲本上，这段文字变成了 70 个字。如果这位读者仅仅读到程本系统的文字，那末就很难怪会产生这样的问题了。

再举一个例子，庚辰本第二回冷子兴演说荣国府，向贾雨村介绍荣府情况说：

> 这政老爹的夫人王氏……第二胎生了一位小姐，生在大年初一这就奇了，不想次年又生了一位公子，说来更奇，一落胎胞，嘴里便衔下一块五彩晶莹的玉来……

这里贾宝玉与元春只差一岁，可到了程乙本里，这句话就不是这样说了：

> 不想隔了十几年又生了一位公子，说来更奇，……

这句话在程甲本里，还与上引庚辰本的文字一模一样，那末为什么第二年印程乙本时要把这句话改得元春与宝玉年岁差了十几岁呢？原来是为了要照应元妃省亲时的这一段文字：

> 那宝玉未入学堂之先，三四岁时，已得贾妃手引口传，教授了几本书，数千字在腹内了。其名分虽系姊弟，其情状有如母子……

前面元春与宝玉只差一岁，后面却说元春"手引口传，教授了几本书，数千字在腹内了，其名分虽系姊弟，其情状有如母子"。如果只差一岁，元春无论如何不能"手引口传"；无论如何只差一岁的姊弟，其情状也不可能"如母子"的，所以到了程乙本就改成"不想隔了十几年"了。这样一改，似乎是前后照应了，殊不知这前后两段话并不是一个人说的，前面的话是冷子兴的"演说"，是冷子兴的胡吹乱说，卖弄他与贾府如何熟悉，所以胡吹一气，正如他对贾雨村说：

> 倒是老先生你贵同宗家出了一件小小的异事。雨村笑道：弟族中无人在都，何谈及此？子兴笑道，你们同姓，岂非同宗一族？雨村问是谁家？子兴道：荣国府贾府中，可也玷辱了先生的门楣么？

冷子兴胡牵乱扯，以为只要同姓，就是同宗一族，这充分地表现了这个商人的信口瞎吹，所以他说的"隔了一年"，也是这种性质，算不得真的。而后面说元春对宝玉"手引口传"一大段文字，却是作者的正面叙述，是认真的介绍，是说真的。程乙本在重排时没有仔细体会作者的用心，只从表面上看文章，所以作了这种不必要的改动。这样一改，就把作者写冷子兴有一搭无一搭的这种套近乎，乱牵扯的商人味道减弱了。

再举一个例子，按脂本的描写，尤三姐与尤二姐寄食贾家，是受到贾珍、贾蓉、贾琏等人的玷污的。尤三姐在这个陷坑中决心自拔，挺立起来，她把希望寄托于柳湘莲；谁知湘莲却是个"冷郎君"，只是慕色而无情，所以一听闲言碎语就马上变卦了。以至于让尤三姐对人生断绝了希望而拔剑自刎了。曹雪芹写这个个性和写这个情节，完全是对封建豪族的揭露，特别是对封建礼教"以礼杀人"的揭露，说明在那个社会里，把人推入污泥或火坑是容易的，当你一人这陷入的泥坑，再要想自拔就不可能了！所以尤三姐的形象是具有深刻的历史内涵和思想内涵的。程本不理解这一点，却把尤三姐改成一个贞节烈女，只是因受人误解而自刎，这就使这个形象的历史内涵和思想内涵完全变了，变成真正符合封建礼教的贞节烈女了，在这一点上，可以说程本是大违作者原意的。

以上几个例子，说明在读《红楼梦》时，不能不重视版本的选择。

除了这种版本的选择外，读《红楼梦》还必须十分细心，不放过每一个细节，要反复多读几遍，要去仔细地体会、发掘作者的深心。清代的评点派在读《红楼梦》时，是十分细心地体察的，所以他们的评语，往往能给人以启示，当然并不是每个评点派的每句评论都能这样，这也须要我们细心去拣择。

读《红楼梦》最重要的是正确认识《红楼梦》的思想，也即是曹雪芹的思想。本文提出的读《红》三要，前二要，就是要把曹雪芹放到国际和国内的大环境来体察。对外来说，曹雪芹处于欧洲文艺复兴之后，西方资本主义迅猛发展并向外扩展的时期，这时的中国，并不是全封闭的，明清之际已有不少传教士来华，带来了西方的科学和技术，1602年，明万历三十年，意大利人利玛窦就在北京修改了他的《山海舆地图》称《坤舆万国图》在北京刊行。这就是一部最早的世界地图。这时，中国已被包括在世界之内，而不是封闭孤立于世界之外。对内来说，在中国已经是资本主义由萌芽到发展的历史时期，与这一历史环境相适应的是明后期到清乾隆时代，学术界、思想界涌现出了一大批思想精英人物，曹雪芹即处在这一系列的精英人物的行列里。曹雪芹通过他的《红楼梦》向世界、向人们倾诉的是他的超时代的理想和对人们的无限的爱。他所追求的是自由人生和

红楼梦概论

真挚的爱情。《红楼梦》里讲得最多的就是人生最宝贵的自由：个性自由、思想自由、精神自由。贾宝玉多次提到他是在牢笼里，可见他是得不到自由的。你还可以感受到他与他所不喜欢的人在一起时，连思想、精神、空气、呼吸都感到不自由，所以他要湘云、宝钗出去，以保持他的精神和思想的自由。

贾宝玉对人生自由的追求和对真挚爱情的追求，这正标志着人的一种觉醒！

《红楼梦》的时代，一方面是冲出中世纪式的黑暗的时代，而同时也是呼唤光明的时代！历史的发展往往是须要很长的时间的，意大利的文艺复兴运动，在欧洲经历了 14、15、16 世纪三个世纪，欧洲的资本主义化，也经历了两个多世纪。中国人从中世纪式的黑暗里觉醒到获得光明和自由，难道不也要很长的时间吗？不能忘记，从曹雪芹的去世到孙中山的资产阶级民主革命的胜利，也只有 148 年的时间了。

以上所说的一切，都说明了一点，即曹雪芹所憧憬和追求的自由，已是世界范围内属于资本主义性质的自由，而不是以往的封建性质的"自由"。

尽管曹雪芹的时代，这种自由思想的物质力量还很薄弱，但他的思想是新时代的一线曙光，是黎明前划破暗夜的一声金鸡长鸣！是与其他各位思想的先行者、觉醒者一起演奏的一曲歌颂人生、歌颂爱情、歌颂自由、歌颂光明的协奏曲！

2001 年 7 月 31 日于京东且住草堂

注释：

[1] 以上两段均见《明夷待访录·原君》。

[2]《潜书·室语》。

[3]《霜红龛集》卷2《方心》。

[4]《孟子字义疏证·与某书》。

[5] 按甄宝玉在《红楼梦》前八十回里只出现两次，而且只写他与贾宝玉完全一样。到后四十回第一百一十五回时，甄宝玉再出，就完全是一个仕途经济中的人物，用贾宝玉的话说："也是一个禄蠹。"后四十回虽是续作，在这一点上，我认为是符合原作思路的。

[6]《清世祖实录》卷93。

[7] 以上参见拙著《曹雪芹家世新考》（增订本），1997年文化艺术出版社出版。

[8] 抄本现藏北京图书馆（今国家图书馆），《胡笳十八拍》见该剧第二十七出《制拍》。

后　记

　　《曹雪芹的祖籍、家世和〈红楼梦〉的关系》一文，才完成不久，是想对长期争论的曹雪芹祖籍问题作一梳理，使读者明其真相而得其指归。

　　《重议评点派》一文，是旧作。由于清代评点派红学应有的学术地位不能不予以标举，也由于有志于红学者理应重视这一份珍贵遗产，更由于北京图书馆出版社（今国家图书馆出版社）正在有计划地出版评点派红学丛书，本文对清代评点派红学作了概述，也许对红学爱好者有一点帮助，对读新出的评点派红学丛书也有点参考价值。

　　最后两篇关于怎样读《红楼梦》的文章，是以前专门为初读《红楼梦》的青年朋友写的，或许对读者还有一定用处。

　　特别要谢谢国家图书馆出版社的郭社长和殷主任，要不是他们的热情，这二十多年来的宿愿是不容易得到实现的，我与广柏同志都非常感谢！

冯其庸

2002 年 7 月 8 日于京东且住草堂

重印补记

国家图书馆出版社决定再次重印《〈红楼梦〉概论》，我在校阅文字的过程中，补充了一些新的信息，以反映红学的最新成果。本书的撰写，从开始筹划就考虑到应有的学术品位，如冯先生序中所说，"我们希望它成为一本雅俗共赏的书"。出版以来，受到各方面读者的欢迎，我们甚感欣慰。2013 年春天，我到美国旅游，在斯坦福大学东亚图书馆的书库里，见到一本《〈红楼梦〉概论》，书中许多页还有读者用铅笔画的各种记号。我一时颇为兴奋，立即拿到图书馆工作人员面前，说："我就是这本书的作者之一。"回国以后，我常想，在大洋彼岸的名校有人读《〈红楼梦〉概论》。如今这本书再次重印，我愿它传播得更远，更远。

李广柏

2016 年 11 月 3 日于武昌桂子山